Yelle

De la même auteure, aux Éditions de la Francophonie :

Un protestant dans le salon, 2018 (prix France-Acadie 2019, best-seller).

Rentrés du large, 2020.

Carolle Arsenault

Yelle

Les Éditions
de la Francophonie

Révision et mise en pages : Robert Charbonneau
Conception de la couverture : Geneviève Lemieux
Illustration de couverture : Delaney Stymiest Losier
Photo de l'auteure : Jacob Arsenault
Production et distribution : Les Éditions de la Francophonie
476, boul. Saint-Pierre Ouest
C.P. 5536
Caraquet (Nouveau-Brunswick) E1W 1B7
tél. : 506 702-9840 — 1 833 212-9840
courriel : info@editionsfrancophonie.com
www.editionsfrancophonie.com

ISBN 978-2-89627-885-5

Dépôt légal – 2e trimestre 2023
Bibliothèque et Archives Canada

À mes fils Alexandre, Érik et Jacob,
que j'aime de tout mon cœur,
et pour qui cette histoire représente, quelque peu,
leur héritage insulaire.
Love you, mes boys !

Message de l'auteure

Sans doute, il vous est arrivé à vous aussi, dans les grandes métropoles du monde, ou même plus dans des communautés rurales, de savourer les accents mélodieux avec lesquels les peuples agrémentent leurs dialogues. Pourtant, il n'est pas nécessaire de voyager de l'autre côté de notre planète pour se régaler d'élocutions poétiques. Une petite conversation avec un Acadien de Pointe-Sapin ou une Acadienne de Chéticamp, par exemple, suffit pour constater que cette réalité est palpable dans tous les coins des provinces maritimes. Comment avons-nous réussi à assaisonner la même langue d'expressions uniques, à mouler les prononciations du même vocabulaire de façon à nous permettre de reconnaitre l'origine de notre interlocuteur dès les premières salutations ? Cela m'étonnera toujours.

Certains personnages de ce roman, qui en passant sont tous fictifs, dialoguent avec l'accent et les expressions de la région Évangéline de l'Île-du-Prince-Édouard. Ce joli coin de la province insulaire, qui m'a donné mon conjoint et ma belle-famille, est surtout habité par une population acadienne qui, elle aussi, s'est pétri un accent à saveurs saisissantes. Et là, il y a la protagoniste. Aoibhe Hannay MacLeod est issue d'une famille écossaise qui lui a légué une fierté pour sa culture et un éventail d'expressions gaéliques qui aromatise souvent ses répliques. Déjà son prénom d'origine celte est difficile. On devrait le prononcer : Ay-va. Plus encore, ce personnage est anglophone.

Le lecteur ou la lectrice remarquera une différence dans le dialogue entre Aoibhe et les gens de son entourage, qui se fait EN ANGLAIS, même si ce livre est évidemment écrit en français. Quand les habitants d'Abram-Village discutent entre eux, l'accent de la région est évident.

Pour les régionalismes, je suis convaincue que vous saurez reconnaitre les tournures particulières. Cependant, certaines expressions m'ont persuadée qu'il serait préférable d'ajouter un court lexique à la fin du récit, pour en faciliter la lecture.

Comme si tout cela n'était pas déjà bien assez, la lectrice ou le lecteur est prié de prêter une attention particulière aux dates précisées dans la narration afin de bien saisir la chronologie des évènements dans la vie d'Aoibhe et des membres de sa grande famille.

Et voilà, il ne me reste qu'à vous souhaiter un séjour agréable à Abram-Village avec les Arsenault et les MacLeod.

Cheerio !

Prologue

Échos d'antan

Descendante d'immigrants de ce peuple de géants
Descendante du pays qui lui chante à l'horizon
Descendante, mais les traces d'origine sont absentes
Descendante, mais accusée falsifiée
Pour des traits qui n'affichent pas l'hérédité
Les roucoulements de la langue sur ses lèvres
Tout aussi fière que la reine Guenièvre
Le courage des Gaéliques lui danse dans la poitrine
Mais l'impression d'alliance se fait clandestine
Et des voix du passé retentissent de loin
Hantent ses nuits jusqu'à l'aube du matin
Saura-t-elle savourer l'affection de l'affiliation
Devrait-elle tendre l'oreille aux échos d'antan
(Carolle Arsenault, 2023)

1

Galettes blanches

Abram-Village, Île-du-Prince-Édouard, septembre 1947

— Maman ?

Silence.

Elle retint son souffle le temps que le mot résonne dans la pièce.

— Maman, répéta-t-elle en murmure.

Elle tendit l'oreille. L'écho s'essouffla dans la pièce, suivi d'un silence douloureux.

Comment ce petit mot doux, sécurisant, consolant pouvait-il lui creuser ce cratère dans la poitrine ?

C'était le silence qui suivait. C'était l'absence de réponse qui l'avait mutilé. Puisque personne ne répondait plus à cet appel, elle n'avait plus à le dire, à le crier, à le chanter, à le geindre. Maintenant, il était inutile de souffler ce mot qui jadis avait réussi à satisfaire tous ses caprices, à répondre à toutes ses questions, à consoler toutes ses peines et à calmer toutes ses peurs.

Perdre sa mère était déchirant, tragique, mais normal dans le cours d'une vie. Mais perdre une maman deux fois ? Trois fois ? Cela était souffrant. Brutal. Inhumain.

Aoibhe tira le petit carnet de recettes devant son visage et cligna des yeux pour balayer les gouttelettes qui s'amassaient derrière ses paupières et qui défiguraient les lettres. C'était sa maman qui avait écrit cette recette. Sa maman.

La jeune femme admira l'écriture : des lettres bien formées, des traits solides qui se terminaient en petites frises élégantes, faites d'une main soignée, évidemment, mais solide aussi, et décidée. Elle plaça son index sur la feuille et traça doucement un mot avec son doigt, suivant les traits, les frises, étonnée qu'une femme ayant peu d'éducation ait réussi à peaufiner cette calligraphie aristocratique.

Plusieurs recettes étaient recueillies dans la petite reliure à anneaux. Elle était usée par le temps maintenant, et tachée d'avoir été saupoudrée de farine, de sucre, d'épices et trempée par des œufs ou du lait qui auraient été renversés sur le comptoir. Quelques-unes des recettes venaient de voisines, peut-être, mais toutes les autres étaient de la main de sa maman, qui avait eu cette écriture soignée et décidée.

Aoibhe avait l'impression qu'elle pouvait voir le regard déterminé de la femme dans ces quelques traits, tracés avec tout autant d'ardeur que de douceur, la délicatesse évidente dans les frises.

Le plus vieux souvenir qu'elle avait de cette femme, sa maman, était la vue de son dos courbé, le nœud de son tablier sur ses reins. Aoibhe n'avait que trois ans à l'époque, mais comme des figures pariétales des grottes préhistoriques, ce souvenir était gravé sur les murs de son crâne.

Le soleil brulant avait illuminé le mouchoir qui avait coiffé la tête de sa mère. Il avait été blanc un jour, de petites fleurs roses et quelques rayures argentées peintes sur le tissu fin. Le mouchoir avait flamboyé contre le ciel bleu, mais un grand ombrage noir s'était accroché aux chaussures de sa mère, la suivant à chaque pas. Son petit gilet, elle l'avait lancé par terre. Aoibhe l'avait pris comme couverture sur laquelle elle s'était assise pour observer la scène.

Sa mère avait eu les deux poings solidement agrippés aux mancherons de la charrue, mais ses jambes avaient été toutes tremblantes, trébuchant maladroitement dans le nouveau sillon qu'avait creusé le cheval massif qui s'était obstiné sous des mains affolées avant de se laisser atteler et guider au jardin.

Aoibhe avait été saisie par la vue de la tête flamboyante et des pieds emboués. À chaque pas, les souliers s'étaient engouffrés dans la terre rouge, avalés avant qu'ils en ressortent dans un nuage de poussière qui avait enveloppé sa mère jusqu'aux genoux. Ce nuage les suivait, la femme et son ombrage. La fillette avait tellement craint que sa maman allât disparaitre dans le sillon, avalée par la poussière. Tout ce qui en resterait serait son mouchoir flamboyant. Sa peur s'était intensifiée quand, au bout des quelques mètres qui les avaient séparées, elle avait entendu les gémissements et les sanglots de sa maman. C'était là qu'elle aussi s'était mise à geindre et avait tendu les bras.

— Chut ! Chut ! Ne pleure pas. Ne pleure plus.

Sa sœur était venue la chercher. Elle l'avait ramassée dans ses bras pour la rentrer à la maison. Mais l'angoisse s'était emparée de la fillette. Elle avait été alarmée par l'idée que sa maman allait être engloutie par la terre. Pour une raison quelconque, c'était la pensée que sa maman pleurait véritablement qui l'avait effrayée le plus.

Durant son adolescence, Aoibhe s'était souvent posé la question : s'était-elle imaginé toute cette scène ? S'agissait-il plutôt de silhouettes d'un cauchemar qui n'avaient pas accepté de s'envoler avec les premiers rayons de soleil ?

Maintenant, elle savait. Sa sœur avait confirmé qu'en effet, à chaque pas, sa maman, qui était si forte, si décidée, mais si fragile aussi, avait trouvé le courage nécessaire pour atteler le cheval et le guider dans le jardin afin d'y labourer la terre. Mais elle avait pleuré à chaque pas, sa maman avait pleuré et gémi derrière la bête gigantesque.

Pour Aoibhe, à l'âge de trois ans, tout juste, c'était effectivement à ce moment qu'elle avait perdu sa maman la première fois, derrière ce nuage de poussière rouge. Disparue. Avalée.

Aujourd'hui, une vingtaine d'années plus tard, sa maman n'était plus, et sa sœur lui avait remis ce petit recueil de recettes, un souvenir.

La jeune femme se pencha par-dessus le comptoir et approcha son nez du papier, souhaitant humer l'odeur de sa mère, l'arôme de ses doigts qui auraient effleuré la feuille, ou les traces de perles de sueur qui y seraient tombées alors qu'elle vérifiait la liste d'ingrédients. Dans ses rêveries, elle imaginait même des échos, des murmures que sa maman aurait soufflés en consultant encore les directives. Mais elle n'y discerna que de la poussière de farine peut-être, les soupçons d'un temps passé. À part les traits décidés des lettres, les petites frises élégantes dans tous les mots écrits, aucune trace de sa maman ne restait sur la page.

Elle se redressa en gardant les yeux sur la feuille. Quand même, cette page, les doigts de sa maman l'avaient souvent touchée, ses yeux avaient maintes fois survolé l'encre, et c'était sa main forte, douce, fragile et décidée qui avait poussé le stylo, creusant des sillons droits et frisés sur le papier pour y laisser des lettres bien moulées. Pour Aoibhe, ce livret représentait un lien entre elle et cette femme. Une preuve que sa maman était passée ici, une relique de son existence. Plus qu'un souvenir, c'était un talisman, une amulette qui la liait à cette femme et qui pouvait attester son existence à elle aussi.

Elle ferma la reliure, la serra sur son cœur et se laissa choir sur une chaise.

Félix la trouva ainsi, les bras croisés sur la poitrine, le regard perdu dans les nuages qui filaient derrière la fenêtre, alors que sur le comptoir, la farine et des moules recouverts d'une serviette témoignaient du pain qui allait cuire avant le diner.

— Hum… du bon pain !

Elle sursauta à ces paroles et tourna son regard sur son époux.

— Dupont pan ?

— *Bread,* précisa Félix en anglais, pour sa femme.

— *Bread is* « Dupont pan » ?

— *No, just* « pain ».

— « Pan ? »

— Pain, énonça-t-il encore, plus lentement.

— Pannn, répéta-t-elle en articulant avec exagération.

Aoibhe s'appliquait à enregistrer tout le vocabulaire français qu'il était humainement possible, mais l'accent écossais avec lequel elle tournillait la langue était tellement prononcé que la femme massacrait même les plus petits mots. Chacune de ses tentatives d'ajouter à ses connaissances de la langue de Molière se terminait par des lamentations que les règles innombrables et toutes les exceptions de sa grammaire étaient une preuve que les architectes du français s'étaient efforcés d'édifier un moyen de communication impossible pour les gens des autres parlers. Les conversations avec Aoibhe ne se feraient pas en français très prochainement.

Félix serra la mâchoire afin de retenir un sourire qui voulait lui tirer les lèvres et qui aurait certainement vexé son épouse.

— *Now you've got it,* approuva-t-il en s'assoyant à la table avec Aoibhe.

— Pann, murmura Aoibhe encore une fois. Alors pourquoi tu as dit: « Dupont pan ? » Quel genre de « pan » (elle prononçait le mot lentement) est « Dupont » pan ?

— Bon pain. Bon. Bon *is good, so* bon pain *is good bread.*

Elle grimaça avec sarcasme.

— Mais oui. Je savais ça. Bon *is good.* Mais tu as dit: Dupont.

— Du bon. Bon *is good, and* du *is... some.* Du bon pain.

— *Ach !* Si je ne peux même pas comprendre trois petits mots français comme ceux-là, jamais je ne pourrai maitriser la langue suffisamment pour me permettre de suivre toute une conversation. C'est que vous parlez si rapidement que tous vos mots s'embarquent l'un sur l'autre. Il est impossible de savoir où le premier termine et où commence le deuxième. « Bon pain. » *Good bread.* Je savais ça.

À voir la moue de sa femme, le sourire qu'il avait tenté de retenir se dessina maintenant sur son visage malgré ses efforts. Félix se leva sous prétexte de prendre une pomme d'un bol sur l'armoire, mais surtout pour se cacher la figure le temps de reprendre son sérieux avant de revenir s'assoir à la table.

— Tu as déjà gouté à des « galettes blanches » ? continua-t-il en anglais avant de polir son fruit sur le ventre de sa chemise.

— Des « galllettes blllanches » ?

Elle réfléchit un moment, les yeux tournés vers un coin de la cuisine tout en tapochant avec son index le grain de beauté qui ornait son visage, juste sous son œil gauche. Jamais elle n'aurait utilisé un qualificatif comme « beauté » pour cette tache qu'elle avait souvent maudite en s'étudiant dans le miroir. Combien de fois avait-elle prié que la bosse brune tombe durant la nuit, alors qu'au réveil elle s'était alarmée en s'imaginant qu'elle avait grossi ! Tous les prétextes étaient bons pour cacher ce gros et laid picot.

— Des « galllettes » ? Ce sont des biscuits, ça, non ? Quand j'allais dans la cuisine et qu'Angèle faisait des biscuits, je lui demandais de me le dire en français ; elle répondait que c'étaient des « galllettes ».

Ce mot aussi lui trainait sur la langue. Le *l* tardait à faire place aux syllabes qui devaient suivre. Les francophones l'énonçaient plus rapidement.

— Oui, des « galettes » sont des biscuits, mais des « galettes blanches », ce sont de petits pains, pas plus gros que ton poing.

— Alors ce sont des *buns* ça, non ?

— Non, pas exactement. Pour faire les galettes blanches, ma mère roule de la pâte à pain avec un rouleau, comme elle fait pour sa pâte à tarte. Et elle coupe les galettes avec un verre qu'elle tourne à l'envers sur la pâte. Ensuite, elle les aligne sur une tôle à biscuit pour les faire cuire.

— Elle roule sa pâte à pain, avec un rouleau ?

— Um hum. Et le meilleur, c'est de planter un doigt dans la galette pour y faire un beau gros trou qu'on remplit de mélasse. Mmm ! Mmm !

— C'est un dessert, alors ?

— Un dessert, une collation, un déjeuner.

— Tu dis ça comme si elle en fait souvent.

— Aussi souvent qu'elle fait du pain.

— Chaque fois que ta mère fait du pain, elle fait aussi des « galllettes blllanches » ?

— Un hum, acquiesça-t-il en croquant dans sa pomme.

— Ta grand-mère aussi en faisait ?

— Ma mémé aussi, oui. Toutes les femmes de la paroisse, je pense. Toutes mes tantes certainement. J'en ai mangé une chez ma tante Louise la dernière fois que je lui ai rendu visite.

Aoibhe feuilleta le petit recueil de recettes, mais sans y voir les mots. Finalement, elle leva les yeux et demanda :

— Pôline aussi en fait, tu crois ?

Autant les Acadiens d'Abram-Village ne pouvaient réussir à contorsionner les voyelles qui donnaient la tournure écossaise à son nom, autant elle ébréchait tous les noms des gens de son entourage pour les gazouiller avec son accent distinct. Pauline était devenue Pôline, et bien sûr, Félix était Felix où elle prononçait le *e* comme un *i* qui, lui aussi, trainait sur sa langue.

— J'imagine, lâcha-t-il en levant les sourcils et les épaules.

— Voilà depuis le début du printemps que nous sommes mariés et tu ne m'en as rien dit ?

— Dis-moi qu'il y a plus que quelques mois que nous sommes mariés. J'aurais juré que cela faisait trois ou quatre ans déjà, s'obstina-t-il, les lèvres tordues d'un sourire espiègle.

Aoibhe le fusilla d'un regard menaçant.

— Monsieur Arsenault, on s'est mariés le matin du 8 avril dernier seulement, et je t'avise bien de ne jamais oublier la date.

— Sinon ?

Même si les yeux de l'homme pétillaient d'enjouement, sa femme ne pouvait complètement calmer l'irritation provoquée par les insinuations de Félix.

— Sinon, je retourne à Grand Tracadie pour le mois complet suivant le jour de notre anniversaire, te laissant seul avec tes vaches.

— Ah non ! Elles sont belles et gentilles, mes vaches, dociles, mais tes yeux malins et tes belles cuisses rondes me manqueraient trop. Le 8 avril, le 8 avril, LE 8 AVRIL, répéta-t-il en se martelant le front de son doigt.

Elle lui frappa le bras avec la serviette qu'elle avait ramassée pour essuyer le comptoir enfariné et le mitrailla d'un regard venimeux.

— Exactement ce beau regard amoureux là, indiqua-t-il en pointant le visage contrarié de sa femme.

Malgré ses meilleurs efforts, Aoibhe ne put ravaler le rire qui s'échappa de sa gorge.

— Tu es incorrigible, toi, tu sais ça ?

— Et c'est comme ça que tu m'aimes, han ? demanda-t-il en l'encerclant dans ses bras.

Elle avait rapidement repris son air boudeur et garda les deux bras croisés entre sa poitrine et celle de Félix.

— Tu préfèrerais ces petits pains plutôt que le pain comme je le fais, ces « galllettes »… « galllettes blllanches » ? demanda-t-elle finalement.

Aoibhe réussit mal à cacher la déception qui voulait l'assaillir. Au moment où elle venait de maitriser la pâte à pain, voilà maintenant que Félix parlait des « galettes blanches » de sa mère comme d'un délice. Les farfadets écossais qui s'étaient logés dans sa tête maugréèrent des ronchonnements.

— « Galettes blanches », formula-t-il lentement en prononçant les deux mots clairement.

— « Galllettes blllanches », répéta-t-elle avec détermination, mais en trainant toujours les *l*. C'est ce que j'ai dit.

Félix se sermonna intérieurement. Il ne cherchait qu'à prendre un petit moment de répit avec sa femme, mais en moins de cinq phrases, il l'avait piquée. Aoibhe avait du feu dans les yeux, un véritable caractère de fer. Par tous les moyens, elle tentait d'adopter de nouvelles habitudes, de se mouler à son nouvel environnement avec la même détermination qu'elle pétrissait et moulait sa pâte à pain.

— Je ne voulais pas dire que tu devais m'en faire, Eva.

Si Aoibhe tirebouchonnait la langue à chaque élocution du vocabulaire français, Félix, comme tous les voisins de ce petit village acadien d'ailleurs, n'arrivait pas à dire son nom avec la tournure écossaise qu'avaient susurrée ses parents. Il avait pourtant essayé de le verbaliser comme elle le lui avait répété, mais toujours sans succès.

— Aoibhe, avait-elle déclaré tout simplement.

— Éva, avait-il tenté.

Elle avait sourcillé avant de répéter avec plus d'intonation :

— Ay-va !

— Éééva.

Elle l'avait fixé, cherchant à déterminer s'il la taquinait ou si vraiment il ne pouvait tordre la langue pour faire un « AY » alors qu'il réussissait à articuler des mots comme : « tchœur, » « anguille, » « maringouin » et « aujOUrd'hUI. »

— AY-va ! Ay-va !

— Éva ? Eva, avait-il conclu en lui rappelant qu'il était sourd d'une oreille et en suggérant qu'elle devait bien avoir un beau petit archet de violon dans la gorge qui lui chatouillait les cordes vocales et tournillaient toutes ses paroles en mélodies.

Cela lui donnait envie de la prendre dans ses bras pour la faire danser.

Quand il changeait de sujet comme ça, en cherchant à la flatter par-dessus le marché, elle savait qu'il s'agissait de ses tactiques pour terminer la discussion.

Elle avait haussé les épaules et s'était résignée à répondre au nom « Eva ».

Aoibhe fixait sa pâte à pain en considérant ses probabilités de succès avec encore une autre recette complexe.

— Je ne faisais que de la conversation, continua Félix. Tu me connais, je mange tout ce que tu mets dans mon assiette, termina-t-il en soulevant le menton de son épouse et en plongeant ses yeux dans les siens avant d'effleurer sa bouche de ses lèvres.

Sa femme lui sourit, mais un pli s'était creusé entre ses sourcils. Elle avait mis beaucoup de temps à réussir une pâte à pain, et voilà qu'elle devait rehausser la démarche.

— Je vais demander à Pôline de m'expliquer cette méthode, dit-elle en tournant le dos à ses moules à pains. Comment est Jenny ce matin ? lança-t-elle soudainement.

— Elle lève encore la patte de temps en temps, mais on dirait qu'il n'y a plus d'enflure.

La femme se pinça les lèvres un moment et tapota son grain de beauté.

— Il y avait un vétérinaire qui venait à la grange chez nous. Il était un véritable magicien avec les chevaux. Ce serait impossible de le faire venir jusqu'ici, je pense bien.

— Alfred est passé à la grange ce matin. Il dit qu'il n'hésiterait pas à lui replacer son fer.

Lentement, Aoibhe tourna la tête de quarante-cinq degrés, en clignant les yeux un instant de trop avant de lever le regard vers le plafond. Elle se pinça encore les lèvres et inspira profondément, mais Félix l'avait vue. Pour une énième fois, il dut se mordre la langue afin de museler son sourire.

Oh ! personne n'accuserait Alfred d'être un gentilhomme. Il n'avait pas un caractère belliqueux à vrai dire, mais sa façon de glapir ses salutations, de japper ses répliques donnaient l'impression qu'il rechignait continuellement. C'est que, dès son enfance, l'homme avait connu plus que sa part de misère, sans parler des nombreuses taquineries des gamins de son entourage. Encore aujourd'hui, il avait raison de soupçonner que les murmures qui gazouillaient derrière son dos étaient à son sujet. Tout ça pour une petite anomalie assez commune en réalité : Alfred avait les oreilles décollées. Et comme si cette épreuve n'était pas suffisante, il était plus court que la majorité des femmes.

C'était sans doute pour attirer le regard ailleurs que sur ses pavillons d'éléphant qu'il s'était fait placer une dent en or dans la bouche. Toutefois, il souriait peu, alors cette diversion n'était pas trop efficace. Le fait qu'Aoibhe n'appréciait pas les intrusions de cet homme dans la grange auprès de sa petite jument n'était pas étonnant, même si Alfred avait bien des connaissances au sujet des chevaux et du bétail de toutes sortes. Il ne s'était pas gêné pour lui dire qu'une femme n'avait pas d'affaire dans la grange ni à se gambader à califourchon sur le dos d'un cheval dans tous les champs du village. Depuis ce jour, Aoibhe ne pouvait absolument pas retenir ses grimaces quand elle entendait le nom de cet homme dans la même phrase que celui de sa petite jument.

Pourtant, elle avait bien essayé de le connaitre, de trouver en lui des points communs qu'ils partageaient, mais après chaque rencontre, elle retournait à la maison en maugréant des paroles gaéliques que Félix ne saisissait pas toujours et en claquant la porte. Plus tard, elle se lamentait à propos du caractère d'Alfred, se disant que son objectif principal était sans doute de la contrarier ou de la blesser.

— Je vais à la grange pour la voir, annonça-t-elle en se levant brusquement et en détachant son tablier, qu'elle lança sur le dos de sa chaise. *Och !* Mais tu étais entré pour ton thé, lança-t-elle en se retournant aussitôt.

— Va, Eva, va ! Je peux me servir une tasse de thé moi-même. Tu ne pourras te concentrer sur rien d'autre aujourd'hui si tu ne passes pas à la grange pour voir ta jument de tes propres yeux.

Il lui tourna le dos et versa du liquide fumant dans une tasse en marmonnant : « Le 8 avril, le 8 avril, le 8 avril. »

La porte claqua dans le silence de la petite maison.

Il ricana seul devant la cuisinière en observant sa femme par la fenêtre. Elle marchait de son pas décidé, s'arrêta brusquement en passant près du petit pommier et arracha quelques fruits par des coups secs. L'arbre au complet fut secoué.

Un champ de patates s'étendait devant elle, de la cour arrière jusqu'à l'orée des bois. Les plantes étaient déjà hautes et solides, mais la terre était sèche et les fleurs étaient plutôt flétries. Aoibhe pria silencieusement que les nuages qui couvraient le ciel d'une ouate blanche puissent déverser un peu de pluie, sinon la poussière allait bientôt flotter dans la maison pour s'infiltrer absolument partout, même dans leur nourriture. Elle pensa à sa pâte qui reposait sur l'armoire.

— Pan, pan. Pan *is bread,* murmura-t-elle en marchant vers la grange. *Good bread is* dupont pan. Galllettes blllanches.

Elle allait construire son vocabulaire français, le reconstruire.

La femme se souvint qu'à l'âge de quatre ans, elle savait compter jusqu'à dix en français. *Ach!* Il y avait le « trois » et le « quatre » avec le *r* qui était impossible à faire rouler sur la langue au début, mais elle l'avait maitrisé.

Pour tous les enfants, ce *r* est le dernier phonème à être réussi. C'était un poisson qui lui avait montré comment, un jour qu'elle était allée à la plage avec ses parents. Son père avait attrapé un de ces petits barbeaux qui osaient parfois venir leur chatouiller les pieds. Il le lui avait doucement remis dans les mains. Émerveillée, Aoibhe l'avait tenu en toute délicatesse alors que la petite bête s'était débattue à une vitesse fracassante. Contre ses paumes, la queue du poisson avait produit un bruit qui s'apparentait au *r*. « Trrrr, trrrr. »

— Trrrrr, avait dit Aoibhe avec un œil fasciné sur le poisson avant de tourner un regard d'adoration envers son père.

Il en avait ri.

— *That's right,* Aoibhe.

— *Rrrrright,* avait-elle répété.

Plus tard, elle se souvint d'avoir été assise par terre dans la cour devant la maison, où elle comptait ses orteils en français en faisant rouler le *r* avec exagération.

— Que fais-tu ? lui avait demandé sa mère, en anglais bien sûr.

Tous les immigrants qui étaient arrivés sur les terres canadiennes en provenance des Iles britanniques finissaient bien par adopter l'anglais pour communiquer. Même si leurs ancêtres avaient longtemps dialogué en gaélique, leur langue maternelle avait été oubliée sur les rives de l'Europe avec les autres biens qu'ils avaient dû abandonner au moment d'embarquer sur les navires qui allaient les transporter au nouveau continent. Comme bien d'autres, les MacLeod ne gardaient de cette langue que quelques expressions. Les plus colorées.

— Je compte mes orteils.

— C'est Angèle qui t'a montré à compter comme ça ?

— Non. Je savais déjà compter.

— En français ?

— En français ? avait répété la gamine, perplexe.

Sa mère l'avait fixée un moment avant de continuer :

— Eh bien, tu es une petite fille très intelligente, toi. Mais on va te remettre tes chaussettes et tes souliers maintenant.

— Non !

Aoibhe s'était relevée d'un bond et avait gratté la terre de ses orteils, puis avait frôlé le gazon doucement avec ses pieds. Elle avait fusillé sa mère d'un regard, la défiant de la forcer à se rechausser.

— Voyons ! Nous allons au magasin et tu ne peux pas y aller pieds nus.

— Je ne veux pas y aller. Je veux aller voir *daddy*.

— Mais on doit aller au magasin chercher...

— Je veux aller voir les renards. Je veux y aller !

— *Wheesht! Nae! We're no' havin' that now!* Tu iras voir les renards avec *daddy* après le magasin. Viens, tu pourras te choisir un bonbon, mais tu dois te chausser et venir doucement maintenant.

Le bonbon l'avait séduit. Elle s'était laissé chausser en levant un pied à la fois, une main sur l'épaule de sa mère tout en babillant les chiffres de « un » à « dix » comme une comptine, une petite prière répétée, sans avoir à penser aux paroles, mais en s'efforçant de bien rouler le *r*.

Elle marmonnait encore quand elle entra dans la grange, mais se tut au moment de marcher derrière les vaches, chaque pas fait avec une prudence exagérée. La femme ne s'était pas encore habituée à s'avancer à proximité de ces bêtes qu'elle trouvait imprévisibles et craignait un coup de sabot à tout moment. Aoibhe continua en passant à côté de la truie et de ses porcelets sans les regarder, les yeux fixés vers l'étable qui baignait dans la pénombre au fond du bâtiment.

— *Hullo,* Jenny ! susurra-t-elle en plaçant une main sur le dos d'une belle jument avant de se rendre devant le museau du cheval qu'elle caressa en lui offrant une pomme.

La robe palomino de la bête contrastait avec la crinière et la queue, qui étaient presque blanches.

— *How is your leg today*, Jenny *girl* ? *Your* patte ?

La femme se pencha pour étudier la bête, passant doucement sa main sur la jointure de la patte qui l'avait fait souffrir pendant plusieurs jours.

— *Ach !* Jenny, tu vas mieux, oui. Nous pourrons retourner galoper dans les champs prochainement.

Elle retourna devant le museau de la bête toujours en chuchotant.

— Jenny, *bread is* « pan », *and leg is* « patte » *and apple is* « pooomme », continua-t-elle en offrant encore un fruit à la jument. Comme le *p* est souvent utilisé en français ! Et peux-tu croire, Jenny, ici les femmes roulent la pâte à pain ? Quel drôle d'idée pour du pain ! Elles roulent la pâte à pain et demeurent dans la maison à travailler à longueur de journée. Elles ne sortent pas vêtues de pantalons pour aller se gambader à cheval dans les champs. *Och ! no*. Comme c'est dommage. Elles ne savent pas ce qu'elles manquent, hein ? Courir librement dans les bois, sur les plages. Nous y retournerons bientôt toutes les deux. Après que j'aurai fait cuire mon « pan » et quand ta « patte » sera bien guérie. Vendredi peut-être.

Des hennissements résonnèrent dans la grange, de lourds sabots cognaient le plancher à en faire vibrer les murs. Aoibhe se retourna et se dirigea vers un autre enclos, où deux gigantesques Clydesdales s'ébrouaient en secouant la tête à en faire flotter leur crinière. Ils dansaient véritablement sur place.

La femme n'hésita pas et se faufila entre les deux bêtes mastodontes.

— *Aye !* Comme vous faites les jaloux ce matin ! Voici, voici une pomme pour toi, et une pour toi, mon Big Ben.

Elle demeura dans la grange un bon moment à murmurer à ses chevaux tout en pensant à Alfred. Ces deux étalons titanesques n'étaient qu'une dépense folle, selon ses dires. Elle n'avait pas besoin de ces chevaux de parade dans leur grange. Le foin et l'avoine nécessaires pour les nourrir représentaient une fortune.

Och! comme elle aurait aimé qu'Alfred ne mette plus jamais le nez dans leur grange. Elle savait que cet homme avait un vécu tout autre que le sien, mais ne voyait-il pas qu'elle essayait bien de s'intégrer dans la petite communauté, d'apprendre leurs habitudes, la langue ? Même les recettes. Elle soupira en pensant qu'elle devrait questionner Pauline pour savoir comment elle faisait ces « gallllettes bllllanches ».

Combien de fois Alfred lui avait-il répété qu'elle avait grandi dans une maison de millionnaires où elle s'était fait servir par une bonne qui faisait le ménage et la cuisine.

— Si j'avais ton argent, je pourrais bruler la mienne, avait-il persifflé plus d'une fois.

Il le disait en souriant, comme si ce n'était qu'une taquinerie, mais dans ses yeux, elle était certaine de lire une trace de condescendance, comme si elle devait s'en excuser. Pourtant, elle avait quitté son village sans hésiter, heureuse et excitée à l'idée de retourner à Abram-Village pour y vivre.

Est-ce que c'étaient les propos de l'homme qui la poussaient à rejeter l'idée de s'embaucher une servante ?

Elle soupira et mêla ses cheveux à la crinière d'un des étalons qui avait placé son museau sur l'épaule de la femme. Elle serait bien demeurée dans la grange toute la matinée, mais Aoibhe savait qu'elle devait retourner dans la cuisine.

— Des « gallllettes bllllanches » maintenant, grogna-t-elle. *Och!*

2

« *Her* »

Elle frappa à la porte. Pauline s'avança rapidement en s'essuyant les mains sur son tablier enfariné qui faisait le tour de ses hanches charnues.

— Bonjour, Pôline.

Malgré la relation entre les deux femmes, ni l'une ni l'autre ne réussissaient à énoncer le prénom de l'autre tel qu'elles l'avaient reçu à leur baptême. Toujours les anglophones avaient déformé celui de Pauline, mais l'inflexion qu'Aoibhe lui donnait était folklorique.

Immanquablement, la mélodie de son nom gazouillé à l'écossaise déployait le sourire de la fermière.

— Eva, rentre, rentre, s'exclama-t-elle en ouvrant la porte. Quel plaisir de te voir ce matin ! Viens t'assoir, il y a du thé chaud sur le poêle. Ne te gêne pas.

La fermière guida Aoibhe dans la petite cuisine en enchainant un discours avant même que sa visite ait refermé la porte derrière elle.

— Tu vas m'excuser, mais j'ai les mains dans la pâte encore. La petite est couchée et c'était ma chance de faire des tartes. Nos pommiers sont pleins à en casser les branches. J'en ai ramassé deux pleins seaux ce matin. Oh ! j'adore ce temps-ci de l'année, c'est ma saison préférée. Il y a encore quelques légumes frais dans les jardins, les journées ne sont plus si humides, alors même si le fourneau doit chauffer jusqu'à l'heure du souper, on ne meurt pas de chaleur ici dedans. De plus, l'école est recommencée, alors les plus grands ne sont plus dans ma cuisine comme une volée de goélands à crier pour le souper alors que la vaisselle du diner n'est même pas débarrassée de la table.

Tout son corps s'agitait. Pauline plongeait les mains dans un grand sac de farine, tournait la tête pour jeter des coups d'œil furtifs vers Aoibhe, remontait ses lunettes qui avaient glissé sur son nez perlé de sueur et bavardait rapidement.

— Les pommes sont vraiment mon fruit préféré, continua-t-elle. Ah ! mais les canneberges aussi. Est-ce que tu manges des canneberges ? La semaine prochaine, je vais commencer à faire mes conserves. Oh ! c'est bien meilleur faire des tartes avec des fruits frais, mais dans le creux du mois de janvier, quand les journées sont si courtes et froides, une bonne tarte aux pommes, toute chaude avec une tasse de thé, ça réchauffe les... ça réchauffe les... les « entrailles »... euh « entrailles », voyons, comment on dit ça en anglais, encore ?

Elle agitait une main blanche de farine devant son tablier, qui ne couvrait qu'une fraction du devant de sa robe.

— *Your stomach ?* demanda Aoibhe.

— Non, pas exactement, corrigea la fermière, toujours en anglais. Plutôt... tu sais, les boyaux, tous les intestins, mais je cherche un mot un peu moins médical.

— *Your innards ?* demanda encore Aoibhe avec le petit archet lui chatouillant les cordes vocales, rallongeant le *a* et le *r*.

Pauline s'esclaffa.

— Oui ! Exactement... ça réchauffe les « *innards* », répéta-t-elle en tentant d'étirer la deuxième voyelle comme l'avait fait Aoibhe.

Celle-ci était toujours debout devant le poêle, sa tasse de thé dans la main, l'air autant amusé qu'étonné. Comment la fermière faisait-elle pour sauter aussi rapidement de l'anglais au français ? Bien sûr, il y avait le *th* qui sortait plus souvent comme un *d*, parfois elle traduisait littéralement des expressions françaises qui n'avaient pas vraiment d'équivalents anglais, et il y avait quelques moments comme celui-ci, où elle cherchait un mot qui lui échappait, mais quand même. Aoibhe enviait son habileté d'alterner d'une langue à l'autre avec autant d'aisance et d'assurance. Elle rêvait du jour où elle aussi réussirait à passer de l'anglais au français sans effort, avec une connaissance rudimentaire du vocabulaire francophone au moins, sans avoir à réfléchir à la traduction exacte de chaque petit mot. Comme la fermière, elle ne se soucierait pas s'il y avait une expression ou une prononciation qu'elle ne maitriserait pas, elle se lancerait dans sa diatribe tout de même.

Pauline souriait en marmonnant encore le mot « *innards* ». Elle leva la tête et vit Aoibhe immobile devant le gros poêle à bois qui trônait au cœur de la cuisine.

— Ah ! du lait. J'y vais, lança-t-elle prestement en s'élançant avec ses deux mains blanches devant son visage.

— Non, non, Pôline. Tu peux me dire où il est.

Les joues de Pauline s'empourprèrent sur-le-champ.

— Non, voyons, balbutia-t-elle en s'essuyant encore les mains sur son tablier et en se dirigeant vers une pièce connexe qui servait de garde-manger.

Elle retourna dans la cuisine avec la petite boite de lait et en vida quelques gouttes dans la tasse que lui tendit Aoibhe.

— J'aurais bien pu me servir, murmura celle-ci en regardant la fermière dans les yeux.

Pauline leva le regard sur celui d'Aoibhe, ses joues rosies témoignant du trouble qui l'envahit momentanément. Les deux s'étaient retrouvées à Abram-Village depuis moins de six mois, et malgré tout, il y avait encore des occasions où une certaine timidité se lisait dans leurs yeux.

Aoibhe avait déjà vu ce regard, ce genre d'embarras avec lequel d'autres l'avaient quelques fois fixée. Non pas pour les succès qu'elle aurait accomplis ; c'était plutôt pour ceux de son père. Depuis l'époque où il avait occupé le poste de lieutenant-gouverneur de la province, Aoibhe faisait partie de l'élite. L'appartenance à cette classe se lit parfois par la carrure des épaules, les pas décidés et l'angle de la tête, même plus que les riches vêtements qui composent la garde-robe.

La première fois qu'elle avait eu conscience de ce regard embarrassé que d'autres posaient sur elle, Aoibhe devait avoir sept ans à l'époque, non, plutôt six. C'était durant sa première année d'école, alors six ans certainement. Elle était allée au magasin avec sa mère par un beau samedi d'hiver. Alors que madame MacLeod passait sa commande au comptoir, Aoibhe s'était aventurée entre des rayons pour se distraire. Elle avait ramassé un petit cheval en caoutchouc qui faisait partie de toute une collection d'animaux de ferme. Elle avait décidé qu'elle devait avoir la collection au complet. Sa mère dirait probablement que ce n'était pas un bon jouet pour une fille. En levant la tête pour estimer ses chances de convaincre sa mère d'ajouter ce jouet à ses achats, ses yeux avaient croisé le regard de deux petites filles qui la dévisageaient depuis le coin de l'étagère.

— *Hullo,* avait-elle roucoulé.

— Allo, murmura la plus petite d'entre elles. T'as un beau *capot.*

— *What* ?

— Tu as un beau manteau, avait repris la deuxième en anglais.

— C'est de la fourrure de renard, avait expliqué Aoibhe. Mon père élève des renards argentés et il vend les fourrures. Même la reine de l'Angleterre porte un manteau de fourrure de renard argenté de l'Île-du-Prince-Édouard. Mon père me l'a dit.

— Est-ce que je peux le toucher ? avait demandé la plus jeune en admirant cette jolie fille vêtue de fourrure.

Aoibhe n'avait pas bougé immédiatement, mais finalement, elle avait levé un bras en direction des filles. À leur tour, celles-ci avaient hésité avant de s'avancer pour frôler la fourrure.

Aoibhe avait fixé les petites mains faire des va-et-vient délicats sur son bras, des petites mains qui sortaient de manches de manteaux qui avaient visiblement été fabriqués de pièces de tissus récupérées et réutilisées. Elle n'avait pu résister à l'impulsion de placer sa main sur ces carreaux multicolores et fades. Aussitôt, la petite main s'était envolée. Aoibhe avait levé les yeux sur le visage cramoisi de la fille. Elles s'étaient dévisagées un instant.

— La reine ne porte pas des manteaux comme celui-ci, avait murmuré la plus vieille des fillettes, avec un accent évident.

Elle avait pris sa petite sœur par la main.

— *Vieuing*, avait-elle commandé.

Les deux avaient déguerpi.

Pour une raison qu'elle n'avait pu expliquer, ces deux gamines l'avaient interpelée. Aoibhe se souvient qu'elle était demeurée clouée sur place un instant, les yeux fermés, alors que la parole de la fillette lui avait résonné sur l'âme, un écho qui avait sonné dans tout son être. « Vieuing ».

* * *

— On dirait que c'est encore comme si tu es de la grande visite quand tu entres chez nous, murmura Pauline.

Elle se retourna pour porter le lait dans le garde-manger et pour cacher sa figure rougie.

Aoibhe cligna les yeux pour chasser les vieux souvenirs. Elle n'était pas vêtue de son manteau de fourrure aujourd'hui, mais le fait qu'elle avait été la fille du lieutenant-gouverneur de la province, qu'elle avait assisté à toutes les grandes activités sociales de la capitale, ce vécu la suivait comme un parfum exotique.

Elle tira une chaise de la table et s'assit de façon à pouvoir bavarder avec la fermière, qui vint reprendre sa place au comptoir, derrière la farine et le rouleau qui attendaient. Dans un instant, ses mains habiles saupoudrèrent un peu de farine et roulèrent une pâte qu'elle étala dans une assiette, puis elle y ajouta une bonne quantité de pommes déjà pelées et coupées en tranches. Les odeurs de la petite cuisine rappelèrent les mets alléchants qu'avait préparés Angèle dans la cuisine des MacLeod à Grand Tracadie, et même si elle avait pris un bon diner, Aoibhe salivait à humer les arômes qui parfumaient chacune de ses inspirations.

— Pôline, quand j'étais jeune, notre servante préparait parfois des repas comme vous, mais toujours son pain était… eh bien, comme du pain. Voilà que Felix me dit que sa mère roule sa pâte à pain pour en faire des « galllettes blllanches ».

Pauline leva la tête pour étudier la femme, un sourire gentil se dessinant sur son visage.

— Ah ! des « galettes blanches » ! Bien sûr.

— Alors, tu prépares ton pain comme ça, toi aussi ?

— Toutes les femmes ici font des galettes blanches aussi souvent que des briques de pain.

— Des « briques » ?

— Eh bien, un pain traditionnel, disons.

— Mais pourquoi ?

— Ah ! Là, je ne le sais pas, ç'a toujours été ainsi. Maman faisait des galettes blanches et mémé aussi. Pour manger avec un bon fricot ou des fèves au lard, il n'y a rien de meilleur. Même avec une bonne mare de mélasse mélangée avec quelques gouttes de lard de cochon bien chaud. Mmm ! Ça colle sur les côtes.

— Vrai ? Angèle n'en a jamais fait chez nous, même quand elle faisait des fèves au lard. *Ach !* Bien sûr, à la boulangerie parfois, ma mère aurait acheté une douzaine de petits pains, mais Felix était convaincu que des « gallletes blllanches » étaient tout autre chose. Il me semble que du pain, c'est un élément essentiel. Ça et les pommes de terre, il n'y a rien de plus important dans la diète de toute la population de l'Île et pourtant, je n'ai jamais eu connaissance de ces « galllettes ». J'aimerais bien en voir, voir comment vous les faites. Felix disait que vous coupez la pâte avec un verre.

— J'en ai dans la boite à pain si tu veux en gouter.

Pauline pointa le doigt vers un coin de l'armoire pour diriger Aoibhe, tandis qu'elle ouvrit une porte et sortit un beurrier qu'elle glissa en direction de l'autre femme. Elle passa plusieurs minutes à expliquer le processus, tandis que l'autre étudiait le petit pain moelleux avant de le déchirer en deux et d'y prendre une bonne bouchée.

— Mets du beurre, mets du beurre. Cela te fera engraisser un peu. Tu es trop maigre, Eva. Tes jarrets sont aussi fins que ceux d'un petit renard.

Aoibhe leva la tête, ne pouvant retenir le sourire qui lui étirait les lèvres. C'est vrai que la fermière avait les cuisses rondelettes, comme son ventre et ses joues, mais jamais Aoibhe ne pouvait s'imaginer avoir une telle silhouette. Elle craignait de ne plus être capable de monter sur sa jument si elle avait ce poids en plus à lancer par-dessus la selle.

— Pôline, comment ferais-je pour monter sur mon cheval avec de belles grosses cuisses ? demanda-t-elle, un sourire en coin.

— Ah ! oui, ton cheval ! Dis-moi que tu fais attention quand tu vas gambader sur ta jument ici. Des chemins de terre cahoteux et des sentiers dans les bois où des racines d'arbres et des roches pointues camouflées partout ne se comparent pas aux pistes de course de Charlottetown, l'avertit-elle avec un regard anxieux par-dessus ses lunettes qui lui avaient encore glissé sur le bout du nez.

Aoibhe s'esclaffa.

— Tu n'as pas à t'énerver, Pôline. J'allais bien « gambader » dans les champs et sur les plages chez nous. Mon doux ! si c'était à toi et à Alfred de décider, jamais je ne mettrais les pieds dans une grange de nouveau.

— Eva, ici, les femmes n'ont pas l'habitude de fréquenter les pistes de courses de chevaux, et surtout, elles ne montent pas sur ces bêtes.

Encore Pauline jeta un coup d'œil à sa visite.

— Est-ce que ça te manque beaucoup ? Les pistes de course et tout le reste ?

Aoibhe fixa le faite de la tête de Pauline, qui s'agitait au rythme de son rouleau à pâte. Pendant un moment, elle demeura silencieuse. Pauline leva les yeux pour l'étudier, mais elle n'aurait pu lire les pensées de l'autre femme.

Si les pistes de course lui manquaient ? *Ach !* que oui. Il y avait tellement de choses qui lui manquaient. Tout comme il y avait plein de choses pour lesquelles elle était tellement reconnaissante ! Et même si elle souhaitait de tout son cœur s'intégrer dans sa nouvelle communauté, autant il y avait des aspects de son village, de sa vie avec son père et sa mère à Grand Tracadie qui lui causaient des élans d'ennui qu'elle n'avait pas anticipés.

Grand Tracadie offrait, à cause de sa proximité de la capitale, les magasins et les restaurants achalandés, les hippodromes animés où des foules s'amassaient les jours des compétitions. Il y avait eu tous ces gens exotiques qui venaient visiter ses parents à la maison. Combien de fois durant sa jeunesse des élus du cabinet s'étaient-ils enfermés dans le bureau de son père où ils fumaient le cigare et discutaient de politique, alors que les femmes se regroupaient dans le salon à faire du petit point, à parler des enfants ou à planifier des voyages en train à Summerside ou une traversée au Nouveau-Brunswick ? Les enfants, qui venaient souvent avec les parents, étaient immanquablement chassés à l'extérieur. Bien des après-midis s'était-elle amusée derrière la maison de ses parents avec ces fillettes. Dans la poussière et sur le gazon, elles s'étaient amusées à imaginer leurs propres maisons, qu'elles façonnaient en alignant des centaines de petits cailloux, chaque pièce bien délimitée l'une de l'autre. Mais c'est là que, pour la première fois, Aoibhe avait eu l'impression de ne pas faire partie de ceux qui l'entouraient. Caitlin MacDonald avait marmonné aux autres qu'Aoibhe devait « construire sa maison » à l'écart, puisqu'elle n'était pas assez écossaise pour s'installer à ses côtés, la pointant du doigt.

— *Well, look at her.*

« *Her ?* » Comme si elle était une étrangère, une peste ?

Och ! Aoibhe s'était levée d'un bond pour s'obstiner, furieuse, criant pour la contredire. Son père était Conor MacLeod, fils d'Alistair MacLeod. Ils étaient parmi les premiers fondateurs du lot trente-six sur l'Île, et sa grand-mère, Bonnie MacDonald, était descendante directe de John MacDonald, connu en Écosse comme Fir a Ghlinne du clan Ranald, qui avait lui-même organisé la migration des premiers pionniers écossais sur l'Île en 1772.

— Alors, comment ça tu n'as pas les cheveux roux comme ta mère ? Comme nous ?

Sa mère avait mis plusieurs longues minutes à la consoler. À la raisonner. Tous les Écossais n'ont pas les cheveux roux. Elle lui avait dit de regarder les coiffures des autres filles à l'école, où sa mère elle-même en avait vu qui avaient des chevelures de couleurs plus pâles, et d'autres encore plus foncées que celle d'Aoibhe.

— Mais toutes mes amies ont les cheveux roux, avait-elle pleuré, et la face beaucoup plus pâle, pâle comme du lait, comme les reines d'Écosse, comme *Mary Queen of Scots*, alors que moi, l'été, j'ai la peau brune comme... comme le thé de *granny*. Et je n'ai pas un seul petit point sur les joues, sauf cette tache noire sous mon œil! avait-elle crié finalement en se plantant un doigt violemment sur la figure.

— *Och! Ye gona gie me a tartan fit!* Ces reines portaient des maquillages dangereux. Elles n'étaient pas vraiment si pâles, Aoibhe.

— Mais toi, tu as les cheveux tellement rouges! Et *daddy* a une grosse barbe ROUGE.

— *Wheesht!* Aoibhe Hannay MacLeod, *wheesht*! *Ma heid's loupin'*!

Aoibhe secoua sa tête pour chasser ce vieux souvenir d'enfance. Les deux cultures dans lesquelles elle avait été plongée étaient si diamétralement opposées qu'encore elle peinait à trouver sa place. En fait, c'était pour elle un véritable talon d'Achille. Toujours elle avait l'impression qu'elle devait se prouver ou se défendre ou se battre pour réussir à s'intégrer aux groupes, pour être acceptée, pour faire voir aux autres qu'en effet elle était l'une des leurs. Peut-être que le dilemme venait du fait qu'elle n'en était toujours pas convaincue elle-même.

Maintenant, ici à Abram-Village, elle était la seule femme à porter des pantalons et à monter à cheval pour se sauver dans les bois. Il n'y avait pas dans tous les villages avoisinants une autre femme qui entonnait les noms de ses voisines avec cet accent si prononcé qu'elles en étaient pratiquement rebaptisées. Sans doute, elle était la seule femme incapable d'enfiler le chas d'une aiguille ou de brasser une recette quelconque sans avoir à consulter les directives mille fois. Est-ce que toujours elle aurait l'impression de ne pas faire partie de la communauté dans laquelle elle se trouvait?

Mais il y avait Félix.

La deuxième fois qu'elle l'avait vu, c'était au moment où il était venu se placer derrière elle et sa jument. Il avait sautillé en attendant de faire son entrée sur la piste de course de Charlottetown. Selon les rumeurs, cet homme avait des jambes de guépard et pourrait se mesurer aux meilleurs coureurs olympiens. Cela avait été un exercice de politesse et de modestie pour Aoibhe de ne pas se retourner sur sa selle et d'étudier l'homme de la tête aux pieds. Vêtu de son maillot de course et de ses culottes courtes qui ne cachaient rien de son corps découplé, il était une vision à ensorceler les jeunes femmes. Elle n'arrivait pas à identifier les traits de son profil ou les tendances de ses humeurs, ni les paroles soufflées qui l'avaient séduite. Simplement, elle avait vécu un pressentiment qu'ils partageaient une histoire ou une origine commune. C'était comme si, dans sa présence, elle était chez elle. Sans même un mot, ni en anglais ni en français. Ni même en gaélique.

Elle était encore stupéfaite des coïncidences de la vie, ou du destin peut-être, qui avaient permis leur rencontre et les découvertes que cela avait apportées. Voilà qu'ils étaient mariés et elle était ici, dans la cuisine de Pauline.

— *Ach!* Il y a bien des petites choses qui nous manquent quand on laisse le village dans lequel on a grandi, répliqua-t-elle finalement. Mais je suis bien ici. En fait, je suis heureuse d'être ici, Pôline. Et quand mon ennui est trop vorace, je m'organise pour aller visiter ma grand-mère à Grand Tracadie, mon oncle et ma tante. Parfois, je marche dans les rues de Charlottetown pour faire du lèche-vitrine. Mais j'ai tout pour être heureuse ici.

La fermière hocha la tête puis ajouta en se pinçant les lèvres:

— Même ta petite jument.

La porte claqua à en faire vibrer tous les murs de la maison. Pauline sursauta au son du vacarme qui avait détoné dans l'entrée comme un coup de fusil, et se retourna en pirouettant maladroitement. Une poussière de farine tourbillonna en brillant dans les rayons de soleil qui se faufilaient entre les rideaux. Aoibhe sourit en fixant la femme dans cette position, illuminée et brillante dans les molécules qui flottaient tout autour d'elle. Effectivement, la fermière était illuminée comme un ange dans un nuage.

Toby, un chien au pelage noir du museau à la queue et aux pattes aussi blanches que la farine que brassait la fermière se précipita vers un coin de la cuisine où un bol d'eau l'attendait. C'était dans ce coin que le lit de la maman mourante avait été aménagé autrefois, mais qui avait depuis été rangé à l'étage.

Des jurons annonçaient la présence d'Edgar dans l'entrée. Il entra dans la cuisine en lançant sa casquette sur une chaise et en marmonnant.

— Sainte et *boune* ! Edgar. Pas si fort ! Tu vas réveiller la p'tite. Quoi c'est qui t'chavire d'la pareil ? exigea sa femme en français.

— Notre maudit vieux *tractor* est encore pris dans l'haut du champ. Y a fait une façon de pette pis une boucane noire a *explodé* d'l'engin pis y a corvé. C'est la deuxième fois c'te semaine. J'vas jamais *pouair* récolter les patates à temps si j'peux pas faire aller c'te pile de ferraille là plus que trois jours d'affilée. Pourtant, y avait ben travaillé pour mon père.

Comme d'autres qui se tournaient vers la mécanisation pour effectuer certaines tâches en agriculture, Edgar, son père et un oncle avaient investi dans un tracteur de seconde main qui devait bien avoir connu ses meilleurs jours.

Il s'écrasa dans une chaise et claqua son poing sur la table.

— Edgar ! La p'tite !

— *Ouaille, ouaille.* OK. Y a-t-il encore du thé ? demanda-t-il finalement, exaspéré. Allo, Eva, lança-t-il envers la femme assise à la table.

Pauline accourut avec une tasse et la déposa devant son mari, qui se frottait le visage de ses deux mains noircies de terre rouge et de graisse de sa machine. Quand il baissa les bras et révéla une figure barbouillée, les deux femmes s'esclaffèrent en même temps. Perplexe, Edgar les fixa l'une après l'autre. Elles se regardèrent et leurs rires s'amplifièrent en voyant l'expression troublée de l'homme.

— Quoi ? Quoi ?

Aoibhe dut se cacher le visage tandis que Pauline avait agrippé l'armoire d'une main et se tenait le ventre de l'autre. De nouveau, elles osèrent des coups d'œil à Edgar avant de se regarder encore et de rire davantage.

— Ben là ! Vous êtes folles.

Finalement, la fermière leva une main et pointa vers son visage.

— Ta face ! réussit-elle à souffler.

— Ma face ?

— Alle est aussi noire que celle-là à Toby.

Edgar allait de nouveau se frotter le visage, mais il se ravisa en voyant sa main souillée. Une ombre rouge se mêla à la crasse sur ses joues.

— Maman !

— Là ! Gardez ce que vous avez fait. Vous avez réveillé la p'tite, maugréa-t-il en se levant de la table, l'air boudeur.

— Maman ?

Pauline sortit de la cuisine un moment et revint avec une fillette qui tenait sa mère d'une main et avait le pouce de l'autre bien enfoui dans la bouche. Elle cacha son visage dans le jupon de la fermière en voyant l'autre femme dans la cuisine.

— *Hullo,* Diane.

La petite n'osa qu'un œil de derrière sa mère pour fixer Aoibhe avant de se cacher encore.

— *Assis*-toi avec papa une minute que je finisse ma tarte, exigea Pauline en plaçant la petite sur les genoux d'Edgar, qui était revenu s'installer devant sa tasse de thé. Il serra la petite qui se blottit sur la poitrine de son père, son pouce toujours plongé dans sa bouche, un œil méfiant sur Aoibhe.

— Dis-tu pas « allo » à ma tante, toi ? Hein ? Tu fais ton *escrabe* aujourd'hui. Où est mon beau-frère ? demanda finalement Edgar à Aoibhe en anglais.

— Il doit bien être dans le pré d'en haut à lorgner les cuisses de ses vaches. Tu as encore des problèmes avec ton tracteur ?

Même si Aoibhe n'avait pu suivre toute la conversation française entre Pauline et Edgar, l'humeur de l'homme et le mot anglais qu'il avait craché lui avaient permis de deviner la cause de son mécontentement.

— Eh oui ! Ce n'est qu'un tas de misère, précisa-t-il.

— Tu aurais besoin de le faire tirer à la grange ? Je pourrais aller chercher les Clydesdales si tu veux.

Pauline secoua la tête tout en passant un couteau sur le bord de l'assiette qu'elle tenait devant son visage pour couper la pâte qui en débordait.

— Eva, laisse les hommes. Tu ne veux pas vraiment marcher toute la longueur du champ.

— Mais je ne vais pas marcher, Pôline. Je vais monter sur Big Ben. Les deux bêtes sont si attachées l'une à l'autre, Jack va suivre, tout simplement.

— Sur Big Ben ? s'exclama l'autre en se retournant pour zyeuter Aoibhe avant même qu'elle n'eût terminé sa phrase.

L'homme buvait son thé et brassait distraitement les cheveux de la petite, considérant silencieusement l'offre, mais ses lèvres pincées et ses sourcils froncés laissaient savoir qu'il évaluait encore les possibilités de régler ses problèmes mécaniques avant de devoir recourir aux chevaux de sa belle-sœur.

La fermière considéra encore sa voisine un instant, remonta ses lunettes et leva les yeux vers le plafond en murmurant :

— Sainte mère ! Sur le dos d'un Clydesdale. Tu as des nerfs de fer. Je n'ose même pas m'aventurer à proximité de votre enclos quand je vais chez vous. Je n'arrive pas à me convaincre que tes chevaux ne vont pas partir à la débandade en me voyant, qu'ils vont pulvériser la clôture et me trépigner les reins dans leur fuite.

Aoibhe sourit à l'image cocasse que lui avait peinte la fermière.

— Je ne crains pas mes Clydesdales, mais je ne peux me défaire de ma phobie des souris. L'idée de voir l'une de ces bestioles me courir sur les pieds est suffisante pour me lancer à la débandade moi-même.

— Ne parle même pas des souris. Ce sera un vrai sauve-qui-peut entre nous deux, alors. Si ensemble nous en voyons une, c'est moi qui vais te trépigner les reins dans ma course.

Cette fois, Aoibhe s'esclaffa en imaginant la scène.

Edgar et Diane suivaient ce dialogue hilarant entre les femmes. La petite tourna un visage curieux vers son père tandis que sa mère et sa tante riaient à en faire couler des larmes. Il leva les yeux vers le plafond et offrit une grimace comique à sa fille pour toute réponse. Immanquablement, ces deux femmes réussissaient à tourner toutes leurs conversations à la folie. Leur complicité n'aurait pu être plus proche si elles étaient des jumelles.

— Je vous laisse à vos phobies. J'vais aller voir si Félix ou Alfred peuvent m'aider, annonça subitement le fermier.

— En tous les cas, l'offre est là si tu veux. Ça ferait du bien aux bêtes de travailler un peu, ajouta Aoibhe.

Edgar avala une dernière gorgée de thé et se leva. Il dut s'arracher aux bras de la petite, qui l'avait pris au cou et qui se lamentait de se voir repoussée.

— Faut qu'papa *alle ouair menoncle,* lui expliqua-t-il en la tirant pour la placer sur la chaise qu'il avait libérée. Reste icitte avec maman.

Il ramassa sa casquette et se précipita vers l'entrée sans un mot de plus. La porte claqua avec le même vacarme qu'à son entrée. Aussitôt, Toby courut à sa poursuite et gratta la porte en couinant.

— Ah ! sainte et *boune* ! maugréa Pauline en plaçant une tarte dans le fourneau avant de se diriger vers la porte.

Elle laissa sortir le chien et dut ramasser la petite, qui avait empoigné le tablier de sa mère au passage.

— Je n'ai jamais vu Edgar aussi contrarié, osa Aoibhe.

Pauline s'assit à la table, la petite sur les genoux. Elle remonta ses lunettes et, doucement, se mit à bercer la fillette en se balançant sur sa chaise, de droite à gauche, droite, gauche.

— Ah ! Edgar. Les membres de l'assemblée de l'exposition agricole ont encore eu une réunion hier soir et il fait la baboune depuis.

— Je ne pensais pas qu'Edgar faisait partie de l'assemblée.

— Même pas, mais après chaque réunion, Alfred vient promptement lui faire un compte-rendu détaillé des procédures. Les dernières années ont vu un gros déclin dans la participation des fermiers à l'exposition, mais que veux-tu ? Il y en a de moins en moins, des fermiers. Les organisateurs ont demandé une augmentation des subventions du ministère de l'Agriculture afin de leur permettre certaines améliorations, mais ils n'ont pas eu la réponse qu'ils souhaitaient. Alors, monsieur fait la baboune.

— Il me semble que Felix a marmonné quelque chose à ce sujet. Alfred devait en avoir à dire là-dessus, ajouta Aoibhe.

Pauline se pinça les lèvres en hochant la tête.

— Tu le sais bien. Il est arrivé ici au pas de course et à bout de souffle immédiatement après la réunion. Il parlait si rapidement que j'ai à peine compris les grandes lignes. Semble-t-il que le gouvernement augmentera les subventions pour l'exposition seulement si elle est agrandie pour intégrer les communautés avoisinantes, où la plupart des fermiers ont des troupeaux de vaches de race. Selon les propos d'Alfred, ces autres villages ont déjà leurs propres expositions, de gros évènements. Finalement, même si les membres de l'assemblée ont voté en faveur de la proposition du gouvernement, maintenant la grogne et les oppositions se multiplient parmi nos fermiers. Oh ! tu sais tout ça déjà, je suppose. Tu as sans doute entendu ces mêmes arguments répétés dans ta propre maison.

— *Ach !* Felix. Tout ce que je comprends dans son jargon, c'est qu'il attend l'exposition avec impatience pour montrer sa Betsy aux autres et pour voir s'il n'y aurait pas là un bon taureau de race pour la saison de reproduction. Vraiment, Pôline, ses discours au sujet des hanches de cette vache sont presque gênants. Si Betsy était une femme, j'en serais absolument jalouse.

Pauline rit doucement, toujours en se berçant, droite, gauche, la petite tranquille sur ses genoux.

La porte claqua encore dans l'entrée et encore la fermière sursauta. Edgar se pointa le visage dans la cuisine.

— Edgar ! *Charches*-tu à me faire prendre une crise de *tchœur* aujourd'hui ?

— S'cuse-moi, ma Pouline. Eva, je vais prendre ton offre, affirma-t-il en anglais à sa belle-sœur.

Aoibhe se leva d'un bond.

— J'y vais. *Cheerio*, Pôline. C'est à ton tour de venir visiter. Merci pour la « galllette blllanche », chantonna-t-elle.

La porte claqua encore.

Diane dévisagea sa maman en sourcillant. Celle-ci secoua la tête en souriant doucement.

— Sainte et *boune* !

— Sainte et *boune* ! répéta la petite en offrant un sourire espiègle à sa maman.

3

L'aviateur

— *Haw ! HAW ! OK, easy, easy. Atta boy ! Yup ! Giddy-up now ! Giddy-up !*

Toby jappa comme s'il encourageait les bêtes, lui aussi. Edgar était assis sur le tracteur, les deux mains sur les commandes en manipulant la machine derrière les chevaux. À chaque pas, les sabots gigantesques des bêtes creusaient dans les sillons et remuaient un petit nuage de poussière rouge qui germait sous leurs ventres. Maintenant que le tracteur avait été retourné et roulait en direction de la grange, les Clydesdales marchaient sans effort.

Aoibhe était montée sur Big Ben. Elle n'avait lancé qu'une petite couverture sur l'étalon avant de grimper la clôture pour se lancer sur le dos de la bête et d'agripper les brides. Le mouvement du cheval la berçait. Elle leva le visage au soleil, ferma les yeux et respira profondément. Elle passerait la journée assise sur ce cheval, les cheveux dans la brise, le soleil lui réchauffant les épaules.

Jack s'ébroua et secoua sa crinière pour chasser les mouches qui le harcelaient. Aoibhe ouvrit les yeux pour s'assurer que le cheval marchait toujours dans la bonne direction sans avoir à être guidé. En jetant un coup d'œil vers la grange, elle aperçut Alfred qui les guettait, les mains dans les poches, sa dent d'or mordant un gros cigare. Instantanément, elle serra la mâchoire et sa bonne humeur s'évapora. Sans doute celui-ci trouverait quelque chose à critiquer, même si elle avait réussi à aider son beau-frère.

— Tiens ! En voilà une vue ! Montée sur le dos d'un Clydesdale maintenant, annonça l'homme qui l'étudiait. Je suis surpris de voir que tu as pu y monter sans selle. J'aurais cru que les dames qui fréquentent les écuries des pistes de chevaux et qui ont été entrainées avec tous les attirails ne pourraient réussir à demeurer sur une bête autrement, et sur un Clydesdale en plus, ajouta-t-il en mordant encore sur son cigare.

Souriait-il réellement, ou était-ce elle qui imaginait une gueule tordue en moquerie ? À plusieurs reprises, Félix lui avait répété qu'Alfred était un taquin, un homme qui badinait pour dévier l'attention afin qu'on ne s'attarde pas à sa petite stature, qui jappait plus fort qu'il ne mordait, que derrière ce regard cinglant se cachait un homme qui avait bon cœur, qui n'hésitait jamais à aider un voisin dans le besoin. Aoibhe demeurait sceptique. Tout comme les farfadets qui habitaient sa tête.

Dans un brouhaha de cris et de pépiements, ces gnomes lui hurlaient des propositions peu gentilles, l'exhortant à fermer la gueule à ce petit homme aux grosses oreilles qui la vexait à chacune, mais **chacune**, de leurs rencontres.

— Tous les « attirails » n'étaient nécessaires que pour guider les *drivers* dans l'hippodrome. À la maison, je montais souvent sans selle, même sur les Clydesdales, l'assura-t-elle en forçant un sourire éblouissant sur ses lèvres. Tu devrais l'essayer. Je pourrais t'aider à y monter si tu veux.

Och ! Elle voulait rire malicieusement et se claquer le visage en même temps. Comme elle était méchante d'oser même formuler une telle proposition ! Alfred y verrait sans doute du mépris à l'égard de son offre, alors que tous les deux étaient maintenant à l'imaginer monté sur un objet quelconque pour tenter de sauter sur l'animal qui le dépassait de plusieurs centimètres, et la cavalière qui aurait les mains sur le postérieur du petit homme afin de le hisser sur la bête.

Seigneur ! À quel âge réussirait-elle à maitriser ses émotions ? Même si cet homme avait un don incroyable pour la piquer au vif dès ses premières paroles, ne devrait-elle pas être capable de rire de ses propos plutôt que de se laisser emporter si facilement ? Ou… ou est-ce que cet homme cherchait vraiment à la tourmenter ?

Elle baissa la tête et passa ses doigts dans la crinière du cheval, trop gênée pour soutenir le regard perçant que lui lançait Alfred.

— Eh bien oui, j'oubliais. Madame la fille du lieutenant-gouverneur et maitresse des cérémonies des défilés aurait sans doute eu toutes les occasions avec tous les chevaux à sa disposition. Quand je serai millionnaire à mon tour et que j'aurai le temps de m'amuser dans les champs plutôt que de travailler, Eva, j'irai te trouver, promit-il en souriant autour de son cigare.

Elle se mordit la langue. Il disait ça alors qu'il était là à flâner dans les champs d'Edgar plutôt qu'au travail derrière le comptoir de son magasin.

Peu importe ce que lui disait Félix, elle n'avait pas encore réussi à déceler ce bon cœur de voisin de cet homme. Plutôt, ce fut une vision d'un petit chihuahua avec ses oreilles pointues et qui jappait sans arrêt qui lui vint à l'idée.

Och ! Celle-là méritait deux claques au visage.

— Alfred, garde mon *tractor*. Un deux *horsepower* ! lui cria Edgar.

— Y avance pis c'est tout, Edgar. Pis j'*ouois* que t'as eu besoin d'une femme pour t'aider, en plus.

— C'est la meilleure vue que j'ai jamais eue assis su' mon *tractor*, laisse-moi te l'dire.

Les deux hommes se mirent à rire. Instinctivement, même si elle n'avait pas capté leur discours qui s'était fait en français, Aoibhe sentait qu'elle était la cible de leurs plaisanteries. Elle n'avait pas encore desserré les dents depuis les salutations d'Alfred et elle n'allait certainement pas y arriver avant d'être seule dans sa grange. Elle feignit d'ajuster les brides en attendant qu'Edgar détache sa machine des chevaux. Cela lui permettait de soustraire son visage au regard d'Alfred, qui avait sans doute les yeux rivés sur son dos en souhaitant la voir rougir.

— Tes patates auront l'temps de pourrir dans les champs si c'est ça ton *amanchure* à récolter, lui répondit Alfred en se dirigeant vers la machine en panne. C'est-y le *carborator* qu'a *floodé* encore ?

— Ça doit. Y a *backfiré* assez fort *t'à l'heure*, j'croyais que y allait m'*exploder* droite dans la fourche. J'ai *rouvri* les palettes, pis soufflé dans la ligne à *gas, ben* le *djâte* veut *pu firer,* pas en tout.

— Pousse-toi *ouair* que j'garde. Edgar, tu *uses* encore ta vieille *can* à *gas* que tu gardes dans ta *shed* ! J't'ai dit de v'nir au magasin t'en *charcher* d'la neuve. *Goddang !* Faudra que tu sortes ton portefeuille. Achète-toi d'quoi d'*sarvice,* sinon, t'auras *yink* d'la *misare.* Ou débarrasse-toi de c'te machine-là.

— Toi, tu veux juste que j'débourse mes piastres dans ton magasin, répliqua Edgar.

— Une *can* de *gas* sera moins *char* qu'un *carborator* neuf, laisse-moi t'le dire.

Les hommes avaient la tête et les mains dans la machine et n'avaient plus besoin d'Aoibhe. Son plus gros désir était de s'éclipser le plus rapidement possible. Devait-elle les laisser sans même un au revoir ? Il ne semblait pas qu'il y aurait de remerciements non plus.

Comme la cavalière donnait un coup de talon dans les côtes de Big Ben et lui sifflait une commande, le bruit d'un engin résonna au loin. À l'horizon, un petit avion se pointait. Elle tira sur la bride pour immobiliser les bêtes et considéra l'aéronef. À leur tour, les deux hommes s'arrêtèrent et levèrent la tête au son qui approchait.

— *Tchin !* L'autre millionnaire de l'Est qu'arrive, glapit Alfred.

L'avion planait à peine à quelques centaines de mètres au-dessus des arbres et se dirigeait directement vers la grange d'Edgar. Le pilote berça la machine de façon à faire basculer les ailes de haut en bas tout en s'approchant. Et là, comme les trois s'y attendaient, un projectile fut lancé de l'avion au moment même où il leur passait au-dessus de la tête. Comme un petit obus, une roche s'écrasa avec un bruit étouffé par la poussière qui fut projetée à proximité des hommes.

— Ça parle au *Goddang*! Tu croirais qu'il mire droit pour nous autres. Un jour, y va nous pogner dans l'front c't'y là, s'exclama Alfred en observant l'avion qui s'éloignait déjà.

Aoibhe aurait voulu courir jusqu'à la roche pour y arracher le message qui leur avait été envoyé, mais déjà Edgar s'y dirigeait.

— Cela doit être pour toi, je pense bien, conclut-il en remettant le colis à la cavalière.

Elle prit la lettre qui avait été attachée à la roche et lut le message rapidement. Daniel allait à l'extrémité ouest de l'Île pour l'après-midi, puis il monterait de nouveau dans son avion. Il serait à Abram-Village pour le souper. Sally l'accompagnait.

Aoibhe devait s'efforcer de ne pas laisser un sourire lui déchirer le visage. Alfred la toisait toujours, son gros cigare coincé sous sa dent d'or, comme s'il attendait une invitation qui ne venait pas.

— Ils vont à Alberton, mais ils seront ici pour le souper. Vous passerez à la maison pour un *cèilidh*, ce soir ? demanda-t-elle finalement aux hommes avec un semblant de nonchalance.

Cette fois, elle n'attendit pas une réponse, mais adressa encore un sifflement aux chevaux et se dirigea vers la grange sur l'étalon qu'elle poussa au trot.

* * *

Aoibhe s'était véritablement gâtée de la présence de Sally et Daniel, passant près d'une heure en tête à tête à discuter de toutes les nouvelles qu'ils avaient à partager de l'est de la province. Les fermiers, n'ayant pas terminé leurs besognes dans la grange ou le pré, leur avaient accordé ce temps. Elle avait savouré les anecdotes de la région tout autant que le discours anglais, qui s'était fait facilement et librement. Pendant cette heure, elle n'avait pas eu à deviner d'expressions ou de phrases françaises lancées par-dessus sa tête.

Maintenant, tous étaient réunis dans sa cuisine, où les membres de sa nouvelle famille s'émerveillaient de ce pilote qui avait zigzagué dans les cieux entre les Amériques et l'Europe alors que les bombes et les missiles de la Guerre avaient fendu l'air – un homme qui déjà voyageait en avion, alors qu'ici, on venait tout juste de faire la transition de la charrette à la camionnette.

Daniel avait la chevelure ciselée d'un soldat, une coupe qui mettait en évidence les empreintes d'une brulure qui avait touché le haut de son cou et qui devait s'étendre sous le col de sa chemise. Il n'avait pas même une trentaine d'années, mais son corps mutilé et les plis qui bordaient déjà ses yeux témoignaient d'une jeunesse mouvementée.

— Demande à Daniel, Richard. Il a dû demeurer en Europe plus longtemps que moi, marmonna Félix.

Le fils cadet de Pauline et d'Edgar avait une fascination qui frôlait l'obsession envers toutes choses qui avaient trait à la guerre. À plusieurs reprises déjà, il avait tenté d'engager son oncle Félix dans une discussion pour le faire parler de son passage en Europe durant le conflit, mais toujours sans succès.

— Oh ! je ne suis jamais allé en Italie, moi. La Grande-Bretagne était ma seule destination. Je n'étais même pas dans les forces armées, précisa Daniel. Mais toi, tu étais sur le front, alors ?

Aoibhe voyait un malaise qui commençait à tirer la mâchoire de son époux. Il ne discutait que rarement de son passage en Italie, et dans les quelques cas où il en avait fait mention, c'était en bribes voilées, toujours.

— Je ne suis resté en Italie que deux semaines, ajouta Félix en se cachant le visage derrière son verre de bière et en avalant goulument.

Aoibhe savait que, de là, il avait été transporté dans un hôpital en Grande-Bretagne, où l'on avait soigné ses blessures. Quelques cicatrices évidentes témoignaient des attaques auxquelles il avait survécu, sans parler de son ouïe. Mais sa femme avait vu les autres cicatrices, celles qui étaient encore vives et logées tout au creux de son âme, celles qui hantaient ses nuits de sommeil et provoquaient des soubresauts et des cris dans la noirceur de leur chambre.

Finalement, Richard avait dû sentir le trouble de son oncle.

— Et toi, tu es demeuré en Angleterre tout le long de la Guerre ? demanda-t-il à Daniel.

Les enfants étaient arrivés de l'école en courant. La nouvelle qu'un avion s'était encore posé dans la cour derrière la maison de Félix et d'Aoibhe avait vite fait le tour du village. Dans le temps de le dire, un groupe impressionnant s'était amassé autour de l'engin. Pendant plus d'une heure, Daniel s'était montré patient en désignant les instruments et en les expliquant à tout un chacun avant que Pauline ne vienne le sauver en l'appelant pour le souper et en chassant les enfants du voisinage à la maison pour le repas qui les attendait sans doute. Maintenant, ses fils étaient assis dans l'escalier de la maison de Félix et d'Aoibhe, le visage coincé entre les balustres devant cette occasion en or de questionner un vrai pilote. Demain, ils seraient les vedettes de l'école, où les gars les assailliraient de mille questions, avides de tous les détails.

N'eût été la nappe de nuages qui était venue couvrir le ciel d'un horizon à l'autre, Daniel leur aurait même offert un vol. Richard aurait donné son bras droit pour un vol dans cet avion. Son bras ? Eh bien, sa petite sœur, en un clin d'œil.

Diane, cette petite sœur, était assise sur les genoux d'Odette, qui la berçait doucement dans le fauteuil habituellement réservé pour Félix. Leur oncle y avait installé ses nièces, l'une juste assez grande pour tenir l'autre, qui avait coincé ses pieds derrière les bras des accoudoirs.

Aoibhe observa les filles. Odette s'amusait à tresser les cheveux de la fillette, mais elle suivait sans doute la conversation, qui se faisait en anglais. Déjà ces enfants étaient bilingues. Elle les enviait. Et elle enviait cette complicité entre les sœurs. Pendant un instant, la femme fouilla dans les recoins de son cerveau. Avait-elle jadis connu une telle complicité ?

— Non, non. Je passais quelques semaines en Grande-Bretagne, pas plus. J'étais de ceux qui faisaient la navette entre le Canada et l'Angleterre pour livrer des avions de guerre, précisa le pilote.

— Je pensais que les avions étaient envoyés en Grande-Bretagne par navire, voulut corriger Alfred.

— Au début de la Guerre, c'était bien le cas. Les avions étaient fabriqués au Canada et aux États-Unis avant d'être démontés, mis en caisses et envoyés en Europe par navire pour être reconstruits sur les lieux. Mais les sous-marins allemands freinaient souvent l'arrivée de ces engins indispensables, sans parler des couts. Peu après le début de la Guerre, plusieurs routes de vol ont été tracées entre l'Amérique du Nord et la Grande-Bretagne. C'était le FERRY COMMAND, une opération militaire visant à transporter des avions, surtout aux forces alliées en Europe. Au moment où j'ai décroché ma licence de pilote, les convois aériens étaient déjà bien établis. C'était certainement un baptême par le feu que d'envoyer de jeunes aviateurs sur ces vols transatlantiques.

— Alors, tu allais en Grande-Bretagne par avion et tu revenais au Canada comment ? Explique-moi ça en détail, demanda Edgar.

— Eh bien, au début, on y allait par avion et on revenait par navire. C'était long, puisqu'on devait naviguer en faisant des pieds et des mains pour éviter les torpilles des sous-marins allemands.

— Comment ? demanda Richard, qui n'avait d'yeux que pour le pilote.

— On devait changer de direction toutes les deux minutes.

— Toutes les deux minutes ? clamèrent les autres à l'unisson.

— Cela devait vous prendre des semaines pour revenir au pays, ajouta Pauline.

— C'était long, mais nous étions transportés dans d'immenses paquebots qui pouvaient loger plus de mille hommes et qui pouvaient doubler, ou presque, les vitesses de l'ennemi. C'étaient de véritables villes sur l'eau. J'ai fait une de ces traversées sur le *Queen Mary*. Mais plus tard, les Lancs avaient été modifiés...

— Les Lanc ? demanda Edgar.

— L'Avro 683 Lancaster, le meilleur bombardier de toutes les forces armées, ajouta fièrement Richard.

— En effet, concéda Daniel en souriant. Ils étaient construits en Ontario et devaient être livrés outre-mer. Des pilotes comme moi étaient embauchés par les forces pour les faire voler du Canada jusqu'en Grande-Bretagne. On ne passait que peu de temps en Europe avant de revenir au Canada, encore sur des Lancs qui avaient été modifiés pour accommoder plusieurs passagers. Ici, on recommençait le même trajet.

— Et tu ne volais jamais vers l'Allemagne ? demanda Martin, l'ainé de Richard, qui voulait participer à la discussion lui aussi.

— Non, non. Jamais. J'avais à peine vingt ans quand je fus embauché par les Forces armées pour faire ces voyages. Comme moi, plusieurs milliers d'aviateurs civils avaient été embauchés par les Forces durant la guerre. J'ai connu des pilotes qui sont allés en Égypte et dans le nord de l'Afrique, des destinations aussi exotiques que Casablanca. Ces pilotes faisaient partie d'une route plus au sud, alors que moi, j'ai toujours fait la navette sur la route Nord-Atlantique qui se terminait à la base de Prestwick, à proximité de Glasgow, en Écosse.

Écosse ? Le murmure de ce mot évoquait tant de souvenirs pour Aoibhe. Comme elle souhaitait voir ce pays de ses propres yeux, entendre à tous les coins de rue l'accent de ses parents, de ses grands-parents, voir la maison de Robbie Burns, ce poète que son père n'avait cessé de glorifier en récitant quelques vers de ses poèmes de sa belle voix grave ! Et combien de fois avait-elle rêvé de pouvoir toucher les gigantesques pierres de Callanish, dressées en cercles où des géants du passé pratiquaient des cérémonies mystérieuses !

— Pourquoi en Écosse ? demanda Martin.

— C'était une base éloignée de l'ennemi, un espace qu'on disait sécuritaire et à l'écart des combats. Quoiqu'il y ait eu quelques occasions où les Allemands s'étaient dangereusement approchés des frontières de ce pays. Vous savez tous que le château de la reine a été bombardé en 1940, alors on se devait d'être vigilant. Ironiquement, c'est après la Guerre que j'ai eu ma plus grosse frousse.

Richard agrippa des balustrades de ses deux mains. Un peu plus et il aurait passé toute la tête entre deux poteaux.

— Après la Guerre ? s'étonna Edgar. En Europe ?

— À Hornafjörður, en Islande. La route du retour impose plusieurs escales pour se ravitailler en carburant, dont une à Reykjavik. Nous avions encore transporté des équipes médicales en Grande-Bretagne et retournions au pays en octobre, un mois après la fin du conflit. À quelques centaines de miles de la côte de l'Islande, un des moteurs est tombé en panne. Souvent, cela ne présente qu'un soupçon d'inquiétude, puisque les trois autres peuvent facilement porter l'avion à destination. Mais en peu de temps, il était évident qu'une ligne de carburant était brisée et que le deuxième moteur de la même aile allait manquer de combustible. On s'est dirigés vers le premier aéroport accessible, mais avant même d'approcher la piste, le deuxième moteur s'est arrêté. En un clin d'œil, l'avion était quasi incontrôlable. Il fallait tenter un atterrissage ou envisager un écrasement. Le pilote a réussi l'impossible en s'alignant plus ou moins avec la piste, mais tous voyaient bien que le désastre nous attendait. Nous étions alors à moins de cinq-cents pieds d'altitude. Évidemment, il était impossible de remonter pour tenter une deuxième approche et tout aussi impossible de corriger les élans dangereux de l'avion alors que la terre approchait à une vitesse terrifiante. Le pilote nous criait : « Tenez-vous ! Tenez-vous ! » Mais il n'avait pas besoin de crier. Tous les gars étaient des pilotes avisés. On savait très bien qu'on s'écrasait. Je me suis fermé les yeux en m'accrochant de toutes mes forces. Je n'ai jamais été trop priant, malgré mon éducation catholique, mais laissez-moi vous dire que j'enchainais toutes les prières que je connais l'une après l'autre. Et là, ce fut un bruit infernal de métal contre le gravier de la piste, des secousses de l'avion qui culbutait après avoir perdu une aile au moment de l'impact et les explosions des autres réservoirs de carburant. Mes prières ont évidemment été exaucées. Le fuselage s'était brisé à mes côtés, mais là où j'étais assis, tout était intact. À travers les flammes et la fumée, je voyais le trou dans l'avion. J'ai réussi à grimper par-dessus les objets qui avaient été projetés tout autour de moi et je suis sorti du fuselage mutilé. Nous avons tiré des gars de l'avion en flammes; d'autres avaient été projetés durant les tonneaux que le Lanc avait faits sur le sol. Seulement six d'entre nous en sont sortis vivants. Six sur quinze, bredouilla-t-il.

Tout autour de la table et dans l'escalier, le silence régnait. Le groupe ne respirait même pas. Daniel avait les yeux fixés sur ses mains, les pensées évidemment toujours sur la piste d'atterrissage.

Pauline jeta un coup d'œil nerveux vers ses filles. Si Diane était trop jeune pour tout saisir ce qui se disait en anglais, Odette en savait bien assez pour avoir compris cette narration violente. Mais sa fille avait toujours les deux mains dans la chevelure de sa cadette et ne semblait même pas intéressée par les discussions dans la cuisine.

— Je vous garantis qu'on ne voit plus la vie du même œil après un évènement comme celui-là, termina Daniel. Les choses qu'on trouvait si importantes n'ont plus du tout le même attrait. Mais la famille… je ne pouvais penser qu'à ça. La famille, murmura-t-il en levant les yeux pour croiser le regard de tous ceux qui avaient été absorbés par le récit du pilote.

Il pointa vers Richard qui était dans une transe et répéta:

— Voilà ce qu'il y a de plus important dans la vie: la famille et les amis, pas toutes ces histoires de guerre. Il n'y a rien de glorieux dans la guerre.

Malgré les efforts déployés par cet homme robuste, sa voix trahissait un trouble que le souvenir de l'écrasement brassait toujours. Il tourna le regard vers la porte afin de se cacher la figure et de reprendre le contrôle de ses émotions. Pauline, qui était à ses côtés, aurait tant voulu lui serrer la main, le prendre dans ses bras pour consoler sa peine, comme une maman aurait fait à son enfant, ou une grande sœur à son benjamin.

Combien de jeunes hommes comme celui-ci avaient dû pleurer seuls leur détresse sur les champs de bataille en constatant l'état de leurs camarades gisants qui avaient été mutilés par cette guerre? Seul, sans une main douce mais solide pour offrir un peu de soutien, sans une épaule réconfortante pour y vider leur peine.

Mais Pauline ne bougea pas. La gêne la retenait. Sa gêne et la présence de la jeune femme aux côtés de l'aviateur. La fiancée du pilote lui avait discrètement pris la main et la serrait tendrement.

Comme Aoibhe, Sally Pope était très jolie, anglophone et originaire de l'est de la province. Et comme Aoibhe, en plus de ses gestes surs, l'angle de son menton, la posture de ses épaules, sa tenue témoignaient qu'elle était issue d'une famille privilégiée.

— Que faisais-tu donc dans la guerre à cet âge-là ? exigea Alfred avec sa rudesse habituelle.

— J'ai dû attendre jusqu'en 1943 avant de pouvoir offrir mes services aux Forces. C'était au grand malheur de ma mère, qui avait tout fait pour me garder à la maison. Mais jeune homme, tu ne vois que la gloire associée à des victoires imaginées. Tu te penses invincible, audacieux. Je rêvais aux avions depuis mon enfance à les voir survoler notre maison. Quand je pouvais, je me rendais au bout de la piste d'atterrissage à l'aéroport pour les regarder faire leurs décollages, ne rêvant qu'à monter dans ces machines. Puisque j'étais enfant unique, ma mère refusait de me laisser entrer dans les Forces, alors je me suis inscrit à l'école d'aviation. Mais il y avait tout autant de pilotes civils que de pilotes des Forces armées dans le ciel à la fin de la Guerre. Nous n'avions pas le même uniforme, c'est tout.

— Alors, tu n'as jamais largué de bombes ? demanda Richard.

Le pilote fixa le garçon en constatant que le jeune imaginait encore des aventures de casse-cou.

— Non. Jamais. J'ai transporté des hommes importants, du matériel médical, mais jamais de bombes. Notre travail était de livrer les bombardiers en Europe et de revenir au pays en chercher encore d'autres. Bien que j'aie trouvé mon travail dangereux, jamais je n'aurais voulu affronter les avions de chasse allemands dans les cieux de l'Europe.

— Comment as-tu réussi à te convaincre de monter encore dans un avion après l'écrasement que tu as vécu ? demanda Pauline avec étonnement.

— Eh bien, je ne voulais pas demeurer en Islande, précisa-t-il en riant. Je me suis dit que, si j'avais survécu à la Guerre et à cet écrasement en plus, eh bien, le Bon Dieu devait avoir décidé de me laisser savourer encore quelques bons moments avant de venir me chercher. Mais assez de moi. Toi, Alfred, tu es toujours demeuré sur l'Île, même durant la Guerre ?

L'expression du petit homme laissait voir qu'il avait lu dans cette question une accusation quelconque, même si les mots de Daniel n'étaient qu'un effort pour changer un peu le sujet de la conversation.

— Quand la Guerre s'est déclarée, ça faisait déjà trois années que j'étais au Nouveau-Brunswick. À sept ans, c'était moi le chef de famille, tu sais. Dès le décès de papa, j'ai dû prendre la relève de la ferme.

— Mais tu ne pouvais pas cultiver la terre à cet âge, surement ? lui demanda Daniel, curieux des détails de la vie qu'avait connue cet homme.

Alfred rit aigrement.

— J'ai bien essayé. Mais un enfant de sept ans, que vouliez-vous que je réussisse. Même si j'aimais l'école, du jour au lendemain j'étais fermier. Ce n'était pas long qu'on arriva à peine à se mettre une bouchée de patate sous le palais ; pourtant, maman ne ménageait pas ses efforts, elle non plus, ni Pauline, ajouta-t-il en pointant son cigare vers sa sœur.

Il secoua la tête et inspira une bouffée avant de continuer.

— Daniel, tu sauras qu'il y a une grosse différence entre les éleveurs de l'autre bout de l'Île et les fermiers d'ici. On n'a pas hérité des meilleures terres et on n'avait certainement pas les moyens d'investir dans le bétail nécessaire pour l'élevage laitier, comme d'autres le faisaient déjà à cette époque. J'ai travaillé à la ferme jusqu'à ce que je sois forcé de vendre notre cheval. C'était la jument préférée de papa et je ne voulais vraiment pas la vendre, mais elle souffrait de famine tout autant que nous. Je prenais tous les petits *jobs* qu'on m'offrait, même si j'étais à peine assez grand pour aller chercher de l'ouvrage ailleurs. À l'époque, l'Île connaissait la même crise économique que le reste du pays. J'ai pêché le homard, la morue, le maquereau et le hareng avec un oncle pendant trois saisons, je marchais de la maison au quai, soir et matin. Quand les saisons de pêche étaient terminées, je pêchais des coques sur la côte, ou je passais dans les jardins des voisins, fouillant afin de dénicher une patate ou un navet qui auraient été oubliés dans la terre après la récolte. Encore là, on n'en avait pas assez à manger à la maison. Et à la maison, les craques entre les planches étaient tout aussi larges que les planches elles-mêmes. Le matin, les plafonds étaient couverts de givre. Un automne, maman avait couvert les murs avec du carton qu'elle avait tapissé de trois différentes couleurs de papier qu'une voisine lui avait donné. Des restants. Tout de même, elle était tellement fière de nos chambres à coucher cet automne-là. Heu ! Les plafonds n'étaient pas moins givrés en janvier malgré ses efforts d'isoler les murs. Et puis Pauline...

Il tourna les yeux vers la femme un instant. Dans ce regard, les autres voyaient des souvenirs de malheurs, de douleurs, de souffrances et des échos de lamentations qui voyageaient entre les yeux et les cœurs de cet homme et de sa sœur.

— Pauline était aussi maigre qu'un poteau de clôture. Jamais de souliers à se mettre aux pieds. L'été, pas de bas ou de souliers ça va, tous les jeunes vont les pieds nus, mais en septembre, elle n'avait pas encore de chaussures pour aller à l'école. Elle aussi dut arrêter d'y aller. Oh ! il y avait toujours des voisins qui arrêtaient à la maison pour nous offrir des choses, même s'il n'y a pas de millionnaires dans nos villages. Non, il n'y a pas de millionnaires ici, mais quand même, il y en avait toujours qui n'oubliaient pas qu'on était deux jeunes orphelins avec une maman veuve qui arrivaient à peine à se nourrir et à se vêtir : une corde de bois pour se chauffer, quelques poches de patates au temps des récoltes. Pour nous, ces jours-là, c'était comme Noël, même si c'était gênant. Très gênant. Savez-vous que la gêne laisse un gout amer sur la langue et cause des brulements d'estomac ?

Il soupira, tira sur son cigare et ajouta :

— Malgré tout ça, d'un hiver à l'autre, on avait bien le temps d'avoir froid et d'avoir faim. Je devais gagner plus d'argent que ce qu'on m'offrait pour les jobs qu'il y avait par ici, alors je me suis dirigé vers le Nouveau-Brunswick. Il y avait là de gros navires qui venaient au port de Saint-Jean. J'ai travaillé à les charger, à les décharger. Tout l'argent que je gagnais allait pour notre pauvre mère qui… qui se…

Pauline toussa bruyamment.

Alfred se tut.

— Qui voudrait un morceau de tarte, han ? demanda sa sœur en se levant brusquement de la table.

Elle se dirigeait déjà vers le poêle, où le dessert attendait. Aoibhe la vit enlever ses lunettes pour se frotter le visage de son tablier, qu'elle avait gardé même si elle n'était pas dans sa propre cuisine.

Les paroles d'Alfred tourbillonnaient dans le silence de la cuisine, déferlant dans les têtes de tout un chacun pour former des visions à fendre le cœur : des enfants grelottant dans leurs haillons, leurs estomacs vides qui gémissaient. Avec chaque bouchée de tarte, les membres de la famille auraient maintenant à avaler le bouchon qui s'était formé dans la gorge aux mots qu'avait régurgités Alfred.

Même si ce n'était pas la première fois qu'Aoibhe avait entendu de telles bribes de leur histoire, elle n'en demeura pas moins bouleversée. Elle fixait le dos de Pauline en souhaitant que ses yeux puissent envoyer des ondes de force et de tendresse capables de soulager les peines qui avaient affligé cette femme. Plutôt, c'était le contraire qui se faisait. Les épaules courbées de Pauline et ses mouvements las lui brisaient le cœur. Aoibhe ne pouvait s'empêcher de ressentir un pincement de culpabilité en pensant à la vie de luxe qu'elle avait connue en grandissant alors que Pauline et Alfred avaient connu, durant leur enfance, une telle pauvreté.

Adolescente, elle avait grandi dans un foyer aisé, elle le voyait maintenant. *Aye !* Elle avait toujours eu connaissance que d'autres n'étaient pas aussi nantis que sa famille, mais elle ne s'était jamais considérée comme milliardaire. Maintenant, elle se revoyait jeune fille, assise dans la riche calèche de son père, vêtue de son manteau de fourrure de renard, en route pour Charlottetown où, avec sa mère, elle faisait la tournée des magasins quand son père assistait aux sessions de l'Assemblée législative. Un jour, sa mère avait voulu acheter un tissu particulier avec lequel sa *granny* lui confectionnerait une blouse pour porter avec son kilt. La vieille dame, avec ses doigts de fée, avait déjà tissé toute une étoffe de tartan des MacLeod avant de la piquer en jupe plissée. Sept mètres de tartan avaient été nécessaires pour ce kilt, sept mètres de tartan qu'elle avait tissé elle-même avec la laine qu'elle avait tondue de ses propres mains.

Après le magasin, Aoibhe et sa mère s'étaient arrêtées à un petit restaurant où elles s'étaient régalées d'un repas somptueux suivi d'une crème glacée au caramel écossais qui aurait certainement fait saliver Pauline. Pauline, qui maintenant ne laissait passer aucune occasion pour savourer les délices qui trônaient dans les assiettes à proximité de sa main.

Comme elle se serait étonnée de voir les armoires bien garnies de la cuisine des MacLeod, la maison familiale d'enfance d'Aoibhe ! Là, Angèle préparait des plats plus délicieux les uns que les autres : des rôtis d'agneau servis avec *neeps and tatties,* de l'aiglefin fumé baigné dans une sauce au lait et au beurre, un gros chaudron de *cullun skink,* un *haggis* cuit juste à point, des scones qui fondaient dans la bouche, et toujours selon les conseils de *granny,* qui lui avait enseigné ces recettes familiales. Souvent, sa mère aurait offert des cadeaux à la servante : des étoffes de laine, un quartier d'agneau, pour un Noël, c'était un manchon en fourrure de renard.

Aoibhe avait toujours trouvé sa mère si généreuse ! Maintenant, elle se rappelait la petite maison d'Angèle, sa cuisine où une odeur de laine mouillée s'était mêlée aux arômes de thé cette journée où Aoibhe lui avait rendu visite. Dans cette petite maison, en avaient-ils eu assez à « se mettre sous le palais », comme avait dit Alfred ?

* * *

Aux ronronnements du moteur, les maisons voisines se vidèrent. C'était une véritable flambée de genoux et de coudes qui consumaient le champ, comme les avances d'un feu qui parfois ravage les premières herbes du printemps. Derrière la jeunesse s'avançaient d'autres curieux qui avaient évidemment attendu l'heure du décollage pour s'émerveiller encore de l'avion. L'engin roula jusqu'au fond du champ en cahotant sur les sillons, les ailes bondissaient autant que ceux d'un oisillon qui essaie ses membres avant d'oser sauter du nid. L'aéronef se retourna et demeura immobile un instant. D'un coup, il revenait à toute allure vers le groupe qui craignait et qui s'affolait de voir l'engin fonçant directement sur eux. À plusieurs mètres des curieux, les roues quittèrent doucement le sol et l'avion grimpa. Tous les yeux le suivaient. Il s'éloigna, puis exécuta un demi-tour. Dramatiquement, Daniel plongea sur la foule, qu'il salua en basculant les ailes droite et gauche, puis poussa l'engin dans une montée en flèche. Sur des échos de « Oh ! » et de « Ah ! » qui tonnaient de la cohue, il s'éclipsa derrière les nuages.

Déjà Aoibhe entendait Richard répéter à des gars l'écrasement qu'avait connu le pilote. Tous gobaient ses mots avec stupéfaction.

— Me semble que c'est des moyennes cérémonies toutes ces *stunts*-là, gronda Alfred. Des gestes pour s'écraser dans un champ de patates. Tu croirais qu'un gars qu'a déjà *crashé* se promènerait en *char* à c't'heure. Mais quand t'es un assez *loadé* pour te payer une licence de pilote pis une *plane*, j'crois ben, termina-t-il en secouant la tête.

Même si elle n'avait pas saisi ses marmonnements, Aoibhe avait bien compris les quelques mots crachés en anglais. *Och !* comme Alfred avait un caractère venimeux !

Aussitôt, elle se mordit la langue. Évidemment, toute cette humiliation qu'il avait dû avaler si jeune avait fait grandir dans le cœur de l'homme cette humeur acariâtre. Elle aurait voulu lui envoyer des ondes de force et de tendresse à lui aussi, mais là encore, elle savait qu'elles lui seraient retournées et lui fendraient le cœur. En fait, il était déjà en miettes, son cœur.

Elle se retourna vers la maison. À chaque pas, son cœur s'enfonçait plus creux dans sa poitrine, à l'inverse de l'avion de Daniel, qui grimpait dans le ciel.

4

Murmures de l'Écosse

Aoibhe remercia Odette pour le message et lui souhaita une bonne journée à l'école avant de refermer la porte en grognant. Piquer une couverture ! *Ach !* Quel supplice ! Elle tira le rideau pour la énième fois afin de confirmer qu'effectivement, il n'y avait même pas une brise capable de faire danser les pissenlits qui tapissaient la cour devant la maison. Du coup, un étau se cramponna à sa poitrine et tordit la vis. Elle marcha à la fenêtre du salon pour scruter la scène derrière la maison en souhaitant presque qu'un vent brassât les bouleaux à l'orée des bois, ou que les champs fussent encore pâteux de la dernière pluie. Mais le soleil poignarda ses yeux de ses rayons, et l'érable au fond de la cour, qui en grande dame s'était maquillé de quelques ombres rouges et oranges, avait fière allure et s'agitait tout doucement.

— *Gan ! Just for a wee bit. Fit a bonny day !* murmura un de ses farfadets.

Aoibhe aurait juré que les rayons du soleil qui sautillaient parmi les feuilles oscillantes étaient un charme voulant l'envouter. Voilà que dame Nature elle-même lui chuchotait dans les oreilles, lui dessinait des mirages séduisants devant ses yeux éblouis pour l'ensorceler, l'implorer de venir à l'extérieur.

— *Gan ! mo ghaol. Gan !*

Dame Nature et ses farfadets.

L'étau se serra encore. Aoibhe grogna pour une deuxième fois et ses yeux commencèrent un va-et-vient frénétique entre le champ derrière la fenêtre et son manteau accroché à un clou à côté de la porte.

Aurait-elle vraiment le temps de n'aller faire qu'une toute petite randonnée avec Jenny ? Disons à l'orée du bois seulement, pas plus loin que le fond du champ, ou même juste au bout du sillon où Félix cueillait des épis de maïs ? Cette petite, toute petite promenade seulement avant de retourner assez rapidement pour lui permettre de se rendre chez Pauline à temps ? Elle aurait la chevelure en broussaille et la petite jument à retourner dans l'enclos, sans oublier de ranger l'attelage dans la grange et de changer ses vêtements. Elle imaginait déjà les visages scandalisés qui la fixeraient d'un air ébahi si elle faisait une entrée dans la petite maison vêtue d'un pantalon. Pauline lui en voudrait probablement d'arriver comme une dévergondée parmi les voisines.

Pauline ? Non, jamais.

Aoibhe avait les yeux rivés sur les arbres qui ne bougeaient que le bout des feuilles, des index qui l'invitaient dehors.

Ce serait serré… serré… serré ! Mais à chaque moment de plus qu'elle hésitait, c'était une seconde de moins pour tout accomplir.

Och ! Deux semaines complètes que Jenny avait dû demeurer dans la grange pour se reposer, et là, finalement, elle était ferrée et en grand besoin d'exercice. Dire que c'étaient ces gâteries, quelques généreuses portions d'avoine, qu'Aoibhe lui avait trop souvent offertes, qui avaient en partie contribué à ce cas de fourbure ! Personne ne lui avait jamais dit que trop d'avoine pouvait être nocif pour un cheval. De l'avoine ! Allons donc !

Elle tapocha son grain de beauté en retournant les possibilités. Elle ne savait pourquoi elle considérait même cette sortie. Dans le fond, elle avoua qu'il vaudrait mieux se préparer doucement et se rendre chez Pauline un peu à l'avance pour ne pas avoir à courir et à faire courir la fermière, mais… il faisait SI BEAU ! Et elle pensait à la petite chambre dans laquelle les femmes seraient réunies, coincées l'une contre l'autre avec seulement une toute petite fenêtre qui ne laisserait même pas passer un seul rayon de lumière. Elle aurait à piquer son petit coin qui serait probablement scruté à la fin de la session. Elle qui était pourrie à la couture. Pourrie. Elle n'avait jamais la bonne tension, ses points n'étaient pas uniformes, et il faisait si **beau** à l'extérieur.

— *Gan!* exhorta encore un farfadet.

— *Gan, mo ghaol! Gan!* encouragea un autre.

Le pire, ce qu'elle ne voulait même pas permettre à son cerveau de verbaliser dans sa tête, c'était le sentiment d'être tellement différente qu'elle allait encore connaitre. Dès qu'elle mettrait les pieds dans la petite pièce, les femmes auraient à changer leurs discours du français à l'anglais, mais quelques mots ou de longues paroles en français seraient glissés dans la conversation, suivis de rires, qu'Aoibhe imaginait toujours provoqués par ses gestes ou ses discours maladroits. Dans cette situation, les farfadets qui avaient emménagé dans son cerveau marmonneraient une pleine bobine de conneries, et en fin d'après-midi, elle serait complètement vexée.

Ach! Surement qu'elle se montait encore toutes sortes de chimères. Ces femmes, elle les avait déjà rencontrées, et toutes, toutes s'étaient montrées accueillantes, souriantes, chaleureuses et douces, douces, douces. Mais la petite chambre serait sombre, l'aiguille lui mordrait les doigts et elle aurait à répondre à des questions portant sur sa jeunesse à Grand Tracadie, à décrire une recette écossaise que leur servante acadienne leur préparait et à se courber le dos pour viser les lignes du motif qu'elle devrait piquer alors qu'il faisait SI BEAU!

— *Och! Gan!* encouragea un farfadet.

Elle fila dans sa chambre à la hâte tout en levant sa robe par-dessus sa tête. Félix la taquinerait certainement: « Faire le tour du monde avant l'heure du souper », lui dirait-il encore en riant. Elle sauta pour enfiler les pantalons plus rapidement, arracha son manteau du clou en courant déjà vers la clôture.

Elle galopa dans le champ en criant à sa petite jument, qui vint vivement à sa rencontre. La bête dut sentir la fébrilité de la femme et comprendre qu'elles allaient cavaler dans les champs. Elle se laissa guider à la grange où, par des mouvements pratiqués, Aoibhe installa sur Jenny la selle et les autres attirails nécessaires, tout en chuchotant de petits mots d'encouragement à la jument qu'elle ne voulait pas bousculer. Un saut agile, et la femme était montée sur la bête. Elles sortirent de la grange au galop.

De loin, Félix l'étudia, séduit par la chevelure de sa femme qui flottait au vent comme la crinière de la jument. Il posa un pied sur une traverse de la clôture et cassa une tige de foin qu'il plaça entre ses dents en les regardant venir.

— Bon, ma femme qui prend le bois encore, cria-t-il en souriant à son épouse qui arrivait à sa hauteur.

— Felix, c'est la plus belle journée de l'automne, maugréa-t-elle.

Il leva les sourcils.

— C'est la plus belle journée de l'automne, tu es à cheval et tu fais la baboune ?

Jenny n'avait pas arrêté de trotter dans un va-et-vient devant la clôture. La femme gardait les yeux sur l'orée des bois plus que sur son mari.

— C'est que Pôline m'a invitée à me joindre à elle. Nous allons chez « Suzanne à Jos Lamand » piquer une couverture pour sa fille qui va se marier prochainement, pleurnicha-t-elle. Je n'ai qu'une vingtaine de minutes avant de devoir retourner à la maison pour me préparer. *Ach !* Si j'avais su, je n'aurais même pas ouvert la porte quand Odette est venue me livrer le message.

Félix ricana. Il connaissait bien sa femme. Elle aurait préféré sarcler quatre sillons de carottes, ou ramasser les coccinelles qui poivraient tous les plants de patates, ou peinturer une grange au complet, mais surtout courir dans les bois sur le dos de sa petite jument pendant toute une journée avec le soleil qui lui plombait sur la tête plutôt que de s'enfermer derrière des murs qui lui barricaderaient la vue du ciel.

— Va ! Va courir pour le temps que tu as, lui ordonna-t-il en l'envoyant du revers de la main.

Elle plongea les yeux dans ceux de Félix, lui sourit de toutes ses dents et lui souffla un baiser avant d'agiter la bride et de claquer de la langue.

— *Yep !* lança-t-elle au cheval qui s'élança vers les bois.

La bête n'avait pas à être guidée. Elle et sa maitresse avaient si souvent passé par là qu'un sentier était maintenant tracé de la grange aux plages qui se cachaient derrière les bois. Les arbres s'ouvrirent devant elles, dévoilant un tableau pittoresque. Le profil distinctif de la province insulaire – des caps d'un rouge cuivré, coiffés d'une verdure généreuse – s'élevait contre un ciel tout bleu. Les caps roussâtres contrastaient avec l'azur du ciel, le jaune du soleil et la mer scintillante. Sur cette toile de fond, Aoibhe pouvait compter quelques bateaux de pêche qui ballotaient au large, et l'air était assez clair pour lui permettre de distinguer le phare de West Point en fier garde-à-vous à l'horizon de la côte ouest de la baie Egmont.

Le cheval hennit et lança la tête vers l'avant. Aoibhe comprit que sa jument souhaitait poursuivre leur randonnée. Elle dut tirer sur la bride afin d'arrêter la bête, qui avait déjà fait quelques pas. Jenny agita la tête, hennit et s'arrêta, évidemment déroutée par cette pause qui s'éternisait alors qu'elles venaient de déboucher sur la côte.

Ces plages n'étaient pas les mêmes dunes sableuses qu'Aoibhe avait connues en grandissant. Celles à proximité de leur maison à Grand Tracadie longeaient de véritables montagnes de sable blanc et doux qui avaient été édifiées par les vents qui rénovaient continuellement le rivage. Ici, la côte était rocailleuse par endroits, ou formée de sable plus foncé et pâteux ailleurs, un sable dans lequel les pattes de la bête risquaient de s'enfouir. Il leur faudrait parcourir une bonne distance dans leur sentier avant d'atteindre un bout de plage où le sable était fin mais assez solide pour leur permettre de marcher le long de la baie. Aujourd'hui, la cavalière n'allait pas risquer de pousser sa jument, qui s'était finalement remise de sa blessure. De toute façon, les quinze minutes qui lui restaient ne permettaient pas une telle promenade.

La cavalière huma l'air et contempla la baie de droite à gauche en passant ses doigts dans la crinière du cheval, qui trépignait. Les vagues léchaient le rivage. Ces doux murmures entrainaient Aoibhe dans des souvenirs de son passé où des échos de la voix de son père lui gazouillaient dans les oreilles. Combien de fois l'avait-il emmenée au bord d'une rivière, où ils passaient des heures à lancer leurs crocs à l'eau en souhaitant y pêcher des truites! Il chantait doucement, probablement pour la faire taire un peu, constata-t-elle maintenant en souriant avec mélancolie. Ses paroles lui résonnaient dans la tête, comme si ces échos avaient pris des années à se rendre à ses oreilles.

My Bonnie lies over the ocean
My Bonnie lies over the sea
My Bonnie lies over the ocean
Oh, bring back my Bonnie to me...

C'était toujours après les premiers refrains qu'il pêchait une des bouteilles de bière qu'il avait plongées dans l'eau afin de les refroidir un peu. Il arrachait le bouchon avec la boucle de sa ceinture et buvait goulument en claquant la langue. Immanquablement, Aoibhe tendait la main, le priant de lui en donner une gorgée.

— *Gimmie a puckle, please. Please, daddy!*

Et toujours l'homme hésitait, la faisait patienter pour garantir le silence.

— *Dinnae tell your mither,* l'avisait-il en plongeant ses yeux dans les siens, mais il souriait, et dans ce regard perçant, des étincelles de taquineries brillaient.

— *Niver!* répliquait-elle en souriant malicieusement.

Cette petite gorgée suffisait pour lui donner l'impression d'être encore plus près de son père.

Alors qu'ils étaient assis sur la grève, leurs cannes à pêche pendues entre les genoux, son père lui parlait de l'Écosse comme s'il y avait habité lui-même, alors que jamais il n'avait mis les pieds dans le pays. Il lui peignait des images de collines verdoyantes qui ondulaient à perte de vue, de chaumières construites de pierres solides encerclées de clôtures de roches comme seuls les Écossais savent en façonner, et à l'intérieur desquelles de petits jardins donnaient les meilleurs choux et les plus somptueuses pommes de terre du monde. Il lui brossait des images de châteaux gigantesques, ancrés sur des escarpements qui s'élevaient si haut dans le ciel que les nuages du matin cachaient les tours. Il évoquait les mers et les vents puissants qui fouettaient les caps, transportant de l'air si pur que tous les habitants en devenaient grands et forts. Il parlait des clans écossais qui avaient découvert ce terrain, qui avaient trouvé là un monde idyllique. Chacun de ces clans, les Macdonald, les Stewart, les Campbell, les MacLeod et d'autres encore, possédait son tartan personnel qui permettait de reconnaitre ses voisins uniquement à la vue de leurs costumes.

— *Tell me again of the wee people,* priait Aoibhe.

— *The wee people? Aye, the lucharachâin,* enchainait-il en souriant mystérieusement.

C'étaient ces histoires de farfadets et de fées qui l'avaient enchantée le plus. Comme son père se plaisait à évoquer ces petits lutins mystérieux qui vivaient dans le fond des forêts ou les creux des montagnes ! Vêtus de petites queues-de-pie vertes et coiffés de leurs bonnets rouges, ces gnomes se cachaient des humains. Gare à ceux qui s'aventuraient à proximité. À ceux-là, les *lucharachâins* soufflaient des avertissements, ou plus souvent encore des provocations loufoques. Sans comprendre d'où leur venaient les idées, ces gens faisaient des actes qu'ils n'auraient jamais osés d'habitude.

À l'insu de ses parents, Aoibhe en avait fait des cauchemars, mais cela ne l'avait pas empêchée de supplier son père encore et encore pour qu'il lui fournisse des détails sur ces êtres mythiques. Depuis cette époque, ces gnomes la suivaient encore. Elle les imaginait accrochés aux lobes de son cerveau, prêts à lui souffler des petits mots d'encouragements. Mais plus souvent, aux premiers soupçons d'une situation déplaisante, ses *lucharachâins* sautillaient en lui gueulant des propositions fort peu décentes.

— Pourquoi n'habitons-nous pas l'Écosse ? avait-elle demandé un beau jour.

Son père avait observé les nuages courir dans le ciel tout en rembobinant sa ligne. Il vérifia l'état de la lèche sur son croc. Finalement, il soupira et marmonna :

— *Och !* Les *Sassenach* ! Je te raconte ça un autre jour, mais là, on a intérêt à prendre une truite, sinon, *mommy* va dire qu'on ne s'est sauvés à la rivière que pour flâner tout l'après-midi.

* * *

Jenny hennit encore et se remit à trépigner avec impatience, tirant la cavalière de ses rêveries. Elle soupira et, une dernière fois, contempla le paysage rouge et bleu. Ces journées de pêche avec son père contrastaient brutalement avec celles qu'Alfred leur avait décrites de sa jeunesse. S'il avait eu des occasions comme celles-là, avec un père comme elle avait connu, aurait-il une mine plus douce ? Un caractère plus aimable ?

La jument secoua vigoureusement la tête, évidemment agacée de cette pause qui s'éternisait.

— Demain, Jenny. Demain nous viendrons y passer l'après-midi. Souhaitons qu'il fasse tout aussi beau qu'aujourd'hui.

Elle tira sur la bride pour tourner la jument vers le chemin de retour.

— *Giddy up !*

La bête se lança à la course. Aoibhe ajusta sa position sur la selle, approcha sa tête tout près de celle de son cheval et lui souffla des mots d'encouragement tout en avalant goulument chaque gorgée d'air salin qui parfumait la brise. Les élans brassaient sa chevelure, les vents lui massaient le visage et le soleil lui réchauffait tout le corps.

* * *

— Mais du *haggis,* ça ressemble à quoi, exactement ?

Une seule femme avait boudé à la mention de cette recette écossaise, mais ses lèvres pincées et son nez plissé à l'image qu'elle devait se faire de ce plat déclenchèrent la grogne des farfadets, qui bondirent en maugréant.

— *What a dobber !*

— *Aye ! Bloody eejit !*

Aoibhe dut cligner des yeux pour éviter de grimacer. Elle tourna un sourire imposteur vers la femme et fit la sourde oreille aux jérémiades qui sonnaient dans sa tête.

— Du *haggis* ressemble un peu à une grosse saucisse si tu veux, ou à un pain à la viande couvert d'une membrane...

— D'une panse de brebis, ajouta une autre femme avec confiance.

— C'est ça, confirma Aoibhe. C'est un mélange de diverses viandes de mouton…

— Les organes, non ? Comme le cœur et les poumons ? en demanda une autre qui était curieuse des détails.

— Oui, ces organes, auxquels on ajoute de l'avoine, des ognons, des épices.

— Les poumons ? s'étonna cette boudeuse, qui avait grimacé dès l'évocation de ce plat.

— Ma mère a toujours fait sa farce de dinde en y rajoutant le gésier et les autres organes, précisa la confiante, qui cherchait à apporter son soutien à la nouvelle voisine.

— Ta mère ajoutait le gésier et les rognons à sa farce ? demanda la boudeuse étonnée.

— Pas la tienne ?

— Jamais !

— Ah ! de la farce, c'est la meilleure partie du repas. Ça, couvert d'une bonne lippée de sauce, en rajouta Pauline. Je me passerais des patates pour deux cuillérées de farce à chaque occasion.

— Chez nous, on n'avait pas le luxe de lever le nez sur la viande, peu importe la coupe. Mon père disait toujours que la seule partie de la vache qu'on ne mange pas est le « meuh ! » persiffla la curieuse en mordant son sourire.

Les femmes s'esclaffèrent tout autour de la boudeuse, qui grimaça encore. Elle ne pouvait se défaire de l'idée qu'il n'y avait que sa mère qui avait toujours préparé sa farce sans y intégrer les organes de l'oiseau.

— Pauline, est-ce que ta mère mettait le gésier ou les rognons dans sa farce, elle ?

— On n'avait pas de farce assez souvent pour que je te réponde, sans parler de la dinde, précisa Pauline. Les fois où j'ai mangé de la farce dans ma jeunesse, elle était composée de patates, d'un ognon et de quelques grains de sarriette.

Aoibhe s'étonna encore. Elle ne put se retenir de la fixer en levant les sourcils. Pourquoi chaque anecdote de cette femme, qui laissait comprendre qu'elle en avait eu à peine à se « mettre sous le palais », la surprenait-elle encore ?

— Seigneur ! J'sais ben pas quoi c'est qu'on arait fait sans des patates, ajouta la curieuse, sans se préoccuper de traduire sa déclaration en anglais au bénéfice de la nouvelle voisine.

— Ma mère a une collection de recettes dans un p'tit cahier, pis trois quarts des recettes demandent pour des patates, continua la boudeuse toujours en français.

— On n'a pas besoin de livre de recettes pour ça, c'est la seule chose qu'on *tchuit* avec chaque jour, au dire de la confiante.

Encore, les femmes autour de la couverture gloussèrent. Aoibhe sourit, mais elle peinait même à suivre qui parlait. La conversation s'enchainait à une vitesse étourdissante, sans dire qu'elle se faisait maintenant dans une langue dont elle ne commençait qu'à saisir quelques mots de vocabulaire ici et là. Pauline lui jeta un coup d'œil sympathique, constatant qu'elle ne saisissait plus ce qui se disait. Aoibhe lui sourit en retour et lui tapota la main.

— Ne t'inquiète pas pour moi, Pôline, lui chuchota-t-elle. Je veux apprendre.

Elle hésita un instant avant de lui demander à l'oreille :

— Elles parlent de pommes de terre, c'est ça ?

Pauline lui sourit en hochant la tête.

— Du bon patates ?

Pauline mit un instant à enregistrer ce que lui avait dit Aoibhe, après quoi, encore elle lui sourit.

— Des bonnes patates, corrigea-t-elle.

— Des bonnnnnnes patates ?

Le sourire de Pauline s'étira. Elle hocha la tête en souriant tendrement.

— Pis on s'en *tanne* pas, disait encore la confiante en réponse à la boudeuse.

— Ben, *che* nous, les jeunes veulent pu des patates à part de quand c'est des *french fries*. Pis y *braillont* pour du *baloney,* grogna encore la boudeuse.

— Ah ! mais là, quand y *déménageont* dans *leux* propre *mai-sang*, y voulons *saouare* comment faire *tchuire* une râpure.

— T'es mieux garder le livre de recettes à ta mère, Éloise.

— J'm'en vas l'envelopper pour le *dounner* à ma bru si jamais mon *garçang* se marie, nasilla-t-elle.

— J'ai vu qu'y s'promenait avec la fille à Jérôme à Jack, déclara la confiante.

— Mon *garçang* ! Chaque semaine c'en est une autre. Pour moi, y va faire le tour du village avant s'décider.

— Si y est pour faire le tour du village, j'ai une nièce qui aimerait ben *aouar* la chance de se promener avec lui pour sa semaine, *yelle* aussi.

— Seigneur ! Si j'étais plus jeune, j'voudrais ma semaine moi *itou,* confessa la curieuse.

Les rires éclatèrent tout autour de la couverture.

— Alors, du *haggis,* c'est un peu comme de la farce ? demanda en anglais la boudeuse, qui avait adouci ses paroles.

Voulait-elle corriger la première impression qu'elle craignait faire sur la nouvelle voisine ?

Cette fois, dans son visage, Aoibhe y lisait une sympathie sincère.

— Non, non, du tout. C'est plutôt comme un pain à la viande, disons. On doit y incorporer une bonne quantité d'avoine et l'assaisonner de muscade, de sel et de poivre, évidemment.

— Et vous mangez ça avec autre chose ou seul ?

— Ma granny faisait toujours préparer des *neeps and tatties* pour servir avec le *haggis*.

— *Neeps and tatties ?*

— Du navet et des patates.

— Encore des patates ! exclama la confiante.

— Différente cuisine, différent monde, mêmes patates, constata Pauline.

— J'me demande *tcheu* sorte de récolte qu'on va *aouar* c't'année ? demanda la curieuse, encore en français.

— Ça fait un bout qu'y a pas mouillé. La *tarre* est *tarriblement* sec, ajouta la boudeuse en secouant la tête.

— On a eu d'la belle pluie durant l'été pareil. Mes cosses pis mes tomates *faisiont* quasiment casser les branches, déclara la confiante.

— Vas-tu mettre tes légumes dans l'*exhibitiang* ?

— Siprien est ben entêté qu'y faut qu'on mette tous les légumes, des poules, la grosse truie, pis tous les veaux. Ça m'étonnerait pas qu'y rentre à la *maisang* un jour en annonçant qui faut mettre le chien pis les chats aussi.

— Ils parlent encore d'agrandir le territoire de l'*exhibitiang* pour inclure d'autres *parrouasses*.

— Ils disent ça chaque année, rajouta la boudeuse en anglais, qui avait encore constaté que la nouvelle voisine devait s'ennuyer à n'y rien comprendre.

— Soit on l'agrandit pour avoir plus d'octrois du gouvernement, mais là, on ouvre la porte à des fermiers qu'ont des plus grosses fermes et qui vont remporter tous les prix, soit on reste comme on est et le monde se décourage au point où il n'y aura plus d'exposition du tout.

— Ç'a beaucoup changé du temps qu'on était jeunes. Les fermiers s'achètent des tracteurs, il n'y a plus tant de chevaux dans nos granges. D'autres ont abandonné les fermes durant la Guerre pour des *jobs* dans les usines des États-Unis. Les fermiers qui restent n'ont pas les moyens de courir aux encans pour se procurer des bêtes capables de compétitionner avec les fermiers du lot seize ou d'Alberton.

— Mais c'est pour les jeunes qu'il faut travailler à garder notre exposition. Si tous abandonnent la ferme pour aller travailler aux États, ça laissera plus grands jeunes par ici.

— Plus de grands champs de patates.

— Plus besoin de ton livre de recettes.

— Pourtant, vous avez une belle exposition, ajouta Aoibhe qui voulait s'efforcer un peu de participer à la conversation qui se faisait maintenant en anglais pour son bénéfice.

— Tu y es venue quand tu étais jeune, n'est-ce pas ? demanda la curieuse.

— C'est son père qu'était le lieutenant-gouverneur. Il avait fait un discours durant l'ouverture. Je m'en souviens bien, moi, rappela la confiante.

— Moi aussi, je me souviens de vous avoir vus. Je trouvais que ta mère avait tellement un beau chapeau.

— Puis son manteau !

— Avais-tu remarqué Eva à cette exposition-là, toi, Pauline ?

— Je travaillais au *saloon* et elles sont venues au comptoir ; je me suis figée sur place. Je savais que c'était elle. J'en étais certaine. Mais en même temps, je l'imaginais partout, alors...

— Au *saloon* ? demanda Aoibhe surprise.

— Les hommes avaient baptisé la cantine le *saloon,* précisa Pauline en sourcillant et en tordant son visage en une grimace moqueuse.

— Tu te souviens de cette journée, toi, Eva ? demanda la curieuse.

— Je me souviens que ma mère était nerveuse, qu'elle me tenait par la main, me tirant d'un lieu à un autre. Je pensais que c'était parce que je me faisais des fantasmes sur les beaux jeunes fermiers et qu'elle avait deviné mes pensées. J'étais bien trop grande pour qu'elle me tienne la main comme ça, mais...

Les femmes rigolaient.

— Tu as de beaux gros chevaux, toi, Eva. Tu remporterais des prix avec ces bêtes-là.

— Ah ! oui, dans les compétitions de tirage de poids, hocha la confiante avec conviction.

— Elle jouait le rôle de maitresse de cérémonie des défilés aux courses de chevaux à Covehead et même à Charlottetown, ajouta fièrement Pauline. Elle est même montée sur un de ses Clydesdales hier.

— Tu participais aux courses de chevaux ? exclama la boudeuse.

— Non, non, je ne courais pas, moi.

— Elle paradait les jockeys et les chevaux sur la piste avant les épreuves, précisa Pauline.

— À cheval ? demanda la curieuse.

— Avec ma petite jument que j'ai toujours ici avec moi, confirma Aoibhe.

Des « Oh ! » et des « Ah ! » galopèrent sur les lèvres des couturières qui étudiaient la nouvelle voisine en l'imaginant trotter fièrement à la tête d'une caravane de coureurs sous l'ovation d'une foule. Les yeux d'Aoibhe gambadaient sur les visages des femmes. La trouvaient-elles courageuse d'accepter de jouer ce rôle ou la pensaient-elles prétentieuse de se mêler aux jockeys ? Sa figure se cramoisit, accentuant son naevus. Elle baissa le regard et se piqua le bout du doigt plutôt que le tissu.

— Je n'ai jamais vu de chevaux de courses, déclara la boudeuse. Ça doit couter une petite fortune pour acheter un tel cheval. Gildas non plus n'a jamais vu les courses de chevaux, mais il a investi autant d'argent pour un maudit vieux tracteur.

— Sainte et *boune,* parlez-moi pas des vieux tracteurs, déclara Pauline en secouant la tête et en se cachant la figure de ses deux mains.

Elle dévoila son visage et tourna le regard sur la jeune cavalière. Les deux s'esclaffèrent.

5

Pas pour sa femme

— Apprendre le vocabulaire avec l'accent est déjà difficile, mais là, CHAQUE nom est masculin ou féminin. *Och!* C'en est trop, se lamenta Aoibhe en se tenant la tête. « Un patate? Une patate? Un chaise? Une chaise? Un table? Une table? » Comment savez-vous distinguer entre les deux?

— On regarde sous les pattes, lui répondit Félix en sourcillant avec séduction, un sourire en coin.

— *Ach!* tu te penses drôle, répliqua-t-elle en lui faisant la grimace.

— Ne t'inquiète pas, Eva. Nous aussi, nous commettons souvent de telles erreurs. On ne sait pas toujours. « Un hôpital? Une hôpital? Un avion? Une avion? » Mais on connait la différence entre « un homme » et « une femme », l'assura-t-il en passant une main sur la hanche de sa femme, qui venait de plonger les deux bras dans l'eau de vaisselle.

Elle répéta sa grimace, mais ne put brider le sourire qui vint lui tirer les lèvres. Encouragé, Félix s'avança pour mouler son corps tout entier contre celui de sa femme, qu'il encercla de ses bras avant de lui mordiller le cou.

— *Aye!* OK là, tu exagères, le sermonna-t-elle en le repoussant d'un coup de hanche.

— Mais mon femme, je t'aime! susurra-t-il en l'approchant encore.

Elle plaça une tasse dégoulinante contre sa poitrine.

— Tiens ton culotte, protesta-t-elle en français avant de poursuivre en anglais. Explique-moi pourquoi les fermiers d'ici sont contre l'idée d'agrandir le territoire de l'exposition.

— Ici, on dit : *tchulottes*.

— Quoi ?

— On ne dit pas : culottes, on le prononce « tchulottes ».

— « Mon culotte, ma tchulotte, un bon patate, une bonne patate. » *Och !* J'en ai mal à la tête.

— Ah non ! Ne dis pas que tu as mal à la tête, se désola-t-il en l'approchant encore.

— Tu es malade, toi, tu sais ça ? Allez ! Explique-moi en détail les problèmes pour les fermiers d'ici si le territoire de l'exposition est agrandi. Pauline en a fait mention l'autre jour et les femmes en ont encore parlé aujourd'hui, mais je n'ai pas tout saisi. Et je sais que toi et Alfred avez eu plusieurs débats à ce sujet.

— L'exposition ? Eh bien, en gros, c'est qu'au début, les gens d'ici n'avaient que de petites parcelles de terre à cultiver et ne gardaient que le bétail nécessaire pour se nourrir, pour survivre. Jamais un fermier n'aurait pensé qu'il soit possible de faire fortune avec des vaches à lait. Souvent même, ils devaient faire la pêche au homard l'été pour tenter de joindre les bouts. Au tournant du siècle, le gouvernement fédéral est venu sur l'Île pour vanter les mérites de l'élevage laitier. Cela changeait complètement toutes les facettes de l'élevage et de l'agriculture, des grains cultivés aux races de vaches dans les granges. Les vaches qu'on avait, ce n'était pas de race pure, des Ayrshires ou des Holsteins. Depuis, le ministère de l'Agriculture de la province a mis sur pied des programmes pour aider les éleveurs à améliorer leurs troupeaux et à partager les nouvelles connaissances de la science de l'agriculture afin de rentabiliser les fermes. Mais les éleveurs d'ailleurs avaient déjà des années d'avance sur nous, des acres de terre pour accommoder de gros troupeaux, des vaches de races pures qui pouvaient produire une grande quantité de lait. Malgré les programmes gouvernementaux, Eva, nous ne commençons ici qu'à accroitre la taille de nos troupeaux, à y intégrer des bêtes de race, des Holsteins.

— Comme ta charmante Betsy.

— Comme Betsy. Avec tout ça, il y a la Guerre qui a ralenti l'élan des progrès que réalisaient nos fermiers. Mais ces bêtes de race sont couteuses. Nos fermiers ont dû former des organisations où tous contribuent à l'achat de quelques vaches afin de commencer un renouvèlement de nos troupeaux. Avec la popularité des expositions partout dans la province, l'institut des fermiers d'Urbainville et Mont Carmel a décidé d'en faire une ici aussi pour encourager les éleveurs, pour leur donner l'occasion de montrer leurs meilleures bêtes, leurs récoltes, pour célébrer leurs progrès, pour les pousser à se dépasser. C'est aussi une occasion de voir les améliorations qui se développent en agriculture. Bien sûr, on souhaite encourager les jeunes à voir les possibilités financières de l'élevage laitier, les potentiels de la vie dans une ferme plutôt que de quitter l'Île à la recherche d'ouvrage dans les usines aux États ou ailleurs. Comme j'ai dit, il y a plusieurs générations déjà que les fermiers d'ailleurs ont des vaches de race, alors ouvrir l'exposition à des communautés plus riches…

— Des communautés du comté de Queens, comme Grand Tracadie ? demanda Aoibhe désolée de faire une telle constatation.

Félix haussa les épaules et hocha la tête avant de poursuivre.

— Et comme Summerside, Eva. Des communautés où les fermiers ont depuis longtemps de grandes parcelles de terre capables de nourrir un gros cheptel, et plus d'argent pour fréquenter les encans à la recherche de ces vaches de race. Cela en frustre plusieurs ici qui savent que, même s'ils y consacrent beaucoup de temps, leurs meilleures vaches ne peuvent pas encore se mesurer à celles des fermiers de Summerside ou des villages avoisinants. Je ne suis pas contre l'idée d'ouvrir l'exposition aux autres. Tous les fermiers ne s'y opposent pas, mais on aimerait avoir quelques années pour corriger le retard que nous connaissions dès le départ, un retard qui a été accentué avec la Guerre. On aurait besoin de quelques années encore pour nous permettre de renouveler nos troupeaux avant de pouvoir compétitionner sur un pied d'égalité. C'est alarmant de constater que le nombre d'éleveurs diminue dans notre région, et plusieurs refusent de participer à l'exposition, se plaignant d'une grosse journée d'ouvrage sans récompenses. Nous avons demandé au gouvernement d'augmenter les subventions afin de pouvoir offrir des prix plus alléchants. Si l'on avait cet argent ou si l'on pouvait augmenter le nombre de visites le jour de l'exposition, cela nous permettrait d'améliorer l'évènement, et nos installations même. Certains ont proposé de faire venir des manèges pour les enfants et des divertissements pour toute la famille. Peut-être qu'avec tout ça, on pourrait convaincre les fermiers, et le public, des mérites de cette exposition et démontrer le potentiel de l'élevage laitier comme l'agriculture. D'autres régions ont droit à des sommes plus intéressantes, alors qu'ici, le gouvernement refuse encore d'augmenter les subventions à moins qu'on ouvre la porte aux autres.

Silencieuse, Aoibhe étudia son homme un moment avant de remarquer :

— Alors, soit vous agrandissez le territoire de l'exposition pour inclure des communautés desquelles les éleveurs gagneraient toutes les compétitions, mais là vous réussiriez à avoir des subventions plus généreuses du gouvernement pour améliorer l'évènement ; soit vous gardez l'exposition comme elle est au risque d'une désaffection de nos communautés et de la jeunesse que vous cherchez à garder ici pour poursuivre l'entreprise familiale.

— L'entreprise ? (Il sourcilla.) Si tu veux, oui. En gros, c'est ça.

— Alors, comment cela pourrait-il être corrigé autrement ? D'augmenter les revenus de l'exposition ? D'améliorer cette activité pour convaincre tous les fermiers et le public d'y participer ?

— La réponse, c'est toujours l'argent. Nous avons besoin de plus de revenus pour remplir nos coffres, soit de la part gouvernement, soit par les visites du public la journée de l'exposition. Et si par miracle les fermiers avaient le pouvoir financier de participer aux encans des vaches de race, ce serait un bon début. Déjà on se regroupe pour avoir accès à un taureau d'une bonne génétique pour la saison de reproduction. Nous avons quelques fermiers qui ont remporté des prix ailleurs avec leurs vaches, mais nous avons besoin de temps et d'argent pour agrandir et enrichir nos troupeaux avant d'ouvrir la porte de l'exposition à ces communautés plus riches.

— Et ces vaches, ces Holsteins, elles sont meilleures puisqu'elles sont plus grosses ? Elles produisent une plus grande quantité de lait ? Comment mesurez-vous cela dans vos concours ?

— Évidemment, les vaches de race sont plus grosses, mais les meilleures vaches sont bien proportionnées : un dos droit et solide, un pis bien pendu et balancé entre des jambes fines et des hanches assez larges pour permettre une capacité généreuse de lait.

Bouche bée, Aoibhe fixa encore son homme.

— Quelle est l'importance d'avoir des vaches qui sont bien proportionnées, exactement ? D'avoir des jambes fines ? demanda-t-elle, ne saisissant pas les bienfaits d'une paire de cuisses de bovin bien découpées.

— À peu près la même que d'avoir une épouse qui a de belles cuisses rondes et solides.

Félix lui fit un clin d'œil, leva les sourcils à deux reprises tout en lui offrant son sourire le plus séduisant.

— Tu n'es pas sérieux ! s'étonna-t-elle. Ce n'est que par les apparences ? Les vaches gagnantes sont choisies par la taille de leurs mamelles et la largeur de leurs hanches !

Son visage boudeur laissait voir sa déception.

— Tu ne ris même plus de mes farces, Eva, se désola-t-il avant de continuer. L'apparence de la vache, son anatomie, représente évidemment son potentiel. Avoir de telles vaches dans son troupeau, c'est une fierté et surtout une sécurité. C'est comme avoir une belle, grosse grange solide dont le grenier est rempli de sarrasin et d'avoine. C'est comme avoir le plus beau champ de pommes de terre, de grands sillons bien droits, sans mauvaises herbes pour étouffer les plants, et la belle terre rouge évidente dans tous les creux. Avoir les plus belles vaches, cela représente une maitrise des connaissances de la science associée à l'élevage de bovins. Si les vaches sont bien proportionnées, évidemment elles seront plus profitables.

Och ! Toutes ces misères pour avoir la gloire de dire qu'on a la plus belle vache. Aoibhe venait de comprendre pourquoi certains fermiers boudaient l'exposition. Elle décida d'abandonner son homme à ses caprices en se rappelant qu'elle avait les siens. Elle gardait ses Clydesdales parce qu'ils avaient appartenu à son père, parce que cela représentait son passé à elle. Parfois ils servaient à la ferme, mais plus souvent, ils n'étaient là que pour son plaisir, et elle savait très bien que la nourriture pour sa petite jument et ces deux mastodontes représentait une charge de plus pour Félix.

Malgré cela, elle tapota son grain de beauté en réfléchissant à cette exposition qui pourrait bénéficier d'une nouveauté quelconque afin d'augmenter l'attrait du public et par ricochet les revenus. De plus, il y avait une autre idée qui lui tournait dans la tête depuis la table ronde des piqueuses.

— Felix, j'aimerais bien pouvoir entrer Big Ben et Jack dans les compétitions, musa-t-elle. Les femmes parlaient des concours de tir où les chevaux doivent trainer des poids lourds empilés sur des palettes.

Félix sourcilla en fixant sa femme. Il hésita un long moment avant de répondre.

— Eva, des femmes vont exposer des œuvres artisanales, des bas de laine brochés à la main, du tissu fait au métier ou des légumes qu'elles ont cultivés. Mais…

Il ne termina pas ses explications, qui devaient être évidentes pour Aoibhe aussi.

— Mais elles ne se mêlent pas aux hommes dans la grange, ne portent pas de pantalons et elles ne participent pas aux compétitions de chevaux, termina-t-elle, indignée.

Félix ne put que lever les deux mains devant lui, impuissant à l'aider.

Des étincelles explosaient déjà dans les yeux de sa femme.

— Qui est le président du comité de l'exposition ? demanda-t-elle, la mâchoire crispée.

— Eva, peu importe qui est le président…

— Alfred ?

— Non, Alfred n'est pas le président. Il est un des directeurs de l'association, mais il n'est pas le président.

Elle avait les bras croisés sur la poitrine et frappait un pied sur le plancher d'un tempo frénétique.

— Alors toi, tu pourrais entrer les Clydesdales dans les compétitions, proposa-t-elle.

Félix garda encore le silence. Il fixait le plancher et le pied de sa femme, mais n'osait pas lever les yeux pour la regarder. Il savait qu'elle fulminait. Finalement, il ajouta :

— Non, Eva. Je pense que je ne veux pas.

— Pourquoi pas ?

— Ce sont tes chevaux.

— Et quelle différence cela fait-il ?

— Les gens d'ici savent tous que ce sont tes chevaux.

— Oui, mais ce serait toi qui les inscrirais et non pas une femme.

— Mais tous savent que ce sont TES chevaux. De toute façon, je n'ai jamais participé aux concours de tirage, moi.

Encore une fois, il se tut. Aoibhe le fusillait des yeux, mais graduellement, ses traits se tirèrent, signe qu'elle venait de faire toute une constatation.

— Ah bon ! Je comprends.

Félix plongea dans sa bouche un cure-dent qu'il promena de droite à gauche sous sa langue et leva encore les deux mains.

— Encore une fois, ce serait perçu comme une personne de l'extérieur qui vient gagner tous les prix. Une riche de l'est de l'Île, du comté de Queens, une femme d'ailleurs, termina-t-elle, la mâchoire crispée. Mais qu'est-ce que cela va prendre pour me faire accepter ici ?

Félix était bouche bée. Quelle idée se faisait-elle encore ? Mais il ne trouvait pas les mots pour lui dire qu'elle était des leurs, elle l'était. Cependant, pour ce qui était de ce concours, en plus du fait que ces Clydesdales appartenaient à sa femme, tous savaient qu'ils étaient issus d'une riche écurie et seraient sans aucun doute perçus comme un avantage injuste par les autres compétiteurs.

— Felix ! gémit-elle, réponds-moi.

Il scruta le visage renfrogné de sa femme, l'approcha et la serra dans ses bras, mais il ne pouvait trouver les mots pour lui expliquer la distinction entre elle et ces chevaux qu'elle avait emportés avec elle de Grand Tracadie, du fait que, comme fille de l'ancien lieutenant-gouverneur et, justement, comme femme qui voulait compétitionner contre des hommes de la région, eh bien, ce ne serait pas apprécié par les gars. Pas du tout.

Aoibhe avait repoussé ses bras, refusant de se laisser approcher.

— Felix ! exigea-t-elle. Explique !

— Les défis sont déjà gros pour l'exposition. Nous venons de les énumérer. Certains fermiers sont tellement bornés, Eva, qu'il faut faire des pieds et des mains juste pour les convaincre de venir voir les évènements cette année. Devoir affronter ces chevaux dont tu as hérité serait pour eux l'équivalent d'agrandir le territoire. En plus, je ne pense pas qu'ils soient prêts à compétitionner contre des femmes. Dans ces petits villages, beaucoup voient les fermes de l'est de l'Île comme privilégiées. Même si c'était moi qui étais là pour le concours, je crains qu'ils considèrent les Clydesdales comme venant de l'extérieur et en soient indignés.

— Mais je suis d'ici, moi, murmura-t-elle. Tu vois bien, tu sais que je suis d'ici.

— Toi oui, toi oui, Eva, mais…

Félix agitait la tête de droite à gauche, à court de mots pour lui expliquer que, malgré tout, pour les hommes qui participaient à l'exposition, UNE FEMME, et possiblement surtout SA femme, avec son héritage généreux, qui voudrait compétitionner contre eux avec ces magnifiques chevaux qu'elle avait emportés du comté de Queens, ce serait difficile à avaler. Très difficile.

— Ce ne sont pas nos voisins, nos familles qui s'y opposeraient, tu sais, Eva…

— Je comprends ! J'ai compris, Felix. J'ai très bien compris. La femme de l'extérieur qui veut tout chambouler. *Look at her,* cracha-t-elle. *Always HER !* « Elle », lança-t-elle en français pour s'assurer que Félix saisisse bien ses interprétations.

— *Yelle.*

— *What* ?

— Ici, on dit « yelle » plutôt qu'« elle, » osa-t-il, suivi d'un sourire exagéré en souhaitant amadouer sa femme.

— *Och ! The bloody eejit !* lui cria un des farfadets.

— *Aye ! Gie im a skelpit lug !* aboya un autre.

— *A skelpit lug ! A skelpit lug !* piaillaient-ils.

Elle lança la serviette qu'elle avait martyrisée et sortit de la maison en claquant la porte. Félix l'observa traverser la cour en enfonçant les talons dans la pelouse à chaque pas. Elle catapulta son tablier sur une branche du pommier puis arracha un fruit d'un coup sec. L'arbre tremblait toujours au moment où elle se précipita dans la grange. À peine quelques minutes plus tard, Jenny émergea au galop, sa maitresse montée sur son dos. La femme avait remonté la jupe de sa robe au-dessus de ses genoux avant de sauter sur le cheval à califourchon. La jument se cabra, sa cavalière bien agrippée à la bride, les yeux aussi fiévreux que ceux de sa bête. Dans un nuage de poussière rouge, elles prirent la direction du boisé.

* * *

L'air frais avait séché ses larmes, mais la furie qui avait enflammé sa poitrine était tout aussi brulante. Et ses farfadets ? *Och !* Ils s'étaient déchainés. Aoibhe dut secouer la tête pour faire taire la cacophonie.

Sa mâchoire était encore crispée, et ses poings si serrés sur les brides que ses jointures s'étaient vidées de sang. Elle se raisonna et ralentit Jenny à la marche. Cela exigeait un effort monumental pour ne pas trop s'agiter sur sa selle et pousser sa jument dans une autre course effrénée.

La cavalière leva la tête et avala une grande goulée d'air. Tout autour d'elle, les arbres donnaient l'impression de s'étirer futilement en souhaitant effleurer les nuages qui les aguichaient en pendillant tout près du feuillage. Certains bouleaux étaient plutôt grands, mais il n'y avait pas de chêne colossal qui germait le long de la côte ici. Ce rivage était à la merci des rafales qui couraillaient au large avant de venir, haletantes, s'essouffler sur l'île. Par conséquent, certains arbres étaient tellement tordus par les vents dominants qui avaient dû essayer de les extirper de la petite falaise. Malgré tout, ils s'y accrochaient encore, mutilés, malformés, mais tenaces, résistants.

Un tel arbre la séduisit, l'apaisa. Il était rabougri et tordu, mais de toute élégance – ses branches, étirées par les noroits, pendaient par-dessus la falaise. Là, il se balançait dangereusement dans la brise, ses racines dénudées agrippées au flanc de la pente. Il évoquait une ballerine dansant sur les pointes, un bras gracieux tendu en arabesque. Aoibhe l'imaginait prêt à pirouetter sur place.

Encore une brise le fit dodeliner, alors qu'à côté, l'écorce d'un grand peuplier grinça. Se lamentait-il de se faire ainsi tordre l'échine ? Soudainement, tout au-dessus de la forêt, il agita vivement son feuillage, une véritable ovation bruyante à la « ballerine » qu'il venait de percevoir.

Encore une fois, la femme avala l'air frais à grandes goulées.

Elle laissa Jenny et ses pensées vagabonder là où elles voulaient. La première s'élança dans leur sentier préféré, les autres lui creusèrent l'esprit.

Que faisait-elle à se sauver ainsi ?

S'était-elle imaginé qu'ici, enfin, elle ferait partie d'une grande famille ? Qu'elle serait rapidement adoptée par toute une communauté comme l'une des leurs ?

Elle grogna.

Passerait-elle sa vie en entier à chercher quelque chose qui n'était pas atteignable, qui avait été perdu dès le départ et par conséquent qui n'était plus jamais accessible ? Elle vivrait donc avec ce vide pour **toujours**, elle ?

— *Yelle !* cracha-t-elle, le mot aigre dans sa bouche.

Peut-être qu'elle était simplement du genre à dramatiser les péripéties de la vie, d'en faire des cauchemars où elle était toujours la victime ? Elle avait une soif de se faire prendre en pitié, peut-être ? Plutôt que de savourer le nectar de l'appartenance dans lequel elle baignait, elle se plaisait à vagabonder dans le vide sans jamais jouir de la vie ?

Combien de temps avait-elle passé à se faire un sang d'encre en se disant n'appartenir nulle part ?

Och ! Si elle pensait avec sa tête, en s'efforçant d'assourdir les paroles que ses émotions bouillonnantes lui criaient, elle voyait bien qu'elle n'avait pas à se faire accepter. Pauline l'avait accueillie à bras ouverts. Partout où un groupe de ses amies planifiaient une rencontre, la fermière s'assurait de l'inviter à se joindre à elles. Elle partageait tout ce qu'elle avait, alors que c'était elle, Aoibhe, qui était fort plus riche. Et que dire de Félix ? Il lui offrait également tout ce qu'il possédait, en plus de tout ce dont il imaginait qu'elle pouvait bien avoir envie.

Malgré tout cela, elle ne pouvait se défaire de l'idée qu'elle venait de l'extérieur, qu'elle avait connu un passé qui la faisait différente des autres, que personne ne pouvait la comprendre ou saisir ses émotions comme elle les vivait véritablement.

Elle soupira profondément. La jument se déplaçait docilement. Ses pas faisaient balancer la maitresse, faisaient balancer les pensées dans la tête de la femme.

Que faire de cette exposition, alors ? Pourquoi tenait-elle à entrer ses Clydesdales dans les compétitions ? Pour la gloire de gagner ? Pour l'animation de la compétition ? Ou plutôt, était-ce pour montrer aux autres qu'elle pouvait faire quelque chose de remarquable qui devait être apprécié ? Qu'elle méritait d'être appréciée. Devait-elle faire quelque chose de remarquable pour être appréciée ? Pour s'assurer qu'elle fût acceptée ? Ne l'était-elle pas déjà ?

N'y avait-il qu'elle qui vivait ces émotions, qui se montait de tels scénarios ? De ne pas vraiment faire partie de la famille. Que c'était impossible de s'intégrer dans sa communauté. Toujours avoir cette sensation qu'elle était différente des autres.

Elle n'était pas la seule à avoir une telle histoire, à avoir été plongée dans un milieu étrange. Il y en avait des mille, certainement. Est-ce qu'elle ne réussirait jamais à se défaire de cette perception ?

Naturellement, son adolescence, comme celle de bien d'autres, avait été marquée d'incidents où elle mettait en doute sa place dans sa famille. Ces instants où sa mère l'avait zyeutée, les mains sur les hanches, la mine renfrognée, indiquant silencieusement que son comportement ne correspondait pas aux attentes. Frustrée, Aoibhe avait régurgité la désapprobation sur sa mère. Comment pouvait-elle être leur fille ? Elle ne leur ressemblait en rien, se disait-elle, comme pour se le prouver à elle-même. Sa mère, avec le visage aussi pâle que les nuages, sa chevelure aussi rouge que les caps de l'Île. Son père avait les yeux verts comme le pré au mois de juillet.

Mais c'était ça, l'adolescence. D'autres, certainement, avaient fixé leurs parents en se questionnant pareillement. Cette idée allait la quitter avec le temps, n'est-ce pas ? À l'âge adulte, miraculeusement, on réussissait à se débarrasser du sentiment qu'il faut travailler pour être accepté.

Si elle avait su durant sa jeunesse tout ce qu'elle savait maintenant ! *Och !*

Évidemment, le sentiment était toujours là. Malgré le temps, malgré les paroles adoucissantes de sa grand-mère, malgré l'accueil de tous ces gens qui composaient maintenant sa grande famille, il était là. Elle devait trouver un moyen de lâcher prise de cette impression d'être toujours à l'extérieur. C'était la cause de malheurs inutiles.

Elle soupira. Maintenant, elle avait véritablement mal à la tête.

Elle s'en voulait de s'en prendre à Félix. Il ne sourcillait même jamais devant ses excentricités. Au contraire, il souriait à la voir s'abandonner à ses caprices. Dès son arrivée à Abram-Village, il s'était fait un devoir de la présenter à la communauté au complet. De plus, il n'avait pas hésité à adopter des particularités de la culture écossaise, rigolant de nervosité de se voir vêtu d'un kilt du tartan des MacLeod avant de sortir fièrement pour la rencontre de famille qu'avait organisée sa *granny*. Il disait raffoler des plats de leur cuisine, et à toutes les occasions, il lui décryptait les particularités de sa propre culture. La leur, se corrigea-t-elle. **La leur !**

Malgré tout, elle aurait quand même voulu entrer les Clydesdales dans ces compétitions, musa-t-elle en boudant.

Il y avait trop longtemps qu'elle avait assisté à des courses de chevaux, vécu les élans exubérants au moment où les bêtes passent devant les gradins, nez à nez. Beaucoup trop longtemps.

Dans sa tête, elle voyait très bien l'hippodrome de Charlottetown – les écuries alignées l'une après l'autre, le paddock où les jockeys, vêtus de leurs casaques multicolores, étaient réunis avant le départ. Sous elle, Jenny avait piétiné d'impatience en attendant que l'interphone beugle dramatiquement les noms des *drivers* qu'elles devaient guider devant un public bruyant et fébrile.

Ce devait bien être ça qui lui manquait. Peut-être devraient-ils aller à Grand Tracadie pour un petit séjour. En plus de visiter sa grand-mère, ils pourraient aller faire un tour à Charlottetown. La saison des courses n'était pas terminée. Les meilleurs *drivers* chercheraient à prolonger la liste de leurs victoires, et il y avait sans doute des inédits qui couraient encore après un premier triomphe.

Voilà ! C'était sans doute ça qui la tourmentait. Évidemment, il y avait des ajustements liés à son déménagement à Abram-Village. Cela était normal, non ? Il allait sans dire que sa vie avait connu tout un chambardement depuis quatre ans. Maintenant, elle vivait dans ce village où tout était nouveau, où elle tentait de s'adapter au style de vie, où elle avait fait des connaissances l'une après l'autre.

Grand Tracadie lui manquait. Et sa grand-mère. Elle n'y était pas retournée depuis leurs noces.

C'était décidé : avant que l'hiver n'arrive, elle irait convaincre Félix d'aller visiter sa grand-mère, l'oncle Rory et sa tante Betty. Ils iraient aux courses à Charlottetown. Ils se gâteraient en prenant un repas gastronomique dans un bon restaurant. Ils prendraient le temps de regarder les couchers de soleil.

Elle tira sur la bride de Jenny. Doucement, elles prirent le chemin du retour. Son cœur était plus léger, même si elle s'était résignée à oublier les compétitions de chevaux. Elle laisserait complètement tomber cette idée, mais elle irait aux courses à Charlottetown. *Aye !* Ça, oui !

— *Giddy up,* Jenny.

Le bruit d'un moteur toussota au-dessus de sa tête. Elle poussa la jument au pas de trot afin de sortir des bois et d'avoir une meilleure vue du ciel. Daniel ! Daniel et Sally ?

L'avion s'alignait déjà vers le pré derrière leur maison. Un sourire se dessina enfin sur le visage de la cavalière. Voilà qu'un brin de vent de l'est de l'ile lui arrivait. Le baume dont elle avait besoin avant d'avoir le temps de s'y rendre elle-même.

— *Giddy-up !*

6

Crise d'identité

Aoibhe ne respirait plus, et ses doigts, déjà engourdis, serraient son siège de toutes ses forces. Mais le sourire sur son visage et ses yeux qu'elle ne voulait même pas cligner par peur de manquer quelque chose trahissaient le plaisir fou qu'elle vivait en cet instant même. Suspendu entre les nuages et les dunes sableuses, son cœur vacillait dans sa poitrine en synchronisation avec l'avion qui pirouettait dans le ciel. Un moment elle ne voyait que le littoral de l'ile qui serait la baie Egmont entre ses plages, et en un clin d'œil, ils survolaient les champs agricoles qui s'étendaient jusqu'à l'horizon.

Daniel constata, en étudiant le visage de sa nouvelle passagère, qu'elle n'avait pas de nausée. Elle semblait même plutôt aimer son expérience. Il osa grimper en flèche vers le bleu du ciel, puis ralentit le moteur au point mort et laissa planer l'avion qui, silencieusement, lentement, s'immobilisa, comme s'il s'était posé sur la couche ouateuse des nuées. À cet instant même, à quelques mètres de l'aéronef, des outardes en formation traversèrent devant la verrière qui couvrait le devant du cockpit. Oubliant son emprise sur son siège, Aoibhe s'exclama et pointa les oiseaux puis se retourna et croisa le regard de Sally. Penser que cette femme voyageait en avion comme ça plus souvent qu'elle-même ne montait dans la camionnette de Félix.

La gravité reprit l'avion dans sa mainmise. Le nez du Beechcraft piqua vers le sol. Soudainement, rapidement, l'avion prit de la vitesse et coursait les vents, tout en plongeant.

— Ah ! s'exclama-t-elle.

Aoibhe était quand même plus alarmée qu'émerveillée de les voir percer à travers les nuages et la terre se dresser soudainement devant son regard ébahi. Elle planta les deux pieds sur le plancher d'aluminium et se recula dans le dossier. Elle aurait caché son visage si elle avait eu le courage de lâcher son emprise sur son siège, qu'elle agrippait encore de toutes ses forces. Daniel la regarda et ramena l'avion de sa chute. Il accéléra doucement le moteur pour reprendre une trajectoire parallèle à la terre.

— Pourquoi le moteur s'était-il arrêté comme ça ? lui cria-t-elle. C'était une panne ?

— Non, non ! répliqua le pilote en riant. Je l'avais ralenti un instant pour laisser l'avion planer silencieusement un peu dans le ciel.

— Eh bien, ne le refais plus ! ordonna la femme. Tu vas me faire mourir de peur ici même.

Daniel sourit en lui jetant un coup d'œil.

— Au contraire, tu as l'air plutôt solide, toi.

— Je viens de trouver mon seuil de courage. Il était à deux pieds du sol, je pense.

Elle se retourna encore pour dévisager Sally, qui avait insisté pour qu'elle prenne le siège du copilote pour son premier vol en avion. Son amie lui offrit une grimace qui laissait comprendre que cet aviateur se prenait pour un casse-cou. Sally leva les épaules et afficha un sourire sarcastique. Elle avait évidemment enduré plusieurs vols affolants dans le ciel à côté de Daniel.

Le pilote souriait de toutes ses dents. Il s'amusait bien à montrer ses prouesses à ses passagères. Il scruta les visages des femmes un moment avant de proposer une autre manœuvre.

— Je t'ai vue courir à cheval tout à l'heure ; tu aimerais la vitesse plus que l'altitude, alors ?

Aoibhe contempla le pilote et sourcilla en considérant la question. Son mutisme était assez pour convaincre Daniel. Il ajusta les commandes. Le bruit du moteur résonna dans le cockpit, et soudainement, ils avançaient à une vitesse ahurissante, basculant légèrement à droite et à gauche. L'ile filait sous les ailes.

Pendant quelques kilomètres, des maisons multicolores s'entassaient près des routes. Graduellement, les villages faisaient place aux terres agricoles de la campagne. De belles granges rouges trônaient sur des collines de toutes les teintes verdoyantes possibles. Sans exception, elles étaient juxtaposées à des champs d'un brun roux, là où l'oxyde de fer de cette riche terre fraichement labourée avait réagi avec l'air pour lui donner sa pigmentation.

Vue du ciel comme ça, l'ile ressemblait à un immense damier d'un jeu d'échecs. Les véhicules et les personnes qu'elle pouvait discerner avaient l'apparence de petits jouets, et les voir avancer de cet angle la fit sourire. Elle imaginait un enfant géant et invisible agenouillé près de la rue qui s'amusait à tout faire bouger à sa guise.

Ils s'approchaient déjà de la capitale. L'avion plongea vers une maison. Aoibhe ne put retenir le réflexe de se creuser encore dans son siège et de retenir sa respiration.

— Tu vois cette maison ? Celle-là ? La verte ? C'est la maison de mes parents, précisa Daniel.

— Ta mère est dans la cour, pointa Sally.

En effet, il y avait une femme derrière la maison qui étendait des draps sur la corde à linge, mais elle s'arrêta, plaça une main sur son front pour protéger ses yeux des rayons tout en scrutant le ciel pour repérer l'avion qu'elle entendait vibrer. Vigoureusement, elle se mit à agiter un vêtement au-dessus de sa tête et à saluer son fils de l'autre bras.

— Je te vois, maman. Je te vois, murmura-t-il presque imperceptiblement au-dessus du bruit du moteur.

Il fit osciller l'avion de droite à gauche afin de saluer sa mère à son tour. La femme pivota pour suivre l'aéronef qui grimpait dans le ciel encore une fois.

Ils survolèrent les rues achalandées de la capitale, où Sally tentait d'indiquer le commerce où elle travaillait et l'édifice où elle partageait un appartement avec des amies. Mais les bâtiments s'enchainaient sous la même toiture qui était percée par un nombre impressionnant de cheminées. Avant qu'Aoibhe ne réussisse à poser les yeux sur les portes en question, l'avion avait déjà filé vers les banlieues. Elle souffrirait sans doute d'un torticolis après l'atterrissage.

— Où est la maison de ta grand-mère ? lui demanda Daniel.

Pendant un moment, elle demeura muette. Il ne pouvait quand même pas atterrir dans la cour. *Och !* Mais ils pouvaient la survoler.

— Grand Tracadie est à plusieurs minutes de Charlottetown, lui cria-t-elle.

— Pas en avion, répliqua-t-il. C'est ce petit village qu'on voit déjà à l'horizon.

Effectivement, les deux clochers de la nouvelle église Saint Michael's se pointaient. À première vue, les croix blanches qui coiffaient l'édifice étaient invisibles contre les nuages. Il est vrai que cette construction n'atteignait ni la hauteur ni la distinction de la première église que les fidèles avaient édifiée dans la paroisse. Celle-ci avait été beaucoup plus traditionnelle, plus grande et tout en hauteur. Mais elle s'était rapidement décomposée, puisqu'on l'avait édifiée dans un lieu où il avait été impossible de la protéger des inondations le printemps arrivé.

Cette deuxième église était juchée sur un petit monticule. Elle avait été bien ancrée, à une distance sure de la rivière Winter qui ruisselait en plein village avant de se jeter dans la baie de Tracadie. Des maisons de couleurs variées s'étaient postées tout autour du petit édifice. On aurait pu facilement se tromper en pensant que les habitants cherchaient à protéger leur nouvelle église, mais c'était plutôt le sentiment que ce lieu sacré offrait une protection divine aux voisins qui vivaient sous les ombres des clochers qui expliquait la disposition du voisinage.

Quelques maisons s'étaient perchées le long de la rivière, alors que d'autres encore s'étaient agrippées au rivage de la baie, une baie qui était quelque peu à l'abri des vents dominants.

Les habitants du petit hameau avaient labouré l'eau de cette baie pour y planter un quai à partir duquel les bateaux sillonnaient jusqu'au large. Là, ils creusaient entre les vagues pour y récolter les fruits de mer enfouis sous les flots.

Au nord de la rivière Grand Tracadie, de majestueuses dunes sableuses s'édifiaient, soufflées par les noroits qui les sculptaient en remparts titanesques, un fort naturel qui protégeait les villages des attaques lancées par des nuages orageux. Les dunes étaient auréolées par une plage de sable doré. À marée basse, quand reculaient les eaux du golfe du Saint-Laurent, elles dévoilaient un tapis zébré d'algues et saupoudré de coquillages qui enivraient toute personne qui s'y aventurait pour respirer l'air salin ou pour se consoler de ses peines. Quelques petites minutes de marche seulement étaient nécessaires pour atteindre ce lieu serein et s'isoler complètement du monde agité qui vibrait derrière les portes du village. Ne restait que le ciel, la mer, la plage et les remparts des dunes comme compagnons.

Combien de fois Aoibhe s'était-elle laissé bercer sur le dos de sa jument en marchant sur cette plage alors qu'elle avait cherché les réponses aux questions qui l'avaient assaillie ?

Elle ne put brider le sourire qui tirait ses lèvres à la vue de son voisinage. *Aye !* Il lui avait manqué.

Daniel entama un demi-tour et exécuta une descente de façon à permettre à Aoibhe d'avoir une vue féérique de son village. Il se satisfit de son visage ébloui.

Voilà qu'elle distinguait très bien la maison de sa grand-mère, celle de son oncle Rory et de sa tante Betty avec leur grosse grange, son enclos à chevaux et tout à l'arrière, la renardière qui devait bien résonner de jappements.

— Là ! Regardez. Celle-là, c'est la maison de ma grand-mère. Et celle-ci, juste à côté… là où un homme vient de sortir de la grange en cherchant sans doute quel avion survole sa maison, c'est celle de mon oncle. Allo, mon oncle ! lui cria-t-elle en le saluant de la main.

Elle s'esclaffa. Bien sûr, l'homme ne pouvait la voir, mais il étudiait quand même l'aéronef qui pivotait à basse altitude en contournant sa demeure.

Un peu plus à l'écart, Aoibhe posa les yeux sur la maison de son enfance. Elle avait refusé qu'on la vende même si elle était vide depuis quatre ans déjà. Peut-être y retournerait-elle un jour ? Quand elle trouverait le courage.

— Celle-là – elle se tourna pour voir si le pilote et Sally l'écoutaient toujours –, celle-là est la maison où j'ai grandi.

Tout au bout d'un grand champ de blé, postée entre une brigade d'arbres colossaux, au faite d'une colline, cette majestueuse maison victorienne s'imposait. *Och !* Elle était admirable, gracieuse avec sa grande galerie et ses nombreuses colonnes qui formaient tout le devant de la structure. Trois lucarnes dévisageaient tout visiteur qui se pointait, et une grande tourelle, bien ornée, faisait face au soleil couchant. Le grand salon avait été aménagé au rez-de-chaussée de cette tourelle, la chambre de lecture et de prière de sa mère était à l'étage.

Grandiose, oui, mais…

— *Stérile !* marmonna un de ses gnomes.

— *Aye ! stérile,* répéta une autre.

Immédiatement, Aoibhe se mordit la lèvre. Elle eut un pincement en pensant au bonheur qu'elle avait connu dans cette maison. Maintenant, les souvenirs du plaisir qu'elle avait savouré ici étaient toujours supplantés, sans exception, par des images de ces évènements affolants. Cette maison renfermait bien des souvenirs, et à vrai dire, ils évoquaient une jeunesse plutôt heureuse. Elle avait été aimée, gâtée, chérie… dupée et trompée aussi.

Elle soupira en se retournant pour regarder encore la maison alors que l'avion s'éloignait.

— Nous allons nous diriger vers l'aéroport maintenant ? demanda le pilote.

C'était une question plus qu'une constatation, mais Aoibhe demeura muette. Sally la fixait et voyait bien les émotions qui se jouaient sur son visage.

Le reste du voyage se fit en silence. À quelque distance de l'aéroport, le pilote ramassa le microphone d'une radio qu'il colla contre sa bouche. Il prononça quelques phrases saccadées suivies de chiffres et plusieurs lettres de l'alphabet avant de raccrocher. Il manipula des leviers et actionna des boutons qui poivraient le tableau de bord. Attentivement, il scruta le ciel de droite à gauche tout en se dirigeant vers une piste d'atterrissage. Aoibhe avait repris son emprise musclée du siège, elle retenait sa respiration et fixait le sol qui s'approchait à une vitesse alarmante. Mais l'avion toucha la piste en rebondissant doucement et, assez rapidement, ils ralentissaient. Daniel pilota aisément vers un hangar.

Dans le temps de le dire, ils étaient assis dans un charmant petit restaurant qui avait pignon sur la rue Richmond de la capitale provinciale.

— Au contraire, c'était euphorisant.

Daniel sourcilla, mais ne put retenir un rire qui s'échappa de ses lèvres.

— Eh bien, je suis heureux de le savoir. Alors, tu seras en pleine forme pour le trajet du retour ?

— Absolument, capitaine, lui dit-elle en le saluant. Je serai au poste.

Daniel rit encore en hochant la tête.

— Je vais demander aux ingénieurs aéronautiques de passer l'avion au peigne fin avant notre prochain décollage, surtout les ressorts de ton siège et le plancher. C'est la première fois que j'ai une passagère qui creuse des trous dans son siège comme ça.

— *Ach !* C'est ta faute. C'est la première fois que je rencontre un pilote d'avion qui se prend pour un acrobate. Je vais me trouver un parachute avant notre retour.

— Oh ! tu n'as pas à chercher. J'en ai un que tu peux utiliser. Je pourrai te larguer chez vous jeudi, cela me sauvera un atterrissage et un décollage, conclut-il.

La femme s'esclaffa nerveusement en imaginant la scène.

— Absolument pas ! Si c'est ce que tu m'offres, je vais marcher. Merci beaucoup.

Sally revenait à la table.

— Je ne sais pas si c'est l'altitude ou les pirouettes que monsieur le pilote se permet, mais à chaque occasion, je dois courir aux toilettes après l'atterrissage, expliqua-t-elle en secouant la tête.

— Il vient de m'offrir un parachute pour mon retour à Abram-Village.

— Je commence sérieusement à remettre en question les exigences nécessaires pour délivrer un permis aux pilotes, commenta Sally en posant un regard moqueur sur Daniel.

— Ah ! mais voyons, les femmes. Afin d'éviter l'ennemi, on nous a fait maitriser des manœuvres complexes. Peut-être êtes-vous un peu trop fragiles pour voyager en avion.

— Sally, tu as remarqué comment il a évité les Allemands au-dessus de Summerside tout à l'heure ?

— En plus des bombes qui sautaient de tout bord.

— Vous riez, vous riez, mais je n'ai entendu aucun remerciement de vous avoir conduites en ville pour votre magasinage.

— Ah ! ne te laisse pas vexer par nos plaisanteries. Tu sais bien qu'on est bien impressionnées par tes habiletés, mon beau pilote, susurra Sally afin d'amadouer l'aviateur.

— Impressionnées et ébranlées, ajouta Aoibhe en clignant de l'œil.

— Toi, je te laisse marcher après-demain, avisa Daniel en lui agitant un index devant le visage.

— Tu feras attention à Summerside, conseilla Sally en chuchotant.

Les femmes s'esclaffèrent. Daniel secoua la tête et leva les yeux vers le plafond.

— Non, mais sérieusement, je suis surexcitée à l'idée de magasiner pour ma robe de noces avec l'aide de ma dame d'honneur, ajouta Sally avec un peu plus de sérieux.

Aoibhe ne pouvait encore comprendre comment cela était possible qu'elle fût présentement assise dans un restaurant à Charlottetown alors qu'elle avait mangé son petit déjeuner à Abram-Village. Elle était restée muette à la suite de leur proposition. Aller à Charlottetown pour aider Sally à se trouver une robe de noces ? Si elle acceptait, ils partiraient à l'instant même et retourneraient avant l'heure du souper le jeudi. Deux journées seulement pour un aller-retour à Charlottetown ! Comment cela pouvait-il même être possible ?

Elle s'était esclaffée dans sa cuisine quand Daniel lui avait annoncé les souhaits de sa fiancée. Ses deux genoux s'étaient mis à s'entrechoquer. Félix lui avait souri avant de la chasser vers leur chambre à coucher du revers de la main.

— Va vite faire ta valise, ma femme.

Est-ce qu'il avait compris par le regard qu'elle lui avait versé sur le visage qu'elle voulait s'excuser pour sa réaction et sa fugue ? *Och !* Elle était encore déçue des objections de son homme au sujet des compétitions de chevaux, mais ce détour à Charlottetown et à Grand Tracadie était toute une consolation.

Il avait été conclu qu'Aoibhe passerait la nuit avec sa grand-mère, qu'elle allait bientôt surprendre, puis qu'elle irait rencontrer Sally après son quart de travail le midi du lendemain. Ensemble, elles feraient le tour des commerces à la recherche des essentiels du trousseau de la future mariée. Avant même le crépuscule, la cavalière remonterait dans l'avion avec Daniel, qui devait avoir un colis à livrer dans l'ouest de l'ile. Dans un peu plus de vingt-quatre heures, elle serait de retour à la maison.

Elle secoua la tête en imaginant l'aviation qui s'imposait dans le domaine du transport. Est-ce qu'un jour tous convergeraient vers les aéroports pour monter dans un tel appareil en direction de destinations exotiques avant de retourner à la maison en un clin d'œil ? Cela était inconcevable. Pourtant…

Un silence confortable s'était installé entre le trio qui faisait l'étude de leurs menus.

— Sally ? Sally ?

Une grande dame distinguée qui passait entre les tables avec une tasse de thé fumant dans les mains s'arrêta.

— Seigneur ! Helen ? s'exclama Sally en se levant pour serrer la femme dans une étreinte chaleureuse. Danny, Aoibhe, voici Helen Palmer.

Gracieusement, Helen leur offrit sa main et un sourire éblouissant en salutation. Elle posa quelques questions polies et raconta une petite anecdote de son amitié avec Sally.

— Helen est une de mes amies d'enfance. Nous étions voisines dans la même rue. J'étais toujours, toujours chez elle. Helen, on ne s'est pas vues depuis, Seigneur, depuis…

— Depuis les funérailles de mon père, je pense.

— En effet. Comment va ta mère ?

— Beaucoup mieux. Elle vient d'emménager chez nous. Elle est ici avec moi. Maman était transie de froid, alors je me suis précipitée pour lui chercher une tasse de thé avant même que la serveuse arrive. Viens la saluer. Elle serait tellement contente de te revoir.

— Vrai ? Excusez-moi, vous deux. Je reviens dans un instant.

Les femmes s'éloignèrent, bras dessus, bras dessous, en grande conversation déjà. Daniel se retourna en sourcillant.

— Je te jure, c'est toujours comme ça avec elle. Sally a des connaissances partout où l'on va et elle doit faire le tour de la salle avant de s'assoir pour le repas. C'est tout comme si elle était une vedette. Est-ce que c'est la même chose pour la fille de l'ancien lieutenant-gouverneur que pour la fille d'un sénateur ?

— *Ach no!* La famille des Pope est connue de tous. Les MacLeod n'ont pas du tout le même statut.

— Les O'Leary encore moins, ajouta-t-il en agitant la main en un geste qui indiquait bien que cela le dépassait. Il secoua la tête et ramassa le menu.

— Allons voir s'il y a quelque chose que je pourrais commander pour elle, sinon, on ne sort pas d'ici avant minuit.

Il plongea le nez dans sa chope de bière avant de se remettre à étudier la carte.

Aoibhe sourit et se mit à contempler son menu à son tour, mais sans y voir les mots. Finalement, elle leva les yeux sur l'homme. Des questions qu'elle hésitait à formuler lui brulaient les lèvres. Franchement, elle ne connaissait pas assez cet homme pour le soumettre à une inquisition. Toutefois, ils avaient bien plus en commun qu'il était évident à première vue.

Elle secoua la tête et baissa encore les yeux sur son menu, mais le sentiment demeurait. Ses lèvres lui démangeaient. Distraitement, elle se mit à tapocher son nævus, puis leva les yeux de nouveau sur le pilote. Elle scruta ouvertement tous ses traits : son teint foncé, son nez grec, qui témoignait d'une détermination implacable, son menton large, ses sourcils foncés qui n'ombrageaient aucunement ses iris bruns.

Finalement, Aoibhe abandonna complètement son menu.

— Daniel, comment trouves-tu Pôline et Alfred ? lança-t-elle.

Le pilote leva son regard sur la cavalière, surpris par cette question lancée soudainement.

— Eh bien, je ne les ai vus que quelques fois. C'est certain que les occasions de les rencontrer n'ont pas été nombreuses encore. Mais ils sont sympathiques, Pauline surtout. Alfred...

— *Ach!* Alfred, grogna Aoibhe, coupant court à sa description. J'essaie, Daniel. Je te jure que j'essaie, mais je n'ai pas encore réussi à trouver un seul os sympathique dans le corps de cet homme grincheux. Il critique tout, rechigne constamment, il ne sourit JAMAIS.

Daniel afficha aussitôt un regard amusé.

— Je te jure, jamais n'ai-je vu cet homme sourire, continua Aoibhe. Il s'est fait mettre une dent en or, mais personne ne la voit, puisqu'il devrait sourire pour ça. Pourtant, il lève la babine à chaque occasion, concéda-t-elle en hochant la tête avec sarcasme.

Cette fois-ci, Daniel s'esclaffa.

— Quand es-tu déménagée à Abram-Village ?

— Cela ne fait que quelques mois, à la fin du mois d'avril. C'est un peu invraisemblable que j'habite Abram-Village dans une maison voisine de Pôline. Celle-là, c'est un ange.

— Et tu avais rencontré Felix où, encore ?

— Eh bien, la première fois, c'était le jour de leur exposition agricole quand j'étais assez jeune. Felix maintient que je lui ai tourné le dos toute la journée, mais moi, je suis certaine que c'est lui que j'avais lorgné. Ma mère a failli me disloquer l'épaule tellement elle me trainait d'un lieu à un autre afin de m'éloigner de ce garçon en qui je trouvais un attrait inexplicable.

Elle hésita un instant avant d'ajouter :

— À y repenser quand même, j'ai l'impression qu'elle craignait possiblement que quelqu'un ait pu me reconnaitre. Peut-être. Depuis, je me pose la question.

— En effet, c'est bien une possibilité. Mais dis donc, vous alliez loin pour voir des expositions agricoles.

— C'est que mon père était déjà lieutenant-gouverneur de la province à l'époque et il avait été invité par le ministre de l'Agriculture à se joindre à lui pour l'ouverture officielle.

Daniel hocha la tête.

— Alors, tu as beaucoup voyagé quand tu étais jeune ?

— Un peu. J'ai plus voyagé avec la troupe de danse. Je faisais partie d'une petite troupe de danseuses celtes.

— Tes parents étaient de fiers Écossais ?

— De très fiers Écossais. Mon père, c'était Conor MacLeod, le fils d'Alistair MacLeod, qui était parmi les premiers fondateurs du lot trente-six de l'Île. Bonnie MacDonald, sa grand-mère, était descendante directe de John MacDonald, connu en Écosse comme Fir a Ghlinne du clan Ranald, qui avait lui-même organisé la migration des premiers pionniers écossais sur l'Île en 1772.

— Alors, tu as grandi en mangeant du *haggis* et en jouant de la cornemuse ?

— Du *haggis* oui, mais pour la cornemuse, *ach !* c'est un instrument impossible. Mon père en avait une, mais ma mère le chassait dans la grange avec son instrument, puisque ça résonnait tellement que cela risquait de faire sauter la toiture. À quelques reprises, en fin de soirée d'un bon *cèilidh*, il la trainait dans le salon. Il voulait en jouer pour les amis, au grand malheur de ma mère, qui faisait tout pour le convaincre que les amis ne voulaient vraiment pas être sérénadés par cette flute à l'intérieur d'une maison. Elle se tenait la tête et grommelait : *He's gona gie me a tartan fit!*

— Tu as encore un vocabulaire gaélique assez large.

— Je ne garde que les quelques expressions que ma grand-mère et mon père répétaient, et celles que me lançait ma mère quand elle était exaspérée. Je ne pourrais pas plus suivre une pleine conversation en gaélique qu'en français.

Le pilote hocha la tête en souriant.

— Tout à l'heure, tu as répondu que la première fois que tu as rencontré Felix, c'était à l'exposition. Est-ce que tu es retournée à Abram-Village à plusieurs reprises et finalement vous avez vraiment fait connaissance ?

— Pas du tout. La prochaine fois que je l'ai vu, c'était à l'hippodrome de Charlottetown. Danny, Felix était suivi par des observateurs sportifs qui cherchaient des athlètes du pays pour les Jeux olympiques.

— Felix était un jockey ? s'étonna-t-il.

— Non, pas la course à cheval, il était un sprinteur.

— Un sprinteur ? Explique.

— Au Charlottetown Driving Park, certains jockeys attirent un assez gros public, alors bien des évènements de divertissement sont également prévus afin d'amuser les spectateurs entre les différentes qualifications – de la musique, de...

— Oui, oui. J'y ai déjà vu des spectacles de vaudeville par un bon samedi.

— Eh bien, Felix avait été invité pour courir contre un cheval.

— Voyons !

— Je te le jure. C'est moi qui agissais comme maitresse de cérémonie des défilés, alors je devais le guider sur la piste pour les présentations. J'étais complètement émerveillé de voir de mes propres yeux cet homme qu'on disait capable de dépasser un cheval... au galop.

— Est-ce qu'il a gagné ?

— Bien sûr qu'il a gagné. D'accord, on donnait quarante verges de plus à parcourir au cheval. Felix, lui, devait en courir cent. Mais quand même, c'est remarquable qu'un homme puisse distancer un cheval de course, non ?

— Absolument. Alors, est-ce qu'il a participé aux Jeux olympiques ?

— Non. La guerre a mis fin à ses rêves d'athlète. Après son retour sur l'Île, il ne voulait plus jamais quitter la province, surtout pas pour retourner en Europe.

— Quelle histoire fascinante pour un homme qui n'a pas encore trente ans !

— Tout comme toi, souligna Aoibhe en fixant Daniel.

Il hocha la tête en assentiment.

— Cette Guerre a bouleversé bien des vies, musa-t-il en hochant la tête.

Daniel scruta la salle par-dessus son épaule à la recherche de sa fiancée, qui était encore en discussion avec son amie et sa mère. Il jeta un coup d'œil à sa montre et secoua la tête.

— Toi aussi, tu vas demeurer dans la province maintenant ? voulait savoir Aoibhe.

— Pour l'instant, oui. Mon père prend de l'âge. Je préfère habiter à proximité. Comme ça, je suis là s'ils ont besoin de moi. En plus, j'aime bien avoir l'occasion de les visiter souvent. On verra ce que le futur me réservera. Sally répète qu'elle serait ouverte à l'idée de déménager dans une ville où il y a un plus gros aéroport.

— Tes parents sont sympathiques ?

— Oh ! oui. Ma mère surtout. Mon père a toujours été tourmenté par les feux de l'enfer, puisqu'il est si facile d'y être précipité, selon les curés catholiques, alors que les portes du paradis sont, pour tout dire, verrouillées. Sans doute les petites bouteilles de whisky qu'il cache encore partout sont une cause de ses tourments.

— Alors, tu as été un petit garçon heureux ?

— Aussi heureux qu'un petit Irlandais catholique peut l'être, acquiesça-t-il en riant.

La cavalière sourit en considérant l'homme. Finalement, elle posa une de ces questions qui lui avaient brulé les lèvres :

— Danny, euh... est-ce que tu as eu une... disons, une crise d'identité ? Tu sais...

Elle laissa la question en suspens. L'homme la fixait, comprenant bien le sens de sa pensée.

— Une crise d'identité ? Pas plus catastrophique que celle que tous les jeunes adolescents connaissent, j'pense bien. Non, ajouta-t-il doucement. Moi, je suis un Connolly, un Irlandais, Aoibhe. Je suis le fils de Sean et de Norah. Un gars de bons parents, tout comme toi.

Elle lui sourit tendrement avant de hocher la tête.

— J'ai hérité de la saga des Irlandais, qui a bien des similitudes avec celle des Écossais et celle des Acadiens, même. C'est un peuple qu'on a tenté d'écraser, d'anéantir, qui a connu son lot de misères. Les Irlandais ont été forcés de tout abandonner en souhaitant pouvoir respirer encore un lendemain. C'est un peuple qui s'est relevé, qui a affronté ses misères, par moments accroché à la vie que par le bout des doigts. Ils ont dû tout faire pour subsister : abandonner leurs terres, quitter leur pays. Certains ont même été forcés d'abandonner leurs enfants en souhaitant que ceux-ci aient une chance, une petite chance de survivre. C'est impossible pour un Irlandais de tourner le dos à son histoire, aux coutumes, aux traditions et à notre culture qui nous sont inculquées durant nos années formatives. Je suis un Connolly et je le serai toujours, mais...

Aoibhe ne pouvait que le regarder, muette devant cette présentation qu'il lui faisait de sa perspective de la vie alors que Daniel hésitait, cherchant évidemment les mots qui pourraient mieux transmettre ses impressions.

— Tu sais, quand j'ai appris la famine des patates qui a affligé les Irlandais, je l'ai trouvée si cruelle – des récits de jeunes orphelins qui vagabondaient dans le pays seuls, perdus à la suite du décès soudain de leurs parents qui avaient littéralement crevé de faim. Ces gens ont été laissés dans la misère, abandonnés à leur propre sort avant qu'on leur dérobe leurs terres.

— Comme les Écossais après la défaite de la bataille de Culloden.

— Sans doute. Eh bien, en voyageant par la planète durant la guerre, j'ai appris que l'histoire de beaucoup de peuples se ressemble, non ? Les Irlandais, les Écossais, les Juifs, les Acadiens ? Autant nous avons nos coutumes, nos croyances, nos histoires, toutes nos distinctions, ajouta-t-il en levant les bras pour mettre de l'accent, autant nous sommes pareils. Nous avons tous les mêmes désirs, les mêmes besoins et les mêmes rêves. Souvent, nous avons connu les mêmes peines et les mêmes malheurs, conclut-il doucement. Et avec les années, nous ne sommes pas plus sages. Deux guerres mondiales en vingt-cinq ans ! Les atrocités que j'ai vues. Et au contraire de Felix, je n'étais même pas au front, moi.

Il se tut un instant en regardant ses mains immobiles sur la table.

— C'est la Guerre qui a vraiment piqué mon intérêt pour ma propre histoire, dit-il doucement en levant le regard sur Aoibhe. Je voulais tout connaitre de mes origines, trouver tous les membres de ma famille, si possible. Et je ne peux t'expliquer comment cela a été émouvant pour moi. Vraiment. J'en suis plus riche maintenant. Mais malgré tous ces gènes en commun, mon histoire à moi est un peu différente. Toujours, je demeure un Connolly, Danny Connolly.

La cavalière ne pouvait que hocher la tête, saisie par les réflexions de cet homme qui était plus jeune qu'elle, mais qui avait déjà une perception murie de la vie.

— Ce qui me surprend toujours, continua-t-il, c'est la force des gens. La force qu'ils ont dû puiser du fond de leurs tripes afin de prendre des décisions impossibles, d'accomplir des actions qui ont été tellement difficiles, et ça, dans l'espoir de protéger leur famille, de garantir leur survie. J'apprécie cette force, cette détermination de nos parents à travers leurs épreuves, l'amour qu'ils éprouvent pour leur famille et la détermination de la protéger à tout prix.

— Et la force qu'**elles** avaient, murmura Aoibhe après un moment.

Daniel sourit tendrement.

— Oui, la force qu'elles avaient.

La cavalière sourit à son tour.

— Merci, bredouilla-t-elle. Naturellement, la culture acadienne me fascine. Je veux tout apprendre, tout connaitre. Je me suis plongée dans cette nouvelle famille, mais je ne pourrai jamais me métamorphoser. Je pense bien que l'Écossaise en moi ne mourra jamais.

— *Ach!* Ta maman MacLeod en aurait un *tartan fit*! s'exclama-t-il en imitant son accent écossais.

Aoibhe s'esclaffa.

— Alors, on regarde ce menu ou on ne fait que philosopher à la Socrate? Je n'en sais rien des Écossais moi, mais les Irlandais, on en a fini avec l'idée de se laisser crever de faim. Si j'attends le retour de ma fiancée, je risque justement de souffrir de malnutrition. Allons voir s'il y a un bon plat aux pommes de terre ici, dit-il en plaçant la carte devant son visage tout en lançant un clin d'œil taquin à sa compagne.

— *Aye!* approuva-t-elle en riant.

Il y avait longtemps qu'elle n'avait pas ressenti cette légèreté qui berçait maintenant son cœur dans sa poitrine, une légèreté qui bouillonnait jusqu'à ses pommettes qui se gonflèrent, une légèreté qui mijotait jusqu'à ses prunelles qui brillaient maintenant, avec le même éclat que celles de Daniel.

7

Aux petits trots

— *Mo ghaol!* s'exclama la vieille dame. Comment ça, tu apparais devant ma porte comme une vision ? Et qui est ce beau jeune homme ? demanda-t-elle en croisant le regard du pilote par-dessus l'épaule de sa petite-fille.

Avant même de franchir le seuil de la porte, le parfum de tabac l'enveloppa et la transporta sur une brume de fumée d'une époque passée. À cela se mêlait l'arôme d'un *clootie dumpling* qui mijotait sur la cuisinière. Aoibhe était de retour à Grand Tracadie.

Délicatement, elle serra sa grand-mère dans ses bras. Cette petite femme lui retourna son étreinte avec une force surprenante, puis elle recula et plongea les yeux dans ceux de sa petite-fille.

— *Granny*, je vous présente Daniel, dont je vous ai déjà parlé. Danny, voici ma grand-mère MacLeod. *Granny*, Sally, qui est sa fiancée, m'a demandé d'agir comme sa dame d'honneur à leurs noces. Pouvez-vous croire qu'ils sont venus me chercher **en avion** pour magasiner ? Demain, Sally et moi allons faire la tournée des magasins à la recherche de robes.

— Enchanté de faire votre connaissance, madame.

Daniel lui tendait la main, mais la petite dame n'avait pas bougé. Finalement, elle trouva la parole.

— Mais voyons ! Tu as monté dans un avion ? demanda-t-elle incrédule.

— Danny a atterri dans le pré directement derrière notre maison et nous avons volé jusqu'à l'aéroport de Charlottetown. Ce matin, j'étais à Abram-Village, et me voilà ici, avant même la tombée du jour.

La vieille dame tourna finalement le regard vers le pilote qui lui tendait toujours la main en la zyeutant de ses prunelles pétillantes. La grand-mère lui prit la main sans le quitter des yeux.

— Enchanté, madame MacLeod, répéta-t-il.

Ils demeurèrent muets et pétrifiés un instant, mais toute une conversation se faisait dans leurs regards.

— Et moi de même, Daniel, moi de même.

Les mains se relâchèrent doucement, les yeux clignèrent.

— Venez, venez ! Je vous prépare vite un *strupak*.

Mais Daniel déclina, expliquant qu'il venait de manger un repas digne d'une fête de Noël, l'assurant qu'il ne pourrait avaler ni une goutte de thé ni une miette de pain.

Pendant quelques minutes, les trois discutèrent de petites plaisanteries et de sujets plus délicats. Finalement, Daniel annonça son départ pour la maison avec une promesse de revenir chercher Aoibhe à temps pour joindre Sally le lendemain.

La vieille dame ferma la porte et se retourna, prit la main de sa petite-fille et la guida dans le salon, où son rouet occupait tout un coin. Là, à proximité d'un petit panier qui débordait de toisons de laine teintes d'un jaune soleil, une pipe bien bourrée fumait dans un cendrier. Plusieurs bobines, déjà pleines de laine jaune et noire, témoignaient d'un après-midi passé à filer. Aoibhe voyait bien que sa grand-mère allait encore tisser du tartan des MacLeod.

Elle huma le tabac qui flottait dans la petite pièce en se rappelant son grand-père, un homme colossal, élancé mais solide qui avait insufflé l'assurance. Sa grosse barbe rouge et ses cheveux de la même teinte criaient son ascendance écossaise. Son décès aussi avait été subit et avait ébranlé sa famille, qui ne venait que difficilement de se remettre du déraillement de train l'année précédente.

— *Granny*, c'est la pipe de *granda* ? Vous fumez maintenant ?

La vieille dame retourna la pipe qu'elle frappa dans le fond du cendrier, la vidant de son tabac. Elle passa une main en éventail dans la fumée pour la disperser. Ses yeux tournèrent tout autour de la pièce, lorgnant un instant une chaise rembourrée, avant de se poser sur Aoibhe encore une fois.

— *Ach ! no*. Mais voici une drôle d'habitude que j'ai prise depuis son décès. Je bourre sa pipe de son tabac préféré et je laisse la fumée parfumer la pièce. On dirait que la laine avait toujours eu cette odeur de tabac puisqu'il s'installait ici quand je filais. Les premiers bas que j'ai brochés après son décès n'avaient pas du tout la même allure, marmonna-t-elle en prenant place sur la chaise derrière le rouet, qui lui camoufla un peu le visage et les émotions qui se jouaient sur ses traits.

Aoibhe ramassa un brin de laine qu'elle porta contre sa figure pour la humer et pour en effleurer sa joue. Pas une seule fibre de foin n'était accrochée à cet angora que sa grand-mère avait cardé avec expertise.

— Viens t'assoir, viens t'assoir.

La vieille dame la tirait par la main pour l'inviter à prendre place dans le gros fauteuil à ses côtés.

— *No, granny*. Je ne pourrais m'assoir dans le fauteuil de *granda*.

Elle posa ses fesses sur le bras du canapé. Les femmes se tenaient encore les mains et se fixaient, silencieuses toutes deux.

— Vous avez l'air en pleine forme, *granny*. Vous n'avez pas trouvé l'été trop chaud ?

— *Och !* Il y a eu des journées où l'humidité s'infiltrait même sous mes paupières et sapait toute mon énergie, mais la chaleur ne m'a jamais trop, trop dérangée. Ce sont plutôt les froids du mois de janvier qui m'agacent.

— Votre arthrite ne vous tourmente pas trop ? lui demanda sa petite-fille en effleurant doucement de ses doigts les jointures enflammées de la grand-mère.

— Je réussis toujours à annoncer les journées de pluie, et parfois mes genoux se font têtus au moment de sortir du lit, mais j'avance, Aoibhe, j'avance. Et toi ? questionna-t-elle en souhaitant évidemment changer de sujet. Raconte-moi les dernières nouvelles d'Abram-Village. Je n'ai pas reçu de lettre depuis quelques semaines maintenant.

— Je suis désolée, *granny*. Vraiment, j'ai été négligente. Mais ça va bien à Abram-Village. Évidemment, cela fait tout un émoi quand un avion fait des atterrissages et des décollages directement derrière la maison. La paroisse au complet arrive au galop pour voir et toucher l'appareil. Cette première fois que nous avons fait sa connaissance, *granny*, je ne peux vous dire à quel point cela a été émouvant. Et maintenant, Sally et Daniel voyagent souvent entre Charlottetown et Abram-Village par avion. Si Danny a un client à ramasser ou un colis à livrer dans l'ouest de l'Île, Sally ne manque aucune occasion pour monter avec lui.

Aoibhe baissa les yeux sur les doigts de sa grand-mère, qu'elle tenait toujours entre les siens. Elle sourit et secoua la tête et darda un regard sur sa grand-mère.

— Comme cela serait amusant si vous pouviez venir nous visiter par avion un bon jour, *granny*.

— *Wheesht!* Jamais au grand jamais tu ne réussiras à me convaincre de monter dans un tel appareil. *Och! No. Niver!* Mais s'il fait souvent la navette entre Abram-Village et Charlottetown comme ça, c'est toi qui pourrais venir visiter à l'occasion. Pourquoi ne pas venir pour une bonne visite après les récoltes, tous les deux ? Cela me ferait un grand bien d'entendre des voix autres que la mienne résonner entre les murs de cette maison.

Aoibhe eut un pincement. Comme sa *granny* devait s'ennuyer ! Déjà dans sa tête se jouaient des scénarios de grasses matinées à siroter son thé avec la vieille dame, une soirée passée en *cèilidh* où toute la parenté et quelques voisins seraient invités. Elle voulait déguster un bon *cullen skink* pour le repas. Elle aiderait sa grand-mère à préparer ce plat. Maintenant, elle voulait connaitre tous les secrets des recettes écossaises.

Malheureusement, Félix était aussi borné que sa grand-mère à l'idée de voyager dans le ciel, et elle-même refusait de monter dans le train. Faire ce grand trajet en camionnette l'épuisait, mais sa grand-mère s'ennuyait, et honnêtement, elle avait vécu des moments où Grand Tracadie lui manquait.

— Je vais en parler avec Felix, *granny*. J'aimerais bien passer quelques jours ici avec vous.

La dame hocha la tête en marmottant de satisfaction.

— Dis-moi, comment ça va là-bas ? Tu t'habitues à cette nouvelle vie ? Et Felix, lui, comment va-t-il ? Raconte tout.

— Les récoltes sont généreuses cette année, *granny*. Felix est toujours occupé. Soit il est dans le pré, soit il est dans la grange avec ses charmantes vaches. Il en a un assez gros troupeau et elles produisent une belle quantité de lait. Il vend encore la crème à la fromagerie, mais les prix ne sont vraiment pas ce que les éleveurs souhaitent recevoir.

— *Ach !* Les prix ! Toujours la même histoire. Ton oncle Rory se désole du prix des fourrures de renard, et du même souffle il se lamente du prix de la nourriture pour les petites bêtes, le prix de l'avoine pour le bétail, le prix du sucre, le prix du tabac. Pourtant, nous avons les poches pleines. Il y en a bien qui doivent être complètement accablés de ces prix qui n'en finissent pas de monter en flèche.

Aoibhe sourit en écoutant le portrait que lui brossait sa grand-mère. Son sourire s'était étiré avec chaque mot. Plus que le discours, c'était l'accent écossais qui lui chatouillait les tympans, un accent qu'elle se surprit à constater à quel point son absence lui avait manqué. Sa mélodie et le dialecte éveillaient les mêmes sentiments que la familiarité et le confort de sa propre maison après une absence prolongée. Jamais elle n'avait noté à quel point les échos de cette langue pouvaient provoquer un réel sentiment de bien aise.

Elle fit la comparaison avec la culture qui l'encerclait à Abram-Village : sa langue, sa nourriture, ses coutumes. Ce nouvel environnement était également le sien, avec toutes ses distinctions qu'elle se plaisait à adopter et à apprendre. Mais ici, dans cette maison, avec les parfums, les décors et le discours qui attestaient son héritage écossais, cela éveillait une fierté pour sa famille et son village qui ne s'apprécie évidemment qu'après un moment de recul et d'absence.

— Mon oncle Rory va bien, quand même ? Et tante Betty aussi ?

— *Aye, aye!* Tous sont bien. Rory était ici ce matin alors que je brassais le *clootie dumplin'*. Aussi sûr que l'oisillon de mon horloge se pointera le bec dans quelques minutes, dit-elle en lançant un petit coup de tête vers la pendule à coucou accrochée au mur, aussi sûr il sera dans ma cuisine en se léchant la moustache à l'heure du repas.

La théière siffla, et plus que le chant d'un coq au matin, ce bruit propulsa les deux femmes vers la cuisine. Aoibhe, qui s'était toujours permis de fouiller derrière toutes les portes et dans tous les tiroirs de cette maison à la recherche des gâteries qui s'y cachaient, se trouvait maintenant plutôt gênée. Elle demeura debout en regardant le dos de la petite femme qui vaquait à droite et à gauche, sortant des scones d'une armoire, du beurre, du lait et de la confiture d'une salle connexe qui servait de garde-manger. Sa grand-mère travaillait en silence, le dos tourné à sa petite-fille, comme si les kilomètres et les mois d'absence avaient étiré la familiarité qu'elles avaient toujours connue. Maintenant que les salutations étaient terminées, elles qui avaient toujours discuté si librement demeurèrent mystérieusement muettes l'une et l'autre.

Aoibhe plaça ses mains sur sa bouche et tapota son nævus tout en réfléchissant. Devrait-elle dévoiler sa déception quant aux compétitions de chevaux ? Elle hésitait.

— Tu vas me raconter ce voyage en avion, alors ? demanda la vieille dame en venant s'assoir.

Soulagée, la cavalière lui narra les secousses de l'avion dans tous ses détails, mais quand sa grand-mère se mit à sourciller avec inquiétude, elle lui brossa rapidement une image pittoresque du territoire de la province insulaire vu du ciel.

— Et rappelle-moi encore. Sally est une Pope ? La fille de Jonathan Pope qui était autrefois ministre des Finances, mais pas à l'époque de ton père. C'est ça ? N'est-il pas sénateur à Ottawa maintenant ?

— C'est ça. C'est une bizarre coïncidence, ça, non ? Évidemment, Sally n'a pas besoin de travailler, mais elle aime bien vendre des bijoux. *Granny,* sa bague de fiançailles est aveuglante tellement les diamants sont nombreux.

— Et les Pope seront à Charlottetown pour la noce ?

— *Aye.* Même s'ils habitent à Ottawa, ils n'ont pas vendu leur maison à Charlottetown. C'est la mère de Sally qui a suggéré un mariage au début de décembre. Le Sénat sera fermé pour les vacances de Noël. Ils seront sur l'Île jusqu'à la mi-janvier, il me semble. La cérémonie aura lieu en la basilique de Saint Dunstan's à Charlottetown, suivie d'une réception chez les parents de Sally. Souhaitons que la météo soit de la partie.

— Alors, je peux m'attendre à une belle visite des Arsenault au début de décembre ? Peut-être pourriez-vous rester jusqu'aux fêtes de Noël ?

— *Och !* Je doute que Felix puisse s'absenter de ses charmantes vaches pendant plusieurs semaines. Mais nous serons certainement ici pour fêter *Hogmanay* avec vous.

— Noël et *Hogmanay,* insista-t-elle. Venez avec Daniel, cela réduira le temps de voyage et vous permettra de passer les fêtes avec moi.

Aoibhe serra la main de sa grand-mère en lui souriant tendrement. Elle n'avait pas le cœur de refuser sa demande.

— Je vais me mettre à en parler à Felix dès mon retour, *granny*. Cela me ferait un grand plaisir de célébrer les fêtes avec vous.

La dame serra la main de sa petite-fille en retour.

— Daniel est très sympathique, continua la grand-mère. Un beau jeune homme.

— Il a toujours l'allure d'un soldat avec ses cheveux coupés en brosse. Il n'est pas tellement grand, mais il est solide, et il a le teint foncé. Peut-être que ce sont toutes ces heures passées dans son avion, plus près du soleil comme ça, qui lui bronzent la peau.

— En effet, il est tout aussi foncé que toi.

Aoibhe rit en regardant sa grand-mère.

— Assez pour être mon frère, han, *granny* ? Moi qui avais toujours souhaité avoir un petit frère. Vous vous souvenez combien de fois j'ai prié mes parents ?

La dame sourit tendrement en hochant la tête.

— *Och !* Comme je m'en souviens. Mais tu ne m'as pas dit grand-chose d'Abram-Village. Comment sont les autres membres de ta nouvelle famille ?

— Eh bien, Pôline, comme vous le savez déjà, est très accueillante et sympathique. Elle arrive toujours chez nous avec une tarte ou un plat quelconque qui sort du fourneau, et elle m'invite toujours à l'accompagner quand les femmes du voisinage se rencontrent. Je ne lui en ai pas parlé, *granny,* mais je me suis promis de trouver une belle robe pour Pôline aussi. Je suis convaincue qu'elle se gâte rarement d'une tenue toute neuve achetée dans une boutique.

Encore, la grand-mère acquiesça silencieusement.

— Edgar aussi est gentil et agréable, mais, *ach !* Alfred, je ne peux même pas me forcer à l'aimer. J'avais imaginé qu'avec le temps nous pourrions trouver des points communs, sinon un semblant d'amitié. Mais il est désagréable, arrogant, rude, difficile…

— Aoibhe ! Voyons ! Jamais je ne t'ai entendu fouetter une autre personne ainsi.

— Mais *granny,* si vous pouviez le voir faire, vous en diriez tout autant. Il n'y a pas une seule fois que je vois cet homme et que je ne retourne pas à la maison les poings serrés et la mâchoire crispée avec une force capable de me fracasser toutes les dents dans la bouche.

La grand-mère ne répliqua pas immédiatement, elle semblait se concentrer sur le scone qu'elle beurrait.

— De telles personnes ont souvent connu des évènements difficiles qui les ont aigries. Tout comme un plat dans lequel on a incorporé trop de citron ou trop de vinaigre peut saisir la mâchoire.

— Il a plus que la mâchoire saisie, *granny*. Il a un regard cinglant et un discours de grincheux. *Ach!* N'en parlons plus. Rien qu'à y penser et me voilà aussi endiablée qu'une vieille harpie.

Férocement, elle arracha un morceau de son scone qu'elle écrasa sous ses dents alors qu'un pli se creusa sur son front et que ses yeux fusillaient sur le mur un point qui risquait de s'enflammer sous son regard. Sa grand-mère la zyeutait, sachant déjà qu'une suite n'allait pas tarder.

— Même quand il n'est pas dans la maison, il réussit à briser ma journée. Voilà que l'exposition agricole se prépare dans le village. Vous savez, l'exposition dont *daddy* avait fait l'ouverture officielle quand il était lieutenant-gouverneur ? Enfin, un évènement où il y aura toutes sortes de bêtes et surtout où des compétitions de chevaux se préparent. Je voudrais bien y participer avec les Clydesdales, mais il y a chez les organisateurs de l'exposition, dont fait partie Alfred, évidemment, une mentalité qui préfère ne pas ouvrir l'évènement aux fermiers des villages de l'extérieur par peur que ceux-ci vont remporter tous les prix. C'est un non-sens, *granny*. Ils gagneraient à inviter des fermiers qui ont des vaches de race, à voir du bétail d'autres régions, à se donner cette occasion de créer des liens avec des fermiers d'ailleurs. Avec le temps, ils finiraient certainement par intégrer de ces bêtes dans leurs propres troupeaux.

Elle se tut, les yeux fixés sur son scone déchiqueté.

— Tu voudrais participer à des compétitions de chevaux ? demanda la grand-mère au bout d'un moment, une trace d'inquiétude dans la voix.

— Eh bien, oui. Ce ne sont pas des courses, *granny*. Ce ne sont que des compétitions de tirs où les bêtes doivent trainer des poids. Vous savez ?

— Les femmes peuvent participer à de telles compétitions ?

Aoibhe fixa sa grand-mère, mais demeura silencieuse un instant.

— Je pense que d'habitude elles participent à d'autres genres de compétitions, consentit finalement la jeune femme.

— Des genres de compétitions que toi tu trouves beaucoup plus ennuyantes ?

Aoibhe voyait bien que sa grand-mère avait maintenant la trace d'un sourire sur les lèvres et des étincelles de taquinerie dans les yeux.

— *Ach ! Granny,* vous savez que le tricot, la couture, même la cuisine ne sont pas mes forces. J'ai toujours préféré les animaux, les renards et les chevaux.

— Oui, et là, c'est ton père qui t'a inculqué cette obsession pour ces activités et toutes les bêtes plutôt que les travaux de la maison. Cet homme ne pouvait rien te refuser.

— C'est vrai, concéda-t-elle en souriant tendrement. Quand même, j'essaie, *granny*. J'ai réussi à maitriser une bonne recette de pain au four avec levure, mais là, semble-t-il qu'à Abram-Village, les femmes font plutôt des « galllettes blllanches » que du pain, grommela-t-elle.

— Oh ? Tu vas m'expliquer cette recette plus tard, mais reviens sur cette histoire d'exposition agricole. Tu voudrais participer à des compétitions de chevaux, les fermiers de l'extérieur ne peuvent y participer et, évidemment Aoibhe, les femmes non plus ? C'est Alfred qui t'a fait comprendre les règlements ?

— *Och ! No !* Je n'en ai même pas parlé à Alfred.

— Alors là, je n'y comprends plus rien, Aoibhe. Tu en as parlé à qui ?

— À Felix. Les femmes discutaient de ces nouvelles compétitions de chevaux auxquelles j'aimerais participer avec les Clydesdales, mais Felix m'a fait savoir que, puisque mes chevaux viennent de l'extérieur, que moi je suis **une femme** de l'extérieur, précisa-t-elle en grimaçant, cela serait mal reçu par les fermiers de la région.

— Alors, c'est Felix qui t'a suggéré d'oublier cette idée ?

Encore une fois, Aoibhe dévisagea sa grand-mère. Felix ? Elle ne voulait pas admettre à la vieille dame qu'elle s'était chicané avec son mari pour une histoire de compétitions de chevaux.

— Ce sont plutôt les directeurs de l'exposition qui établissent toutes sortes de règlements. Je ne comprends pas pourquoi on interdit toujours aux femmes de participer aux activités qui sont amusantes ou stimulantes. Des concours de tricot ou de couture ! cracha-t-elle. C'est tout comme si c'était pour nous donner quelque chose pour nous occuper. « Tenez, soyez tranquilles et jolies alors qu'on s'en donne à cœur joie ! » J'aimerais bien m'essayer dans ce concours, moi aussi. Je suis convaincue que Big Ben et Jack pourraient se mesurer aux autres. Mais en plus que je suis une femme, mes chevaux sont d'une région bien à l'extérieur de celles qui sont invitées à cette exposition, alors Felix craint que nos voisins soient offusqués. Mais moi, *granny*, tout cela m'offusque ! Je suis mariée à un homme qui a grandi dans le village, j'y ai déménagé il y a plusieurs mois déjà, sans parler de… sans…

Elle se tut sans avoir terminé sa pensée.

— Est-ce que toute ma vie je serai une étrangère ? Celle qu'on pointe du doigt, se lamenta-t-elle finalement à sa grand-mère en chuchotant presque.

La dame avait écouté sa petite-fille se plaindre en pensant à la jeunesse qu'elle avait connue. Bien sûr, elle avait été gâtée par un père qui n'avait jamais été capable de lui refuser quoi que ce soit. Cela devait bien contraster avec la vie qu'elle connaissait depuis qu'elle ne pouvait plus manipuler toutes les personnes de son entourage afin de satisfaire ses caprices. Mais elle avait vécu ce cauchemar qui l'avait ébranlée, qui l'avait parachutée dans le cœur d'un ouragan où elle avait été renversée par des rafales d'abandon, de solitude et d'isolement qui n'avaient pas été saines. Elle s'en était rendue malade vraiment, et sa grand-mère avait craint pour sa santé pendant un bon moment. Évidemment, elle trainait encore ces émotions, comme un virus malin qui dort par moments, mais qui refait surface au moindre soupçon d'une brise.

— Aoibhe, nous avons établi des habitudes bien ancrées dans nos sociétés pour faciliter nos journées. Les femmes n'ont pas la force physique nécessaire pour faire tous les travaux exigés dans la grange ou dans les champs, mais nous avons l'œil aux détails, et cela nous permet d'accomplir des tâches qui demandent un travail minutieux.

— *Ach! Granny,* vous n'allez pas me rebattre les oreilles avec les mêmes discours que me chantait ma mère.

— *Wheesht, ye now!* Je n'avais pas terminé. J'ai également été frustrée plus d'une fois parce que je devais attendre qu'un homme termine une tâche afin que moi je puisse commencer les miennes. Dans ces moments, je ne me suis pas gênée pour lever mes jupons et me rendre à la grange moi-même. C'est comme ça que j'ai commencé à tondre les brebis. Au début, je n'ai essayé qu'un mouton ou deux afin de pouvoir commencer à préparer ma laine.

— Mais c'est toujours vous qui tondez les moutons, granny. Jamais je n'ai vu *granda* tondre une seule brebis, moi.

— Tu ne l'as jamais vu, puisque j'étais très capable. *Granda* n'aimait pas tellement cette tâche, alors que moi, oui. Et j'étais bonne, je suis encore très capable, je te le ferai savoir. Je fredonne de petites chansons à la bête et j'utilise mon outil tendrement afin de ne pas l'écorcher. Au début, ton grand-père avait boudé et avait marmonné que je n'avais qu'à attendre qu'il ait le temps de s'attarder à ce travail. J'ai feint de ne pas l'avoir entendu. Puisque mes premières tentatives n'étaient pas si mal, je me suis permis de faire le troupeau au complet. Nous n'en avons pas reparlé, mais depuis, cette tâche était la mienne.

— Et des voisines vous demandaient de venir tondre leurs bêtes, n'est-ce pas ?

— Plus tard, oui. Mais pas au début, Aoibhe. J'ai entendu bien des murmures et des chuchotements dans mon dos au début.

— Puisqu'elles étaient jalouses, persiffla sa petite-fille.

— Peut-être. J'ai toujours eu l'impression que celles qui grommelaient étaient plutôt intimidées que jalouses. C'était nouveau qu'une femme ose prendre des outils dans la grange et s'affairer aux bêtes. Mais finalement, les murmures se sont tus et on ne sourcillait plus devant ma nouvelle habileté. Graduellement, quelques femmes m'invitaient pour tondre leurs brebis.

— Alors, vous pensez que je devrais essayer de voir si je peux inscrire mes chevaux à l'exposition ?

— Pas si vite, *mo ghaol,* pas si vite. Cela ne s'est pas fait du jour au lendemain pour moi. Pourquoi ne pas aller voir les compétitions cette année ? Va parler aux fermiers, tâte le terrain, laisse les gens faire ta connaissance avant de te lancer en compétition contre eux.

Aoibhe plaça une main contre sa bouche et écrasa son nævus. Elle aurait préféré que sa grand-mère lui recommande de s'aventurer librement dans ces compétitions. Secrètement, elle rêvait que grâce aux victoires qu'elle était certaine de remporter, le village au complet voudrait l'adopter comme la leur. Voilà encore cette soif insatiable de se faire admettre dans un groupe qu'elle cherchait à satisfaire. Même si elle avait épousé cet homme qui l'avait renversée comme nul autre, et même si elle avait Pauline comme voisine... *Och!* certainement qu'elle se sentait aimée, appréciée, mais il restait ce soupçon de doute qu'on la voyait comme la femme de l'extérieur. Partout, elle était toujours l'étrangère. « Yelle ! »

Elle s'ennuyait de son père. Il avait toujours si facilement réussi à la consoler. Même dans ses moments les plus tristes, il savait lui tirer un sourire. Son décès, celui de sa mère et le bouleversement que tout cela avait provoqué étaient encore douloureux. Est-ce qu'elle passerait sa vie à se languir, à chercher ce sentiment d'appartenance vrai ? Elle savait bien que tous éprouvent parfois ce sentiment, mais est-ce qu'elle ne pourrait jamais s'en défaire ?

— « Des petits trots avant les grands galops », comme me disait *da,* marmonna finalement Aoibhe.

La grand-mère hocha la tête et ajouta :

— Je comprends tes frustrations, Aoibhe. Toi qui te paradais à cheval à toutes les courses de trot de la région. Seigneur, mêlée à tous les *drivers,* les entraineurs, les *grooms. Aye!* combien de fois t'ai-je vue, montée fièrement sur ta jument pour guider les coureurs sur la piste devant une foule de plusieurs milliers de personnes. Il y en avait sans doute dans la foule qui étaient assez étonnés à la vue d'une femme montée à cheval. Je sais très bien: depuis toujours, tu accompagnais ton père partout – dans la renardière, à Summerside pour la vente des pelleteries. Quand il avait des fonctions officielles, tu étais à ses côtés plus souvent que ta mère. Et bien sûr, depuis ton jeune âge, il te trainait à tous les hippodromes: de West Covehead, en passant par celui de Vernon River, et toujours celui de Charlottetown. Ce n'est pas tous les jours que les gens voient une femme à califourchon sur un cheval. J'imagine que certains à Abram-Village doivent cligner des yeux en te voyant passer, avança-t-elle en sourcillant.

Aoibhe fit la moue et sourcilla à son tour.

— Tu ne viens que de déménager dans ta nouvelle communauté, *mo ghaol*. Souvent, on s'imagine à tort que les gens sont froids et distants alors qu'ils sont plutôt gênés. Prends le temps de rencontrer tous tes voisins et laisse-les t'apprivoiser aussi. Tu étais la fille du lieutenant-gouverneur, une fille qui a connu des expériences uniques et extraordinaires, qui a grandi dans le confort. Ce ne sont pas toutes les femmes qui ont eu les mêmes occasions que toi, et cela peut être intimidant pour les autres. Alors, oui, « Des petits trots pour maintenant! » Tu pourras galoper plus tard.

Aoibhe soupira et mordilla dans son scone en considérant les paroles de la vieille dame.

Elle songea à son père. À son père et à sa mère. Aurait-elle le courage de retourner dans la maison paternelle maintenant? D'arpenter les pièces? Sa propre chambre à coucher? La cuisine où Angèle était toujours à brasser un repas quelconque? Le petit salon de prière de sa mère? Le bureau de son père?

Peut-être que sa grand-mère avait raison. Ils devraient venir ici en vacances pendant quelques jours. *Ach!* les courses les plus importantes avaient déjà eu lieu. Old Home Week aussi était passé, mais juste à l'idée de mettre les pieds sur les terrains du Charlottetown Driving Park, un frisson lui parcourait l'échine.

Sa grand-mère avait probablement raison. Elle devait se changer les idées, ces idées où elle s'imagine que tous la perçoivent comme une étrangère qui est à craindre ou à condamner. Elle pourrait leur montrer que, même si elle avait grandi dans une grosse maison à Grand Tracadie, même si elle était la fille d'un ancien lieutenant-gouverneur, elle avait les mêmes désirs et les mêmes peurs qu'eux. Et elle devait lâcher prise de cette tristesse dans laquelle elle se laissait parfois sombrer en pensant à ses parents et aux sentiments d'abandon qu'elle avait vécu par après. Plutôt que d'attendre que tous l'adoptent comme l'une des leurs, c'était à elle peut-être d'adopter les gens qui l'entourent.

— « De petits trots ! »

8

Le cliché

Une mélodie caressée sur les cordes d'un violon coulait des fenêtres, peignait la surface de la maison, se déversant sur le gazon pour se répandre, pianissimo, jusqu'au champ. Aoibhe s'avança sur les notes, s'immergea dans la musique qui l'attirait, qui transportait son cœur plus que son corps ne le faisait.

Elle le trouva assis sur le bout d'une chaise, berçant son violon sur son épaule. Les yeux fermés, la joue pressée sur l'instrument, Félix le portait tendrement, frôlant les cordes avec son archet, lui soutirant les notes qui inondaient la pièce.

Pendant un bon moment, elle demeura immobile sur le seuil de la porte alors que son cœur et son âme lui valsaient dans la poitrine au son de la mélodie.

Il ouvrit l'œil et perçut la silhouette de sa femme qui se dessinait dans les rayons du soleil. Cette vision, qui s'était dressée devant ses yeux, l'éblouit. Il déposa son violon, marcha jusqu'à Aoibhe et la prit dans ses bras, lui caressant le dos avec le bout des doigts, tout aussi tendrement qu'il avait frôlé le violon avec l'archet. Le cœur et l'âme de la femme valsaient toujours dans sa poitrine.

— Je ne t'ai pas entendue arriver, murmura-t-il dans sa chevelure.

— Nous avons survolé la maison quand même, répliqua-t-elle en se reculant pour admirer le visage de son homme.

— Sourd d'une oreille et un violon qui résonne dans l'autre. Je n'ai rien entendu, Eva.

— Je suis contente que tu n'aies rien entendu, que tu jouais encore. Cette mélodie m'envoute chaque fois.

— Si cet air peut te faire apparaitre devant moi comme ça, je le jouerai chaque jour, lui confia-t-il en lui prenant sa petite valise. Où est Daniel ? Chez Pauline ou déjà parti ?

— Parti. Il devait aller à Tignish. Mais Felix, *och!* voler en avion comme ça, quelle sensation. L'Île est si belle vue du ciel. Je pouvais même voir les plages du Nouveau-Brunswick. C'est incroyable. Danny a tourné tout autour du village de Grand Tracadie, et nous avons survolé toutes les maisons d'ici. On pouvait voir les gens sur la rue, les chevaux dans les champs. Tu es certain que tu ne voudrais pas monter dans son avion un jour ?

— J'ai vu bien assez d'avions en Europe. J'aime mieux avoir les deux pieds plantés dans la vase de mon champ que d'avoir mon fond de culotte à flotter parmi les nuages. En parlant de fond de culotte, pourquoi ne pas assoir le tien ici sur mon genou ?

Elle le dévisagea, un sourire se dessinant sur ses lèvres. Elle s'avança et s'assit sur le genou de Félix en lui passant un bras autour du cou.

— Comment va ta *granny* ? lui demanda-t-il en humant le parfum de ses cheveux.

— *Granny* est toujours vivace, mais comme je la trouve fragile ! Ses mains sont même plus nouées que la dernière fois que je l'ai vue et elle me semble plus amaigrie depuis le décès de *granda*. Quand même, elle réussit encore à faire un *clootie dumplin'* somptueux. Je vais essayer de t'en préparer un, un bon jour. Mon oncle Rory et ma tante Betty passent à la maison plusieurs fois par jour et cela est réconfortant, mais, *och!* comme elle me semblait seule et fragile, Felix. Je voudrais bien aller la visiter plus souvent.

— Nous pourrions y aller après l'exposition agricole. On prendrait le train si tu voulais ?

Voilà toute une question pour Aoibhe. Bien entendu, elle avait une aversion pour le train, mais voyager d'Abram-Village à Grand Tracadie, même en voiture, était un véritable périple. Le train était plus rapide, et plus exotique, selon certains. Mais les trains pouvaient dérailler.

— Ou demander à Danny de nous ramasser ?

— Nous formons une belle paire. Un qui ne veut pas voler en avion et l'autre qui ne veut pas rouler sur les rails.

— Nous pourrions y aller à cheval. On se baladerait d'un village à l'autre.

Félix en sourit. Il n'avait aucun doute que sa femme sauterait de joie à l'idée de traverser la province à cheval s'il acceptait.

— Pourquoi ne pas se balader jusqu'à notre chambre à coucher pour commencer ? proposa-t-il en tordant ses doigts dans la chevelure de sa femme et en la serrant contre son corps.

Elle ne put retenir le sourire qui lui tirait les lèvres, mais dans le silence de leur étreinte, on frappa à la porte.

— Allo ?

Ils se levèrent d'un bond et ouvrirent à Pauline qui était sur le seuil, deux plats dans les mains.

— Eva, tu es déjà retour ! C'est incroyable ! Edgar et moi avons entendu l'avion atterrir, mais on avait à peine chaussé nos souliers qu'il s'envolait déjà. Les enfants vont se lamenter toute la semaine de l'avoir manqué hier et aujourd'hui. Je pense que Richard va nous rendre fous avec ses histoires de ciel nuageux, de vents et d'aéronautique, énonça-t-elle avec exagération. Je ne l'ai jamais vu faire ses devoirs avec autant de sérieux que depuis la dernière visite de Daniel. Il ne cesse de nous faire ses discours d'école de pilotage.

Elle n'avait pas arrêté de parler tout en s'avançant dans la cuisine pour y déposer des casseroles.

— Eva, je t'avais promis une râpure. La voilà. Je ne sais pas si tu vas aimer ça. Il y a des gens qui ne raffolent pas des épices qu'on y ajoute, mais chez nous, tu croirais qu'on a privé les enfants de nourriture pour une semaine complète quand ils s'assoient devant une râpure chaude.

— Pôline, tu cherches vraiment à me gâter, dit Aoibhe en s'avançant pour étudier le plat en question.

Dans une serviette, elle avait enrobé quelques galettes blanches qui étaient encore toutes chaudes. Félix en prit une, y plongea un doigt et sortit la mélasse de l'armoire. Avec précision, il fit couler le liquide noir dans le trou et arracha la moitié du petit pain d'une seule bouchée.

— Mmm mmm ! Ça c'est bon ! dit-il en léchant la mélasse qui lui coulait sur le menton.

— Et qu'as-tu fait dans l'autre plat ? demanda la cavalière en soulevant une autre serviette.

— Juste une petite douceur pour enlever le gout de la râpure, au cas où tu n'en raffolerais pas. Comment vont ta grand-mère et ta famille à Grand Tracadie ?

Pendant presque une heure, les trois discutèrent de la visite qu'Aoibhe avait fait et surtout des robes qu'elle et Sally avaient réussi à dénicher pour les noces. Pauline était ravie de celle que lui avait offerte la cavalière, en répétant que cela n'avait pas été nécessaire. Quand même, elle avait passé plusieurs minutes à tenir la robe devant elle tout en s'admirant devant un miroir.

— J'ai hâte qu'ils reviennent pour faire une bonne visite. Peut-être qu'ils pourraient assister à l'exposition agricole. C'est une belle activité pour nos petits villages, une journée bien remplie. Certainement que des cousins et des cousines y seront. On pourrait les présenter à la parenté. Est-ce que tu vas participer à l'exposition, toi, Eva ? Aux compétitions de chevaux ? Edgar m'a dit que tu pensais y inscrire tes Clydesdales.

Edgar ? Edgar savait qu'elle avait parlé d'inscrire ses chevaux aux concours ? Sans tourner la tête, elle épia Félix du coin de l'œil. Il avait les yeux vissés sur sa tasse de thé, qu'il considéra avant d'en prendre une lampée. Est-ce qu'il oserait lever le regard pour croiser le sien ? Il leur avait dévoilé son désir d'inscrire ses chevaux dans l'exposition ? Leur avait-il également confessé leur dispute ? Sa colère ? Sa fugue ?

— *The bloody eejit!* marmonna un de ses gnomes.

— *Bloody dobber!* renchérit un deuxième.

Une ombre avait certainement traversé la figure d'Aoibhe. Son sourire s'était effacé et elle n'avait pu éviter de fusiller son homme d'un regard cinglant. Mais elle se retourna vers Pauline en souriant machinalement, une grimace qui ne réussit pas à lui desserrer le pli entre les yeux.

— Je pense que je vais juste aller voir les compétitions cette année, Pauline, dit-elle en regardant la femme dans les yeux, sans pouvoir s'empêcher d'observer la posture de son homme à ses côtés.

S'était-il détendu en apprenant qu'elle laissait tomber cette idée de se mêler aux compétitions ?

Ils n'avaient pas reparlé du sujet qui avait provoqué leur querelle. Malgré les conseils de sa grand-mère, qui l'avait convaincue de ne pas se buter ni aux organisateurs ni aux fermiers de la région, elle avait mal accueilli les analyses de Félix à l'idée d'inscrire ses chevaux aux concours. C'était tellement vieux jeu de penser que les femmes ne pouvaient participer à de telles activités, et cette idée que ses chevaux venaient de l'extérieur, vraiment ! Même si elle savait qu'elle s'était rapidement laissé emporter, elle était tout aussi convaincue que Félix lui devait des excuses. Plus encore s'il avait raconté leur prise de bec aux voisins. L'avait-il racontée aux autres fermiers qui en avaient tous bien ri ?

— Ah ? Quand même, tu pourrais faire de quoi avec ta jument à l'exposition. Tu pourrais la faire courir ou sauter ou je ne sais pas trop ce que tu peux lui faire faire. Ce serait excitant, il me semble. Les gens d'ici n'ont pas trop l'occasion d'aller aux courses de chevaux à Summerside ou ailleurs. Ce serait un beau divertissement. Cela serait peut-être une solution pour augmenter l'intérêt et attirer le public.

À chaque mot prononcé, la cavalière s'imaginait déjà montée sur la bête, les pieds solides dans les étriers et ses mains manipulant délicatement les brides, sa jument en plein galop. La foule ne se comparerait aucunement avec les milliers de spectateurs qui s'amassaient les journées des courses à Charlottetown et l'ambiance serait probablement plus calme, mais cela produirait un moment enivrant. Cette fois, Aoibhe se mordit les lèvres pour retenir un rire qui voulait faire irruption. Est-ce que c'était une tactique de la part de Pauline pour l'appuyer ? Était-ce sa façon d'exprimer, elle aussi, son désir de voir les femmes jouer un plus grand rôle dans l'exposition agricole ?

— Vous pourriez faire le même genre de course que tu faisais toi, Félix : courir contre un cheval. J'en ai entendu parler mille fois, mais je ne t'ai jamais vu sprinter comme ça.

— Ah non ! Moi, j'ai fini de courir contre des chevaux. C'est assez que je doive les suivre dans les champs à longueur de journée, je ne m'amuse plus à courir après.

— Eh ben ! C'était une idée comme une autre. Je suis certaine que tes chevaux vont plus vite que le tracteur d'Edgar. Il est encore en panne. Ce matin, il était aussi malin qu'une vieille… qu'une vieille *piroune,* lança-t-elle en français.

— Une « piroune » ? demanda Aoibhe.

— *A goose,* précisa Félix. Ici, les gens disent « piroune ». Est-ce que tu as déjà tenté de ramasser les œufs d'une *piroune* ? Prépare-toi à affronter un oiseau en pleine crise. C'est presque pire qu'une femme maline.

Il fixa son épouse en sourcillant et en hochant la tête.

Aoibhe éplucha Félix bouche bée. Elle ne savait pas si elle allait s'esclaffer devant l'audace de son homme ou lui écraser les orteils avec son talon. Tout comme son papa MacLeod, Félix était capable de lui faire apparaitre un sourire sur le visage malgré sa mauvaise humeur. Eh bien, elle n'allait pas faire de tempête dans un verre d'eau. Qu'ils l'aient, leurs compétitions de traction. Déjà, elle mijotait autre chose.

— Là, regardez l'heure. Les enfants sont à la veille d'arriver de l'école, et la petite est chez la voisine depuis plus d'une heure. Il faut que j'aille la chercher avant le souper.

Aoibhe avait encore la main sur la porte, mais l'image que Pauline lui avait dessinée se cristallisait dans sa tête. Comme ce serait euphorisant de se parader encore sur sa jument devant un auditoire, mieux encore, de courir. Pourrait-elle convaincre Félix de participer à une course ? *Och !* cela ferait les manchettes du journal, elle en était certaine. Voilà qui serait une bonne publicité pour l'exposition.

Si le comité organisateur cherchait à augmenter les revenus, à augmenter le nombre de visiteurs, eh bien, c'était l'occasion idéale. Ce genre de compétition, de divertissement, attirait des foules par milliers à Charlottetown. Félix lui-même serait le premier à comprendre les fonds qui pouvaient être générés par de tels évènements.

Elle se retourna, mais n'osait poser les yeux sur son mari. Déjà elle savait que le convaincre de s'engager dans une telle activité nécessiterait un discours digne des meilleurs politiciens. Politiciens ? Politiciennes ! Non mais, pourquoi ce sont les hommes qui contrôlent tout, tout ? Ils n'ont pas à se creuser les méninges pour savoir quelle manigance ils devraient entreprendre juste pour avoir la chance de participer à un évènement ou encore pour obtenir la **permission** d'entrer dans un lieu en particulier.

À certaines occasions, quand elle avait agi comme maitresse de cérémonie des défilés et qu'elle avait dû s'aventurer dans les écuries, elle avait été assujettie à des regards et à des sifflements dédaigneux, comme si elle devait s'y soumettre en sachant qu'elle mettait les pieds dans un lieu qui lui était ordinairement interdit. Et il y avait les légions, où les femmes étaient bien avisées de ne pas mettre le bout du nez. Un écriteau déclarant l'édit était bien affiché à l'entrée de la salle.

Oh ! bien entendu, les femmes étaient admises dans la salle si c'était pour servir un repas aux hommes ou pour travailler au bar.

— *Och ! Bloody eejits !* maugréa-t-elle.

Elle soupira en se dirigeant vers la cuisine. Félix était déjà assis à table en attendant qu'elle lui serve son repas. Voilà juste un peu plus d'une heure qu'elle était de retour à la maison et déjà elle était encore vexée. Aussi vexée qu'une... qu'une « piroune » !

— *Bloody hell !* grommela un des *lucharachàins.*

— *Bloody, bloody hell !* insista un autre.

Elle soupira en sortant des assiettes. Elle n'allait pas changer la société, ça, elle en était certaine. Mais quand même, n'y avait-il aucune possibilité de manœuvrer un peu les choses afin de faire bouger la pendule d'une petite fraction au moins ? C'était certain qu'elle ne voulait pas provoquer un charivari dans le village ni se disputer avec Félix à toutes les occasions. ?

« Des petits trots », bien sûr, mais présentement, elle avait l'impression qu'elle faisait marche arrière.

Aoibhe déposa les assiettes sur le comptoir en s'efforçant de ne pas les cogner dangereusement. Elle ne pouvait s'en prendre à Félix. Elle ne pouvait s'en prendre à personne. Mais comment allait-elle faire pour passer toute sa vie à regarder les évènements lui passer sous le nez sans jamais pouvoir y participer ? Elle avait le sentiment qu'on la retenait, qu'on la privait de vivre pleinement sa vie.

Toujours, c'était le même dilemme. Pourquoi son père l'avait-il initiée à toutes ces activités ? Pourquoi lui avoir transmis son amour pour la pêche, les renardières et les courses de chevaux, alors que le monde n'était pas encore prêt à voir des femmes dans ces arènes ?

À Grand Tracadie, elle avait toujours eu l'impression qu'il lui manquait des caractéristiques lui permettant de s'intégrer avec ses amies. Elle avait appris à danser les épées, elle s'était coiffée à la mode, elle s'était baigné le visage dans une potion de lait en tentant de le pâlir. Malgré tout, en son for intérieur, elle sentait qu'elle n'était pas des leurs. Maintenant, elle se sentait comme une étrangère qui arrivait de l'extérieur avec le cœur plein de désirs interdits. Elle était encore trop différente pour s'intégrer dans la communauté. Un bâton carré qui ne peut être inséré dans un cercle.

Elle secoua la tête pour chasser ces idées qui lui virevoltaient dans l'esprit avant qu'elles ne déclenchent une tornade. Elle reconnaissait ce tourbillon qui risquait de déferler et de l'emporter dans un cataclysme.

Sur le dos de Jenny, elle pourrait penser. Là seulement, elle réussirait à retrouver le calme, à voir la lumière qui pourrait l'éclairer et lui indiquer l'attitude à prendre par rapport à ces évènements qui ne changeraient pas malgré ses plus grands désirs.

* * *

Que Félix l'eut fait rire durant toute l'heure du repas n'aurait pas dû la surprendre. Encore une fois, cet homme avait réussi à lui soutirer des éclats de rire à gorge déployée, même si elle était encore un peu vexée et aurait préféré lui faire la moue.

Ils sirotaient une tasse de thé en discutant d'une visite prochaine à Grand Tracadie quand on frappa à la porte encore une fois. Alfred n'attendit pas l'invitation pour venir les rejoindre à la table. Dès le moment où il se tira une chaise, les *lucharachàins* se mirent à maugréer dans les oreilles d'Aoibhe. Elle aurait préféré laisser les hommes discuter de tous sujets capables de les amuser tandis qu'elle se serait éclipsée vers la grange. Mais en bonne Écossaise, elle se devait d'offrir un *strupak* à la visite. Écossaise ou Acadienne, il était de mise d'offrir un petit quelque chose.

Elle jeta un coup d'œil à l'horloge et reprit sa place à la table en se mordant déjà la langue. Combien de minutes Alfred allait-il mettre avant de la bouleverser avec ses discours insupportables ? Certainement pas plus que dix, prédit-elle. Probablement que cinq.

Il se tourna vers Aoibhe alors qu'elle déposait une tasse de thé à sa portée.

— Monsieur le pilote est déjà reparti pour la capitale ? Il n'avait pas le temps de visiter le petit monde aujourd'hui ?

UNE ! Une seule minute ! Elle dut ciseler un sourire sur son visage de pierre, mais ne put façonner l'acier de ses yeux pour adoucir son regard.

— Non, répliqua-t-elle simplement.

Och ! comme ce mot avait été difficile à verbaliser, comme il avait été ardu d'ouvrir la mâchoire qui s'était fixée aussi solidement que celle d'une statue de marbre.

Elle prit une bonne rasade de thé avant de lever à nouveau les yeux sur Alfred. Elle hésita un instant pour le faire patienter, le faire souffrir un peu, avant de continuer.

— Non, il devait aller à Tignish pour ramasser un client qui voulait se rendre à Charlottetown. Il reviendra ici très prochainement.

L'homme grommela.

— On dirait qu'il ne vient que quand c'est trop nuageux pour nous offrir un tour dans son avion, ou bien il n'a pas le temps pour nous.

Maintenant, elle était bouche bée. Cela exigea une retenue exceptionnelle pour fermer la bouche, mais ses yeux étaient complètement saisis, fixés sur l'homme le plus fâcheux et agaçant qu'elle avait rencontré de toute sa vie.

— *Gan, gie im a skelpit lug!* grogna un farfadet.

Aoibhe avait effectivement l'impression que l'homme aurait dû être corrigé dès son jeune âge.

Aussitôt, elle voulut se mordre la langue, se rappelant la jeunesse qu'Alfred avait connue. Elle plongea son nez dans sa tasse de thé.

— Et ta famille, les MacLeod, ils vont bien ?

Elle soupesa ses mots, imaginant déjà la tournure rébarbative qu'il pourrait donner à la réponse qu'elle allait offrir.

— Eh bien, oui. Ce n'était qu'une petite visite, mais j'ai vu ma grand-mère, mon oncle et ma tante.

— J'aimerais bien visiter la renardière de ton oncle. J'avais déjà considéré l'élevage des renards moi aussi, mais cela exige un investissement absurde que je ne pouvais me permettre à l'époque.

— On parlait justement d'aller faire un tour à Grand Tracadie après la récolte. Tu pourrais nous accompagner, lui proposa Félix. On discutait d'aller aux courses à Charlottetown. Moi, je ne suis pas allé aux hippodromes depuis ma jeunesse.

Il invitait Alfred. Cette fois-ci, elle lui aurait véritablement écrasé ses orteils avec son talon si les pieds de son homme avaient été à côté des siens.

— Ouain, répliqua Alfred en français avant de poursuivre en anglais pour Aoibhe. Tes années d'athlète. Dommage que tu n'aies pas poursuivi tes aspirations de sprinter. Selon les dires, tu pouvais galoper plus vite qu'un cheval. Je ne les ai jamais vues, tes courses contre les chevaux, moi.

Elle ne pouvait se retenir.

— Pôline pense qu'il devrait refaire cet exploit à la prochaine exposition agricole ici, lança la cavalière soudainement.

Elle retient sa respiration en attendant la réaction qui allait certainement tonner.

— Voyons ! Nous n'allons pas transformer notre exposition en cirque ! On travaille à créer un environnement pour encourager le partage des connaissances dans la science de l'élevage. C'est un milieu qui permet des échanges fructueux afin d'améliorer les troupeaux et les récoltes de nos fermiers. Ce n'est pas une arène de courses et de divertissements vaudevillesques où les gens s'en donnent à cœur joie en criant.

— *Och ! Bloody hell !* tonna un farfadet.

— *Gan ! Gie im laldy !* hurla un autre.

Elle savait qu'elle l'avait provoqué. Tout de même, elle fulminait en fixant ce grogneur et ses grandes oreilles. Elle se retenait de ne pas les prendre dans ses poings pour les secouer agressivement.

— N'avez-vous pas des problèmes de revenus ? demanda-t-elle. Oui, oui. J'ai entendu que vous arrivez à peine à attirer un nombre suffisant de fermiers, de compétiteurs pour maintenir votre exposition, que vous cherchez des moyens originaux pour augmenter l'intérêt du public sans avoir à ouvrir l'exposition aux fermiers de Summerside ou d'ailleurs. À Charlottetown et même à Covehead, des évènements sportifs du genre réussissent à attirer des foules impressionnantes, et cela fait toutes les manchettes des journaux.

Elle était haletante. Vraiment, elle savait que toute cette diatribe était futile, mais elle avait été impuissante à retenir les mots qui lui avaient explosé de la bouche.

— Et qui va courir à cheval contre Félix ? Toi ?

Non mais, honnêtement, est-ce qu'il n'y avait qu'elle qui lisait dans le ton d'Alfred cette condescendance ?

Elle jeta un coup d'œil à Félix, qui ajoutait un peu de lait à sa tasse de thé. Elle ne pouvait lire ses pensées, mais il ne semblait pas du tout étonné par l'attitude de l'homme qui était assis à leur table. Elle retourna son regard sur Alfred en s'efforçant de considérer s'il posait une question sérieusement ou s'il ne se moquait pas plutôt de sa suggestion. Quand même, elle hésitait à lui avouer que cela était exactement ce à quoi elle rêvait. Il lui manquait tellement de participer à de tels évènements.

— Je pense que les organisateurs de l'exposition devraient considérer des options…

Mais les mots lui séchèrent sur le bout des lèvres. Déjà elle voyait les traits d'Alfred qui s'étiraient en opposition, sa lèvre retroussée. Il la fixait en sourcillant d'agacement. Elle n'aurait pas été surprise de le voir agiter les pavillons de ses oreilles comme le font les éléphants avant de barrir et de s'avancer à la course sur une menace quelconque.

Il serait impossible de convaincre Alfred de contempler, rien que pour un instant, le potentiel d'un tel concours pour le succès de leur exposition.

Il tapa son cigare contre le cendrier et continua :

— Nous n'avons pas besoin des fermiers de Summerside ni de Hunter River ni des spectacles d'acrobaties pour assurer le succès de l'exposition. Et nous n'avons pas besoin de femmes pour nous faire des leçons de finance. Merci quand même de penser à nous.

« Les femmes ? Les femmes ! »

— *Och ! Gie im laldy !* lui criaient les farfadets en sautillant.

— Laissez tomber, vous deux. N'allez pas imaginer que je vais reprendre mes aventures de jeune homme. Eva, je vois bien que cette idée folle de Pauline te tente beaucoup, mais, comme le dit Alfred, c'est une exposition agricole où l'objectif est l'éducation. On veut favoriser l'intérêt pour du bétail de qualité, encourager la jeunesse, promouvoir la modernisation de nos pratiques en agriculture. Je ne vais pas courir contre un cheval.

Voilà qui était dit. Elle aurait à regarder le tout se passer derrière les clôtures sans aucune chance de participer à quoi que ce soit. Tant pis ! Qu'ils l'aient, leur exposition. Elle ne voulait même plus en entendre parler. Elle irait à cheval dans les sentiers et sur les plages, seule, en paix.

— Tu as vu Edgar aujourd'hui ? demanda Alfred à Félix.

Aoibhe n'écoutait déjà plus leur discours. Elle se leva, ramassa les assiettes et bredouilla en quelques mots vagues qu'elle devait se rendre à la toilette extérieure.

Les hommes pourraient parler de ce qu'ils voulaient et en français. Elle n'allait plus les incommoder avec ses idées de clowneries ou ses inhibitions avec la langue.

En passant, elle arracha du clou son pantalon et sa chemise et se lança d'un pas décidé vers la grange.

Ses épaules étaient encore toutes raidies. Elle dut prendre une grande inspiration avant même d'entrer dans le bâtiment, sinon Jenny sentirait surement la colère qui lui bouillonnait dans la poitrine.

L'odeur du foin et des bêtes l'enveloppa. Elle marcha lentement en aspirant de grandes goulées d'air frais et approcha sa jument qui hennissait. La femme se jeta sur la petite bête, mêlant sa chevelure à la crinière du cheval et encerclant son large cou de ses bras. Elle lui mit sa selle avec des mains tremblantes malgré ses efforts pour tempérer les secousses. Ces mouvements maintes fois répétés ne réussirent pas à la calmer pour autant. Elle arracha sa robe avec une telle force qu'elle se scalpa presque de sa propre chevelure. Elle grogna avant d'enfiler son pantalon en marmonnant contre Alfred et tout le genre masculin avec chaque mouvement violent. De plus, elle exigea le silence de ses lutins, qu'elle accusait d'hypocrites qui finiraient bien par se joindre à la gent masculine.

D'un bond, la cavalière grimpa sur la bête et la guida vers les sous-bois.

À cet instant, elle retournerait habiter à Grand Tracadie. Loin d'Alfred, loin de ce village où les femmes devaient respecter les tâches qui leur étaient imposées. Sa grand-mère avait réussi à briser les barrières, elle, pourtant. Mais ce n'était qu'une petite besogne qu'elle faisait à la maison. Félix ne lui interdisait rien et il n'exigeait d'elle aucune corvée qu'elle ne voulait pas faire, même si elle sentait bien les attentes que la société imposait : les « galllettes blllanches », les couvertures piquées, les lavages qui n'en finissaient plus, les repas à préparer pour le mari qui attendait à la table. Même malgré tous ses efforts, combien de fois Félix avait-il scruté le plat qu'elle avait peiné à préparer puis en avait fait la comparaison avec ceux que lui avait servis sa mère !

Ach ! Oui, elle le savait ! Elle le savait. Que ce soit ce village ou un autre, tous les autres, au Nouveau-Brunswick, en Nouvelle-Écosse, les villes de New York et Paris, ou tous les villages d'Écosse, partout les femmes « avaient leur place », alors qu'il y avait les « autres places », toutes ces belles autres places palpitantes, stimulantes et passionnantes qui étaient réservées aux hommes seulement.

Plus elle y pensait, plus sa colère s'accentuait. Finalement, c'était Alfred qui était la cause de sa colère. Alfred qui, à chaque occasion possible, à **chaque occasion**, semblait se plaire à la piquer, à trouver un discours provocateur, à critiquer un de ses comportements, à la pointer du doigt à tout un chacun pour montrer comme elle était déraisonnable, prétentieuse et hautaine.

Ce n'était pas sa faute à elle si elle avait connu une enfance où son père était lieutenant-gouverneur de la province, où leur cercle d'amis était composé de l'élite et des plus nantis, où elle avait assisté aux évènements les plus importants de la province. Elle n'avait pas choisi tout ça.

Alfred était jaloux. C'était bien ça. C'était évident qu'il était jaloux. Cela se lisait dans tous ses discours, dans tous ses regards. Mais ce n'était pas sa faute à elle s'il n'était pas un politicien. Bon ! C'était ça qui le grattait ? Qu'elle était la fille d'un politicien ? Ou que Daniel soit pilote alors qu'il n'était... qu'il n'était qu'un vieux garçon ?

Och ! Elle s'en voulait de penser ainsi, elle se serait mordu les mains jusqu'à s'en casser les doigts pour ces pensées, mais tout de même, de telles images lui tourbillonnaient dans la tête tout aussi rapidement que les sabots de Jenny frappaient le sol.

Il avait son magasin, sa dent en or, ses gros cigares. De plus, Alfred savait qu'elle n'avait pas connu que le bonheur. Elle avait bien connu sa part de drame elle aussi, de misère, de panique, d'abandon.

Ce déraillement quatre ans auparavant alors qu'elle n'avait que vingt ans était la pire journée de sa vie ! C'était une journée de calamité, de deuil et de choc. C'était en **novembre 1944** alors que la Guerre battait son plein.

* * *

Sommés de participer à une cérémonie protocolaire, ses parents s'étaient rendus au port de mer de Summerside, qui fourmillait de soldats qui avaient été conscrits pour servir outre-mer. Le train n'avait pu ramener ses parents à la capitale, à la maison. Non. Ce jour maudit, son oncle Rory avait accouru pour la conduire à l'hôpital, où déjà son père était… déjà il était décédé, meurtri par la ferraille qui lui avait broyé les os. On lui avait interdit de le voir, interdit de confirmer de ses propres yeux qu'il était parti, que son sourire s'était éteint, que ses yeux ne brillaient plus.

Et sa mère, sa pauvre mère qui avait le corps tout aussi mutilé, qui était déjà bleu à cause des hématomes qui zébraient sa figure. Les wagons avaient écrasé tout son corps, son visage déchiqueté par la vitre. Sa mère avait pleuré d'une telle tristesse qu'Aoibhe elle-même n'avait pu retenir les sanglots que les larmes de sa mère lui avaient arrachés.

Malgré ses douleurs, sa mère n'avait cessé de murmurer. Ses lèvres avaient remué, demandant pardon sans relâche pour tous les péchés dont elle se jugeait coupable. Elle avait expliqué à Aoibhe qu'elle voyait maintenant comment elle avait manqué à son devoir, comment elle aurait dû chérir son enfant plus qu'elle ne l'avait fait. Sa détermination, sa droiture n'avait eu pour objectif que de lui apprendre les bonnes manières, de lui montrer comment une femme écossaise, un membre de l'élite, doit se comporter. Elle voyait maintenant qu'elle avait négligé les câlins, qu'elle ne l'avait pas bercée dans ses bras comme elle aurait dû.

Aoibhe n'était pas arrivée à la consoler, à arrêter ses pleurs, à lui faire taire ses confessions.

Finalement, avant de rendre l'âme, de ses lèvres meurtries, sa maman avait murmuré des plaintes, la suppliant de dire à l'oncle Rory de venir chercher les papiers. Elle n'avait pas à fouiller dans le bureau de son père, elle devait lui promettre de ne pas même entrer dans la pièce. Chacune de ses demandes était entrecoupée par des excuses, une profusion d'excuses qu'elle noyait de ses larmes. Et c'était avec ces mots sur les lèvres, ces excuses et ces plaidoyers qu'elle aussi s'était éteinte. En un instant, elle ne parlait plus, ne bougeait plus et ne respirait pas.

Un cri déchirant avait explosé des poumons de la fille. L'infirmière l'avait poussée de la chambre, les médecins s'étaient précipités au chevet de la femme.

Pendant de longues minutes, Aoibhe s'était postée dans le couloir de l'hôpital en priant que les médecins puissent accomplir un miracle, qu'ils trouvent un moyen d'insuffler la vie dans le corps de sa mère. Elle avait fait les cent pas, avait interdit à son oncle de la toucher ou de la conduire chez sa grand-mère. Mais les docteurs n'étaient pas des dieux, leurs efforts avaient été vains. En un instant, Aoibhe était orpheline.

Encore elle avait hurlé, elle avait pleuré. C'était seulement quand les médecins avaient proposé de lui administrer un calmant qu'elle s'était éloignée de ses parents.

Et même si Alfred connaissait les détails de cette catastrophe, lui en voulait-il d'avoir connu un peu de bonheur avant la tragédie ? Tous ici connaissaient son histoire. Elle la leur avait toute racontée. Elle avait même expliqué la suite, comment son oncle avait voulu la conduire du chevet de ses parents décédé jusque chez sa grand-mère. *Och !* Aoibhe avait menacé de sauter du véhicule en pleine marche s'il ne la déposait pas chez elle. Elle s'était élancée vers la maison, criant à l'oncle Rory de la laisser seule avant de claquer et verrouiller la porte derrière elle. Elle n'aurait pu endurer les pas d'un autre homme dans les couloirs de leur maison en cet instant. Son cerveau n'aurait pu supporter les échos de souliers sur le plancher sans que son cœur s'affole en imaginant l'arrivée de son père.

Défiant les plaintes de sa mère, elle s'était cloitrée dans le bureau de son père en verrouillant également cette porte, craignant, refusant que son oncle y mette le pied pour tout venir chercher.

Elle s'était lancée sur la chaise de cuir de son *dad*. Elle avait touché à toutes ses possessions, avait humé l'odeur de son tabac sur son gilet, qui était toujours accroché sur le dossier et dans lequel elle s'était caché le visage, l'imbibant de ses larmes.

Dans un état de folie, elle avait éventré le bureau, ouvrant les tiroirs l'un après l'autre et les vidant des papiers.

L'oncle Rory pourrait les avoir, tous ces papiers, ces journaux, ces annales, mais le reste, tout le reste, elle le garderait. L'ouvre-lettre de son père, ses lunettes de lecture, son meilleur stylo, elle les avait recueillis fiévreusement sur ses genoux. Ces possessions, elle les chérirait pendant toute l'éternité. Ses mains s'étaient agitées dans une frénésie devant son visage. Les documents, elle les avait lancés pêlemêle sur le bureau ; tous les registres des renards, des carnets pleins d'avoirs et de dépenses, des analyses économiques, des rendements des marchés boursiers. Tout ça, elle le donnerait à son oncle elle-même, mais jamais elle ne laisserait quelqu'un d'autre mettre les mains sur les possessions personnelles de son papa ni même mettre les pieds dans cette pièce. Même cette enveloppe qui était coincée tout au fond du tiroir, elle l'avait déchirée de sa cachette et l'avait lancée dans ce fatras qu'elle remettrait à son oncle.

Finalement, haletante, elle s'était arrêtée en pressant les mains sur les articles qu'elle avait accumulés. Mais la frénésie l'avait reprise, ses yeux avaient scruté le tour de la pièce, sautant d'un article à un autre. Son chapeau était demeuré ici ? Elle le garderait. Cet encrier qu'elle lui avait offert un Noël et qui ornait l'étagère, elle le garderait. Le parapluie qui attendait dans le coin et qu'il portait toujours par-dessus sa tête à elle quand ils sortaient en pleine averse, elle le ramasserait en sortant de la pièce.

Elle se savait encore trop énervée et avait dû admettre qu'elle devait se calmer un peu, respirer. D'un coup violent, elle avait tassé des papiers et avait posé la tête sur le bureau, avait fermé les yeux et s'était efforcée de calmer son cœur qui tonnait dans sa poitrine. Elle avait inspiré profondément et expiré par la bouche à répétition.

Un objet s'était agité avec ses souffles. Elle avait ouvert un œil pour voir une photo qui avait été crachée d'une enveloppe et qui mijotait sous ses respirations. Aoibhe s'était relevée pour prendre le cliché. Combien de fois le mois suivant avait-elle souhaité, prié que cette photo fût demeurée cachée, coincée dans l'enveloppe ? Mais elle l'avait retournée avant de l'ajuster devant son regard, et pendant de longues minutes avait étudié l'image d'une gamine sérieuse assise dans un lit à barreaux. C'était une fillette de deux ou trois ans, vêtue d'un pyjama usé. Sa chevelure en broussaille cachait partiellement ses prunelles foncées qui avaient zyeuté le photographe.

Immobile pendant de longues minutes, Aoibhe avait étudié la photo, incapable de tirer du sens des informations que son cerveau lui crachait, ou inconsciemment déterminée à les réfuter. Mais graduellement, les constatations s'étaient infiltrées jusqu'à son esprit, déclenchant des tremblements qui avaient violemment agité ses mains puis secoué tout son corps.

Elle s'était mise à trembler comme aux moments du réveil alors que les traces d'un cauchemar font encore cogner le cœur contre les côtes malgré ses détails flous, et où elle se heurte à l'impossibilité de stopper un cerveau entêté à fouiller les débris du rêve pour y trouver les causes de la panique.

Cette photo était un aiguillon diabolique qui avait poussé Aoibhe à reprendre l'enveloppe du bout des doigts. Elle l'avait ouverte et en avait retiré un premier document tout simple qui l'avait bouleversée encore plus qu'elle n'aurait cru possible. Cela était encore inconcevable qu'après cet accident, le décès de ses deux parents, un petit document, une petite feuille de papier, ait réussi à la saisir et à la secouer en égale mesure, bousculant tout son monde en un instant.

Bien sûr, au début, elle n'y avait rien compris, n'avait pu saisir qu'il s'agissait d'un simple certificat de naissance avec ses armoiries provinciales, des cachets et des signatures officielles. Ce n'était pas son nom qui y figurait. C'était un nom étrange, un prénom d'une dizaine de lettres, un surnom tout aussi long. Ce n'était certainement pas un nom écossais. Elle l'avait inspecté, le cœur dans sa poitrine complètement affolé avant même que son cerveau n'eût pu saisir ce qu'elle avait entre les mains. Elle avait mis plusieurs minutes avant de noter que la date de naissance était la même que la sienne. La même que la sienne ? La même que la sienne. **La même que la sienne !**

Ses mains avaient tellement tremblé que reprendre la photo et la tenir devant son visage avec assez de maitrise pour la scruter à nouveau avait été un exercice de contrôle. S'était-elle fermé les yeux à la tache de naissance qui authentifiait l'identité de la fillette ? Plus que la date de naissance sur le document, cette photo lui hurlait que cette petite gamine, qui était ainsi vêtue, la chevelure en tignasse, le regard perdu, c'était une photo d'elle-même.

Cela était impossible.

— IMPOSSIBLE ! avait-elle crié.

D'un coup violent, elle avait repris l'enveloppe qu'elle avait étripée d'un geste brutal. Elle allait confirmer que cela n'était qu'une farce maline, c'était simplement, absolument IMPOSSIBLE qu'il s'agisse d'elle.

Une feuille avait été crachée de l'enveloppe et avait flotté un moment, culbutant devant son visage ébahi avant de se poser doucement devant ses mains crispées.

Elle l'avait brulée de ses yeux un long moment avant d'oser ramasser la feuille par un coin, comme si le papier allait lui souiller les doigts, sa vie.

Ses yeux avaient parcouru le document en voyant le gros sceau rouge et une signature. Malgré ses efforts, malgré ses efforts monumentaux, même si la feuille avait été à l'envers, elle n'avait pas réussi à empêcher ses yeux de lire le titre – écrit en gras, en lettres majuscules, d'un noir brillant :

ADOPTION ORDER

Quelle folie que même en cet instant, elle avait gardé espoir ! Mais comme une idiote aux tendances sadiques, elle avait tiré la feuille devant son visage. Selon la date inscrite sur le document, elle aurait alors eu trois ans. Ses yeux avaient également décortiqué avec horreur le mot « *petition* », le nom de son père, celui de sa mère, et ce même nom étrange qui figurait sur le certificat de naissance, avec **sa date de naissance.**

Sauvagement, férocement, elle avait bouchonné la feuille dans ses deux poings et avait hurlé, HURLÉ de tout son cœur.

* * *

Ces souvenirs traumatisants qu'elle ruminait aujourd'hui la troublaient toujours autant. Les quatre années qui s'étaient écoulées depuis le décès tragique de ses parents et de cette découverte n'avaient pas réussi à atténuer cette douleur qui pouvait encore l'atterrer.

Maintenant, sur le dos de Jenny, ces vieux souvenirs se mêlaient aux propos d'Alfred et encore sa poitrine voulait faire éruption. Seule dans les bois, la cavalière hurla avec la même sauvagerie qui l'avait déchirée dans le bureau de son père à Grand Tracadie. Elle hurla un cri violent et guttural, pour se vider l'âme.

Une perdrix s'affola, les coups rapides de ses ailes mitraillant l'air à proximité du cheval. La jument fut tout aussi surprise que la cavalière. La bête s'énerva, trébucha. Aoibhe fut projetée dans les airs, culbuta sur les brises du vent, jambes par-dessus tête, et s'écrasa lourdement sur un rocher. Le choc lui expulsa l'air des poumons, fracassa des côtes en même temps que sa tête rebondissait. Toujours alarmée, la petite jument s'élança pour reprendre son équilibre et du coup trépigna sur la cheville de sa maitresse, qui ne réagit même pas. La cavalière demeura immobile, les pieds dans le ruisseau, la tête sur le rocher.

Déjà, Jenny courait vers son enclos sans sa maitresse, sans cette femme au nom étrange qui comptait plusieurs syllabes.

9

Les MacLeod

Aoibhe ouvrit les yeux au moment où des hurlements déchiraient la quiétude de la forêt. Dans un élan, elle tenta de se relever, mais tout son corps fut paralysé par une douleur atroce qui lui tira des lamentations. Sa tête ! Comme elle lui faisait mal. Et comme elle était transie. Elle dut demeurer immobile sur le rocher. Il n'y avait que ses yeux et son cœur qui s'agitaient à toute allure. Que faisait-elle dans la forêt alors que la noirceur était déjà avancée ?

Ses pensées se bousculaient : Alfred, l'exposition agricole, son certificat de naissance, Félix, ses Clydesdales, le décès de ses parents, Pauline et sa suggestion, la photo d'elle-même dans cette enveloppe diabolique, la perdrix, Jenny, sa petite fugue dans les bois.

Les hurlements approchaient. Est-ce que des renards sauvages hurlaient ainsi ? Jamais de la renardière elle n'avait entendu des cris si graves. Y a-t-il des loups ou des coyotes sur l'Île ? Où était donc sa jument ?

Son corps tremblait maintenant. Il s'agitait avec un tel emportement qu'elle risquait de glisser dans le ruisseau où ses pieds trempaient toujours. Elle se mit à pleurer. Elle ne pouvait retenir les larmes qui coulaient sur le rocher et les sanglots qui commencèrent à la secouer davantage.

Une langue rugueuse lui racla une main. Elle sursauta, ouvrit l'œil et vit Toby qui haletait à ses côtés. Des cris se faisaient entendre maintenant.

— EVA ?

— EVA !

Elle tenta un cri à son tour, mais il sortit en croassement. Des sabots martelaient le sol, qui vibra jusqu'à son rocher. Dans la pénombre, elle pouvait voir des cavaliers qui s'approchaient. Toby aboya.

Félix sauta par terre d'un bond et l'encercla de ses bras.

— Felix, murmura-t-elle.

— Eva ! Bouge pas. Ne bouge pas.

— Bon chien, Toby. Bon chien, félicitait Edgar qui s'avançait lui aussi. *Tchin,* Félix, mets-y ça.

Il tendait une couverture à Félix, qui étudiait sa femme meurtrie en lui susurrant des consolations. Comme une enfant, Aoibhe pleura de plus belle.

— *It's ok, Eva. It's ok. I'll take you to de house now.*

Il l'enveloppa dans la couverture et, avec l'aide d'Edgar, il recueillit sa femme dans ses bras et monta sur son étalon avec son fardeau.

Aoibhe grimaça à chaque pas de trot. Elle ne pouvait toujours pas sécher ses larmes. Mais ce nid, les bras de son époux qui la berçaient ainsi, c'était le refuge le plus doux qu'elle n'aurait pu souhaiter.

— J'vas aller *charcher* l'docteur, proposa Edgar.

— Emmène-le che nous.

— Aussi vite que j'*pouvons.*

— *I'm sorry*, Felix. *I'm sorry,* pleurnicha Aoibhe à travers ses larmes.

— Chut ! Eva. Chut !

* * *

Comme les minutes trainaient ! Elle avait l'impression qu'elle avait passé au moins une demi-heure à suivre les rayons du soleil qui éclaboussaient le mur d'un jaune radieux avant qu'ils ne se rendent au cadre de la porte. Mais quand la femme regarda encore l'horloge, cela n'avait pris que dix minutes. Elle soupira. Encore quatre semaines à se languir sur ce divan alors que l'automne était à son plus beau. Elle allait en mourir.

Aoibhe soupira encore et se retourna vers le dossier du divan, passant la couverture sur sa tête. Doucement, elle passa la main sur le revêtement du canapé, un meuble qui avait jadis fait partie du décor dans le salon de prière de sa mère. Avant leurs noces et le déménagement, la jeune fiancée avait demandé à Félix de passer dans la maison de ses parents à Grand Tracadie afin d'y recueillir quelques objets du décor et des articles du mobilier qu'elle voulait avec elle dans leur maison à Abram-Village.

L'étoffe qui recouvrait le petit divan lui rappela le tartan des MacLeod que sa *granny* était toujours à tisser.

Était-elle malheureuse ici ? Préfèrerait-elle retourner à Grand Tracadie ? Ils en avaient pourtant longuement discuté avant leur mariage. Ils avaient considéré Charlottetown. Une des sœurs de Félix y habitait. Aoibhe aimait bien Lucie. Cette femme était d'une grande gentillesse ; de plus, c'était elle qui lui avait rendu le plus grand des services. Et Charlottetown était à proximité de Grand Tracadie. Elle aurait été à moins d'une heure de distance de sa grand-mère. Mais finalement, c'était elle qui avait proposé Abram-Village en assurant Félix qu'elle voulait y retourner, y habiter.

Elle voulait une maison sur un monticule d'où elle pourrait contempler les prés. Elle voulait de grands champs de blé qui danseraient au soleil et du terrain à pâturage pour leurs troupeaux. Elle voulait une belle grange pour sa petite jument et les Clydesdales de son père, qu'elle ne pouvait laisser à son oncle. Aoibhe avait argumenté que ce lot qu'ils considéraient était voisin de Pauline et Edgar. Dès le départ, ils seraient encerclés des membres de la famille. Elle serait heureuse, sans doute.

Pourrait-elle convaincre Félix de déménager à Grand Tracadie maintenant ? Ils pourraient prendre la maison paternelle.

Elle grogna.

Elle n'avait pas encore trouvé le courage retourner dans la maison vide de ses parents depuis que sa grand-mère était allée la tirer de sa torpeur et de son désespoir. Elle craignait encore d'arpenter ses pièces, et voilà qu'elle pensait y emménager ?

Il y avait tellement de choses qu'elle avait laissées derrière quand elle s'était installée ici avec Félix. Le paysage des dunes sableuses, les hippodromes et toute la frénésie qu'elle y trouvait, sa grand-mère et sa cuisine écossaise. Et sa langue maternelle. Maternelle ? L'écossais n'était pas sa langue maternelle.

Encore elle grogna.

Malgré ses plus grands désirs, elle ne sentait pas réussir à s'intégrer dans la communauté d'Abram-Village. Une femme qui ne pouvait cuisiner comme toutes les autres, une femme qui ne pouvait faire trois points d'affilée sans se piquer les doigts jusqu'au sang, une femme qui préférait enfiler un pantalon afin de monter à califourchon sur le dos de sa jument pour aller courir dans les bois n'avait rien en commun avec ses voisines.

Et la langue ! JAMAIS elle ne réussirait à l'apprendre. Ce *u* et ce *ou* étaient impossibles à prononcer. Et le *œ*.

— *Och !* Impossible !

Pourquoi demeurait-elle prise dans son propre malheur ? Est-ce qu'elle aimait mieux les calamités, souffrir et se lamenter plutôt que de sourire à la vie ? Elle avait tout pour être heureuse ici. Tout.

Voulant stopper cette torture interne, elle se retourna sur le dos d'un élan décidé. Du coup, un mal atroce détona dans ses poumons. Elle s'immobilisa, une grimace lui contorsionnait tout le visage. Les yeux fermés serrés, elle effleura ses côtes cassées en attendant que les décharges qui résonnaient dans son torse se dissipent.

Lentement, elle se remit à respirer.

Elle ne pouvait replonger dans le même genre de torture interne qu'elle avait connue après le déraillement et la découverte de son certificat de naissance, de ce document d'adoption. Ces longues journées qu'elle avait passées sur ce même canapé à se dire qu'elle n'avait jamais appartenu nulle part. Même si maintenant elle était plus avisée, malgré toutes les découvertes qu'elle avait faites, les sentiments déchirants de doutes et de questions qui l'avaient assaillie dès qu'elle avait posé les yeux sur ce cliché de l'orpheline aux yeux sauvages, tous ces sentiments torturants resurgissaient.

Quand même, c'était tout comme si son instinct le lui avait toujours dit. Elle n'était effectivement pas Écossaise comme ses amies, comme sa famille.

Mais elle avait eu une enfance idyllique. Pourquoi cette torture, alors ? Sa mère avait été généreuse, elle s'était toujours assurée qu'Aoibhe fût vêtue à la dernière mode, qu'elle ait toutes les chances de poursuivre ses études. Et combien de fois avait-elle fermé les yeux quand son mari emmenait la fillette à la renardière, à la pêche, aux hippodromes ? Mais Aoibhe gardait également des souvenirs de l'allure austère de cette femme, de son caractère réservé, et par moments même, un peu froide ; des caractéristiques qu'elle avait méprises pour de la discrétion, de la discipline et de la piété.

— *Bloody hell !* maugréa-t-elle.

Cela n'était pas juste. Sa mère l'aimait, l'avait aimée. Tout autant qu'elle avait aimé sa mère. Bon, il était vrai qu'elle n'était pas dorloteuse de nature. Aoibhe n'avait aucun souvenir de se faire bercer sur ses genoux ni serrer dans ses bras, mais elle avait eu ses moments de douceur, ses démonstrations affectives. Et que dire de ses aveux au moment de sa mort ?

Och !

Et son père. Mais non, son père, c'était une tout autre histoire. *Aye !* son père l'avait aimée comme si elle était la sienne. Au grand désespoir de sa mère, peut-être ? Est-ce que l'enfant adoptée qu'elle était avait été l'incarnation de la preuve de l'infertilité de leur couple ?

Sa grand-mère lui avait répété mille fois que cela n'était pas le cas. Sa mère et son père l'avaient aimée de tout leur cœur.

Malgré les paroles de la vieille dame, malgré les souvenirs des moments de tendresse qu'elle gardait de ses parents, de ses deux parents, un doute avait persisté. Aoibhe avait mal réussi à cacher ces sentiments d'abandon et de trahison qui lui avaient creusé un gouffre dans la poitrine après la découverte de ces documents.

Et cela n'était pas le pire. Le pire, c'était l'autre question qui lui avait résonné dans les oreilles, sans répit. La question qui l'avait tyrannisée pendant mille nuits : pourquoi ? Pourquoi donc l'avait-on donnée ? Qui **donne** son enfant ?

Est-ce que sa mère biologique avait souffert quand l'infirmière lui avait pris son bébé ? Est-ce qu'elle avait pleuré, les bras accrochés à la fillette, le cœur crevant déjà de cette absence qui allait la hanter ? Est-ce qu'elle était désespérée à l'idée de savoir qu'on allait effacer son existence de la vie de son enfant ? Est-ce que, comme Aoibhe, elle subissait la douleur de ce trou qui transperçait son cœur ?

Combien de fois avait-elle imaginé la femme se rendant à l'orphelinat pour y déposer son enfant ? Est-ce que, de la douceur de son étreinte, elle avait elle-même déposé la fillette sur le marbre glacé du perron ? Avait-elle pleuré, sa maman ? Est-ce qu'elle l'avait emmaillotée dans une vieille couverture avant de sonner à la porte et de se retourner pour courir dans la rue ? Était-elle soulagée d'être libérée de ce fardeau indésirable ?

N'était-elle pas l'enfant qu'on avait désirée ?

Et il y avait la question de son âge qui l'avait longtemps martyrisée. Puisqu'elle avait été adoptée à l'âge de trois ans, pouvait-elle conclure qu'elle avait passé des années dans l'orphelinat ? En plus de ses propres parents, les couples qui entraient dans l'hospice passaient-ils devant sa couchette en lui tournant le dos, sans un second regard ? Avait-elle passé de nombreuses nuits, seule dans son lit, à pleurer après le corps de sa mère, la chaleur des bras de son père ? Est-ce qu'on l'avait bercée, lui avait-on fredonné des chansons, murmuré des consolations dans sa chevelure ? Est-ce que quelqu'un l'avait serrée contre son cœur ?

Elle n'avait pu stopper des images de religieuses sérieuses, bienveillantes certes, mais sans instinct maternel, qui ne changeaient sa couche souillée que beaucoup trop tard, lui tendant un biberon qu'elle devait se servir elle-même.

Elle avait passé tout autant d'heures à se dévisager dans le miroir qu'elle en avait passé à étudier la photo qu'elle avait trouvée dans l'enveloppe. Même si ses parents adoptifs l'avaient aimée, est-ce que sa famille biologique l'avait vraiment détestée au point de vouloir se débarrasser d'elle ?

Son père était un criminel peut-être. Est-ce que sa mère avait été violée et est-ce qu'elle n'en pouvait plus de laisser ses yeux reposer sur un visage qui lui rappelait cette agression ? Est-ce que, dans ses chromosomes, elle portait des cellules d'un être horrible ? C'était là qu'elle avait hérité cette tendance à se laisser emporter par ses émotions ; pourquoi n'arrivait-elle pas toujours à maitriser ses crises ?

Ces questions qui l'avaient hantée, est-ce qu'elles hantent tous les enfants qui découvrent qu'ils sont adoptés ? À quel âge avait-elle été donnée ? Avait-elle des frères ou des sœurs ? Comme elle, y avait-il d'autres enfants de ces parents qui avaient été cédés à l'orphelinat ? Ou pire encore, est-ce que des enfants avaient été gardés alors qu'elle avait été donnée ?

Elle repensa au nombre de fois qu'elle avait murmuré son nom de baptême en se demandant s'il y avait ailleurs dans le pays une femme qui le murmurait également. Combien de fois avait-elle fait couler ces nombreuses syllabes sur sa langue, priant son cerveau de se rappeler un moment où elle aurait tourné la tête au son de son propre prénom !

Qui était-elle finalement ? Si elle avait demeuré avec sa mère biologique, est-ce qu'elle serait une personne bien différente de celle qu'elle était présentement ? Qui était-elle vraiment ?

— *Wheesht! Wheesht!* répéta-t-elle à son cerveau. Silence. Tu sais maintenant. Pourquoi cette torture inutile ?

Elle avait été choyée. Elle avait grandi dans la richesse, elle avait toujours mangé à sa faim, elle avait eu une bonne éducation, des cours de danse, des cours d'équitation. Depuis sa tendre enfance, elle avait accompagné ses parents aux galas somptueux où l'élite de la province se regroupait pour fêter. Elle avait été témoin de discours politiques, de débats passionnés sur l'économie. Elle avait assisté à des activités culturelles de toutes sortes.

Elle s'affaissa, épuisée par ces souvenirs pénibles qui ressurgissaient et les arguments qu'elle devait avancer dans l'espoir de les faire taire.

Pendant quelques petites secondes, son cerveau se tut, elle réussit à laisser le passé derrière elle.

Pourtant…

Même avec les connaissances qu'elle avait maintenant, elle revivait parfois la douleur de ces années de torture et ne pouvait se défaire de la sensation qu'elle était un imposteur. En dépit des découvertes qu'elle avait faites, des murmures d'un sentiment de rejet pouvaient surgir en un clin d'œil.

Ce trouble la hantait tout autant que le sentiment d'appartenance lui échappait, même aujourd'hui. C'étaient comme deux boulets de plomb enchainés à ses chevilles et qu'elle trainait à chaque pas. Des boulets qui étaient rapidement alourdis par un regard d'indifférence ou par un commentaire désobligeant.

Och! Elle avait bien essayé de défaire les maillons de ces chaines. Combien de fois s'était-elle concentrée à faire taire les cailletages qui lui résonnaient dans sa tête au sujet de la saga de ses origines, à ignorer les souvenirs qui voulaient revenir lui danser dans la tête à la mélodie d'une complainte démoniaque! Elle avait été donnée, oui mais… Mais elle avait été donnée.

Il y avait des instants où elle réussissait à ne pas y penser, mais il suffisait d'une petite grimace en sa direction, d'un soupir expiré après l'une de ses propositions, et Aoibhe se retrouvait l'insécurité chevillée au ventre. Surtout avec Alfred. À la seule vue de cet homme, tous ces sentiments lui revenaient comme une vague titanesque qui la submergeait, sapant son assurance et la laissant dégoulinante d'un sentiment d'abandon.

Il n'y avait pas à comprendre pourquoi il était si agressif envers elle. Bien sûr, elle s'était demandé si ce n'était pas elle qui était méfiante au point où elle interprétait toutes les paroles de l'homme comme des attaques. Combien de fois Félix lui a-t-il répété qu'Alfred avait toujours eu un ton de voix plutôt brusque et ce sourire grincheux?

Elle peinait à y croire. Ce ton brusque, arrogant et insolant, Alfred le réservait pour elle.

Voilà pourquoi elle s'isolait elle-même. Cela évitait aux autres d'avoir à la chasser. Elle s'isolait et trouvait du réconfort chez le monde animal seulement. Dans leurs yeux, elle se sentait voulue, dans leur accueil, elle se sentait appréciée. Voilà la famille qu'elle s'était constituée. Les animaux de compagnie étaient devenus ses frères, et la solitude, sa sœur.

— Allo ? Eva ? Allo ?

Pauline s'avança dans le petit salon.

— *Hullo,* Pôline.

Ach ! Même sa voix, ces deux petits mots étaient teints de la mélancolie qui l'habitait. Quelle martyre elle se faisait !

— Ah ! pauvre toi. Comment ça va aujourd'hui ? Tu dois bien te languir ici, toute seule.

— Oui, beaucoup trop. Viens t'assoir avec moi. Tu as le temps ? Où est Diane ?

— Les voisins ont des petits poussins qui viennent de faire éclosion. Sa petite amie est arrivée à la maison en courant tôt ce matin pour l'inviter à les voir. J'irai la chercher avant le diner. Toi, ça va mieux ?

— Mes côtes me font encore souffrir. Même si je n'ai plus trop mal au pied, cela me démange à la folie sous ce plâtre, comme plus que mille fourmis. Je me lamentais tellement que Felix m'a donné cette petite branche que j'utilise pour me soulager. Mais Pôline, comme ça sent bon ici ! Qu'est-ce que tu nous as apporté encore ?

— Oh ! ce n'est rien. Un petit chaudron de maïs lessivé.

— Du maïs ?

— Tu ne manges pas de maïs ? demanda Pauline alarmée.

— Oui, oui. Bien sûr que oui. Notre servante faisait les meilleurs pains de maïs. Il fondait dans la bouche quand il sortait du four encore tout chaud. On y ajoutait une bonne lippée de sirop.

Aoibhe serra la mâchoire à l'instant même où le dernier mot lui était sorti de la bouche. Elle qui parlait de leur servante et de sirop alors qu'elle savait très bien que Pauline avait grandi dans la pauvreté. C'était tout comme si elle cherchait à s'en vanter.

— Ah ! du pain au maïs ? Ça, c'est une friandise qu'on ne fait pas ici, mais j'aimerais bien en trouver une bonne recette.

— Tu es une excellente cuisinière, Pôline. Je vais écrire à *granny* pour qu'elle m'envoie sa recette. Mais vraiment, comme je me sens mal. Tous les jours, tu viens me visiter avec un plat ou un autre. Je suis convaincue qu'il nous reste encore des crêpes... euh... comment tu les as nommées, encore ?

— Des « beignets à la râpure ».

Aoibhe fixa Pauline et sourcilla en souriant. Elle était trop fatiguée pour tenter une prononciation de ce plat.

— Et des « gallllettes blllanches », s'aventura-t-elle avec plus de confiance. Tu n'as pas à te donner tant de misère pour nous.

La femme sourit.

— Arrête, Eva. Je suis certaine que Félix n'est pas plus habile dans la cuisine que ne l'est Edgar. Oh ! il peut bien faire cuire des... des... voyons, comment on dit ça en anglais, déjà ?

La femme enleva ses lunettes qu'elle se mit à faire briller avec son tablier tandis qu'elle se creusait les méninges.

— Mais voyons, tu sais, là, Eva... des... des... des « fayots ». Des petits grains, là, qui sortent des haricots, on les cuit dans un pot au four.

— *Baked beans ?* proposa Aoibhe.

— Des fèves, des fèves au four. C'est bien ça. Edgar peut en faire un méchant plat, mais entre toi et moi, une fois qu'il sort de la cuisine, je dois passer une bonne heure à ramasser les dégâts qu'il a laissés derrière lui. Doux Seigneur, une chance qu'il n'a pas envie de brasser de la farine. Je suis convaincue que même Toby serait tout blanc à la fin.

Elle éclata de rire et cacha sa bouche derrière son tablier pour étouffer ses gloussements, qu'elle jugeait sans doute trop méchants. Aoibhe ne put s'empêcher de se joindre à la femme dans ses éclats. Cela lui fit un grand bien de rire un peu.

Elle étudia Pauline en se demandant quel genre de gamine elle avait été. Elle était tout aussi douce et généreuse que l'avait été Angèle. Perplexe, la cavalière se demanda pourquoi les gens les plus pauvres étaient les plus généreux, alors que les plus nantis étaient souvent plus avares.

— Merci, Pôline, pour tous ces plats, et surtout pour toutes tes visites. Tu es la femme la plus gentille que je connaisse.

— Ah ! Arrête-toi donc ! dit-elle en français tout en passant son tablier encore sur son front, cachant un instant ses joues rougies.

Les deux femmes demeurèrent silencieuses un moment, à se fixer toutes les deux, comme si elles fouillaient l'âme de l'autre.

— Quand on était malades, maman nous disait : « Mange, cela t'aidera à "reprendre du poil de la bête" », ajouta doucement Pauline en français.

Les traits sur visage d'Aoibhe s'adoucirent aussitôt.

— Ça veut dire quoi, cette expression ? demanda-t-elle finalement.

— Euh... en anglais, ce serait comme dire « arracher la fourrure d'un animal ». Ça veut dire reprendre tes forces.

— Quel drôle de dicton ! Seigneur, Pôline, j'ai l'impression que je n'apprendrai jamais à parler le français, à cause de toutes ces expressions en plus du vocabulaire, sans parler des genres masculin et féminin.

— Sainte et *boune* ! Eva. Il n'y a même pas six mois que tu es ici. C'est certain que tu vis un choc à être replongée dans cette communauté où la cuisine, la langue et la culture sont si différentes de celles que tu as connues en grandissant. Mais tu roules tes *r* comme nous. Ça, c'est déjà beaucoup.

— Il y a plusieurs sons que nous prononçons en écossais qui sont également utilisés en français, mais il y a ce *œ* et surtout ce *u*, tenta-t-elle en grimaçant, qui demeurent impossibles.

— Comme le *th* pour moi, confessa Pauline.

Aoibhe hocha la tête. Elle garda le silence un instant avant de s'aventurer.

— Pôline, est-ce qu'Alfred a toujours été si... ?

Elle hésita. Allait-elle se mettre à critiquer les membres de sa famille ?

Pauline avait les yeux sur l'infirme, mais demeura muette un moment. Réfléchissait-elle à la question laissée en suspens afin d'offrir une réponse diplomatique, ou était-elle étonnée par l'audace de la question ?

— Désolée. Je suis désolée, Pôline, mais c'est qu'avec moi, on dirait qu'il est si… ?

— Amer ?

— Oui. Amer serait une bonne description. Je ne peux pas me décider s'il est toujours comme ça ou si ce n'est qu'avec moi. J'ai l'impression que toutes les paroles qu'il me lance sont soit des critiques, soit des lamentations, alors que les autres n'ont pas l'air de noter qu'il est si… amer.

Pauline hésitait encore.

— Edgar dit qu'Alfred a le complexe de Napoléon. Que parce qu'il est plus court que les autres hommes, il doit japper plus fort pour se faire entendre. Un peu comme un chihuahua.

Encore elle s'esclaffa et monta aussitôt son tablier devant sa bouche tout en regardant la réaction de l'autre femme. Aoibhe ne put retenir son rire.

— Oh ! Là, je vais devoir ajouter ça à ma confesse de la fin du mois, ajouta Pauline en secouant la tête.

— Alors, il n'y a pas que moi qui perçois un ton agressif ? Est-ce qu'il a toujours été ainsi ?

Pauline enleva ses lunettes. Un rayon de soleil esseulé et aveuglant étincela sur une lentille un instant avant de s'éteindre. La mélancolie dans le petit salon était palpable. La fermière était silencieuse et réfléchissait un moment avant d'offrir ses impressions.

— Eva, Alfred était un bon, doux garçon. Le seul garçon de la famille, tu aurais cru qu'il aurait fait son petit roi. Mais non. Il était le premier à offrir de l'aide, à nous faire rire quand nous étions tristes. Quand maman me demandait d'aller à la cave chercher des légumes, il y allait souvent à ma place, puisqu'il savait que j'ai une peur bleue des araignées.

— Alors, c'est le décès… ?

— Ah ! Quand papa est décédé, Alfred s'est vu comme l'homme de la maison, un fardeau trop lourd pour un garçon de cet âge. Il voyait comment maman peinait avec la grange, les champs à cultiver. J'ai bien essayé d'aider maman, moi aussi, mais… les femmes n'ont pas l'habitude de cultiver la terre à part le petit jardin, ou d'abattre un cochon, une poule. Et maman… elle a rapidement constaté la précarité de sa famille. Comme elle avait connu une enfance turbulente elle-même, le courage qu'elle avait montré les premiers mois après que papa tombe mort s'est évaporé. Alfred a bien essayé de remplacer papa, mais il était trop petit. Il était trop petit, murmura-t-elle.

Le cœur d'Aoibhe se serra en écoutant le récit en silence. Une pitié et une culpabilité crépitaient dans sa poitrine.

— Il a bien essayé d'accomplir les tâches de papa, mais il a vite constaté qu'à cause de sa petite stature, il n'y arriverait pas. Voyant l'état de maman et les difficultés avec tout, continua Pauline, il s'est résigné à vendre quelques bêtes aux voisins afin d'avoir un peu d'argent. Seul, il a marché chez notre oncle Augustin pour lui demander son aide. Nous avons gardé le cheval aussi longtemps que possible, mais à cause de la crise économique qui a accentué la misère partout, c'était même difficile de nourrir la pauvre bête. C'est là que maman est allée à l'hôpital, murmura-t-elle. Après son retour, Alfred a vendu le cheval à Thilmon à Cyprien. La grange était vide, la maison aussi. On dirait qu'il n'était plus le même après tout ça. Il s'est fait embaucher comme homme de bord par des pêcheurs pour gagner un peu d'argent, mais il voyait notre cheval partout. Ça, il trouvait difficile. Il a déménagé au Nouveau-Brunswick pour travailler au quai de Saint-Jean. Quand il est revenu, il avait toujours cette grimace… amère. Il n'était plus le même jeune, gentil garçon.

Les deux femmes demeurèrent silencieuses pendant un bon moment, Pauline tordait et détordait son tablier sur un index. Aoibhe ne pouvait enlever ses yeux du visage de la femme. Elle s'allongea et lui serra une main.

— Comme je suis stupide, Pôline. J'aurais bien dû réfléchir à ma question avant de la poser. Je sais pourtant comment on peut trainer nos vieilles blessures toute notre vie. J'ai grandi dans une famille riche qui m'a aimée et je me lamente, alors que toi et Alfred avez connu la vraie misère. Si je garde des cicatrices de mon passé, eh bien, Alfred et toi… ?

Aoibhe baissa les yeux sur sa cheville emplâtrée et ajouta :

— Devoir vendre le cheval, en plus. Je peux comprendre la douleur qu'il a dû connaitre.

Pauline lui sourit en considérant la femme qui avait cet amour incompréhensible pour les chevaux.

— Gros Charley, qu'il s'appelait. C'était un bon cheval, mais il était déjà à moitié sourd quand Alfred l'a vendu, ajouta Pauline, qui adoucissait souvent ses anecdotes du passé avec une touche d'humour.

Malgré son sourire, une mélancolie n'avait pas quitté ses traits.

La cavalière secoua la tête en imaginant une petite maison froide où de tels drames s'étaient passés.

— Alfred, il n'a jamais eu de blonde ? Il n'a jamais voulu se marier ?

— Oh ! même jeune, il avait développé une obsession de l'argent. Ma grande foi, c'est son seul amour. Parfois, je me demande si, dans le fond de son âme, creux dans son cœur, le gentil garçon existe encore, musa-t-elle.

Elle soupira et fixa Aoibhe sur le canapé.

— Ce n'est pas que toi, Eva. Personne ne réagit de la même façon aux défis qui nous sont présentés. Alfred a développé un ton de voix amer et contrarié, mais je sais qu'il est toujours aussi généreux qu'il l'était. Ça oui. Ah ! je ne sais pas, on dirait qu'on a le don de se fixer sur les malchances de notre vie et de ne penser toujours qu'à ça. On rumine ces histoires encore et encore, comme si on aime mieux avoir mal, souffrir, plutôt que rendre grâce pour toutes nos bénédictions.

Aoibhe ne put cacher son expression de surprise. Voilà exactement ce qu'elle se disait elle-même il n'y avait de cela que vingt minutes.

Elle dévisagea Pauline en pensant que cette femme était véritablement une âme sœur.

* * *

Plus d'une heure après sa visite, Aoibhe réfléchissait encore aux paroles de Pauline. Quoiqu'elle eût déjà entendu plusieurs anecdotes de leur jeunesse, dans une maison qui n'était pas isolée contre les vents d'hiver, une cuisine où les ingrédients étaient maigres, cela lui pinçait le cœur de penser à sa propre jeunesse. Elle qui s'était déjà lamentée de ne pas avoir la selle de cheval qu'elle voulait, de devoir manger tous les légumes sur son assiette débordante avant d'avoir droit à deux morceaux de gâteau pour le dessert.

Elle n'avait vraiment pas cherché à retourner le couteau dans la plaie, mais elle ne pouvait s'empêcher de poser ces questions à Pauline quand la complicité entre elles était propice aux confidences.

Maintenant, ces informations la hantaient aussi. Il était impossible d'effacer ces images qui lui dansaient dans la tête – des enfants affamés, agrippant leur ventre qu'ils écrasaient contre leur colonne vertébrale en souhaitant étouffer la faim qui les tourmentait. Est-ce que, dans la maison voisine, un chaudron avait souvent mijoté sur la cuisinière ? Des arômes de bonne soupe s'étaient-ils répandus dans cette cuisine avant que des vapeurs ne s'échappent des fenêtres pour être ramassées par des vents sadiques qui les avaient trainés méchamment sous les nez de ces enfants affamés ? Ces courants glacials et alléchants avaient-ils trouvé un plaisir malin à s'insinuer entre les madriers, à serpenter sur les planchers puis à se faufiler sous les couvertures pour se glisser contre les bras et les jambes de jeunes enfants, chatouiller leurs narines des fumets délicieux ?

Prisonnière de son canapé, Aoibhe secoua la tête. Tout comme les scénarios catastrophiques qu'elle s'était montés à propos des journées qu'elle avait bien dû passer dans l'orphelinat, ces fantasmes cauchemardesques, elle voudrait bien pouvoir les oblitérer. Mais comme les vents sadiques, sa cervelle semblait se plaire à laisser ces images s'insinuer, lui serpenter dans sa tête pour les répéter en boucle.

Quelle ironie que, quatre ans auparavant, dès le lendemain du décès de ses parents, elle s'était isolée sur ce même canapé à se morfondre de questions. Qui était-elle réellement ? Qui étaient ses parents ? Pourquoi l'avaient-ils donnée ? Pourquoi l'avaient-ils laissée seule dans cet orphelinat ? Seule dans ce berceau ? Seule.

Ach ! Elle avait interrogé sa *granny*, elle l'avait bombardée de questions, assénée d'accusations. Elle l'avait soumise à une véritable inquisition, l'avait suppliée de lui fournir des réponses. Qui était-elle ? Pourquoi personne n'avait pensé à lui dire qu'elle avait été adoptée ? Qu'elle n'était pas Écossaise ?

Elle avait renversé le bureau de son père sens dessus dessous, avait saccagé la chambre de sa mère, son salon de prière, tout cela sans déterrer d'autres documents qui auraient pu contredire ceux qu'elle avait trouvés, une trace quelconque pour la rassurer qu'elle fût l'enfant biologique des MacLeod. Finalement, elle s'était recueillie avec l'album photo de ses parents. Elle avait scruté chaque cliché, avait étudié son visage pour constater qu'il n'y avait pas de traces de larmes sur ses joues, aucun soupçon d'abandon dans les yeux. Immanquablement, elle retournait aux premières pages pour confirmer qu'effectivement, il n'y avait aucune photo d'elle comme nourrisson, aucune image d'elle comme nouveau-né reposant sur les genoux de parents qui posaient fièrement avec leur poupon.

Épuisée, résignée, elle avait fouillé afin de dénicher des informations qui pourraient la guider vers ses origines. Vers son père biologique, vers sa mère. N'y avait-il pas de documents plus précis ? Aucun vestige de son héritage, de ses origines ? Que cet ordre d'adoption, ce certificat de naissance et la photo qu'elle avait étudiée, scrutée, humée, caressée.

Combien de fois avait-elle tenté de se convaincre qu'il s'agissait d'une erreur ? Son nom avait été pensé par un curé trop zélé, la baptisant d'un nom poétique avant que n'interviennent ses parents pour le corriger. C'était le certificat de naissance d'une autre personne entièrement – de leur servante, disons, ou de l'une de ses nombreuses filles. Mais la date de naissance, et la photo qui l'accompagnait, dans la même enveloppe, sans parler de l'ordre d'adoption. Cette photo, même sans couleurs, mettait en évidence son nævus, ses yeux foncés et sa tignasse qui montrait bien que cet enfant n'avait aucune trace d'un cheveu roux – tout lui criait le contraire.

Och! « L'ignorance est une bénédiction ! » Effectivement ! Et elle ne pouvait nier que savoir, la connaissance de la vérité, avait été une véritable torture, un supplice. L'enfer ! Elle s'était sentie trompée, mais surtout, abandonnée ! Elle avait moins pensé au fait que ses parents avaient voulu la prendre pour la leur. Plutôt, elle s'était plu à se faire souffrir, elle s'était laissé noyer par le sentiment qu'elle avait été abandonnée dans un orphelinat par une mère qui n'avait pas voulu d'elle.

Sa famille MacLeod n'avait pas compris son obsession. Sa *granny* lui avait répété que ses parents avaient été ravis de la trouver, aux petits oiseaux depuis son arrivée dans leur maison, dans leur famille.

Ils étaient allés à l'orphelinat à la recherche d'un garçon, oui, mais le seul qui y était avait déjà été promis.

Évidemment, tous les couples qui ne pouvaient enfanter convergeaient vers les orphelinats à la recherche de garçons. Dès la naissance déjà, les défis qui existent pour le genre féminin sont plus nombreux que pour les mâles, avait grogné Aoibhe.

Selon les récits de sa *granny,* elle était assise dans son petit lit, le regard perdu. À la vue de son père, elle avait agrippé les barreaux et s'était levée d'un bond, avait tendu les bras vers ses parents en criant : « Papa ! Papa ! » Cela avait été le coup de foudre. Connor MacLeod s'était avancé. Il l'avait ramassée et elle s'était blottie contre son torse. La fillette avait déjà les larmes qui lui coulaient sur les joues, ses sanglots secouant son petit corps. L'homme l'avait serrée, s'était assis dans un fauteuil pour la bercer malgré les rappels de sa mère au sujet du nom de famille qu'ils auraient voulu perpétuer. Connor MacLeod était demeuré sourd aux protestations.

Aoibhe secoua encore la tête pour déloger ces souvenirs qui s'étaient suspendus aux neurones de son cerveau, empoignés là comme ses farfadets, la forçant à les visiter encore et encore. Ne pouvaient-ils pas la laisser ?

Sa grand-mère avait eu beau la rassurer que ses parents l'avaient aimée, qu'ils avaient été fiers de leur fille, elle n'avait pu s'empêcher de revivre tous leurs moments ensemble sous un œil nouveau. L'avaient-ils vraiment aimée ? Y avait-il eu des occasions où ils avaient regretté leur décision ? Sa propre mère n'avait pas voulu d'elle, alors, pourquoi ses parents MacLeod ?

Et voilà que le même sentiment se répétait avec Alfred. Mais pourquoi donc s'en faisait-elle autant à son sujet ? Tous confirmaient que c'était un homme qui souriait avec la babine à l'envers, qui jappait tous ses discours. Il n'y avait pas que pour elle qu'il réservait son venin.

Aye! Dans son nouveau voisinage, tous l'avaient bien accueillie. On l'invitait à toutes les fonctions sociales, on l'arrêtait dans la rue pour la saluer et pour discuter de petites plaisanteries. Et que pouvait-elle dire de Pauline ? Son accueil, tous les efforts qu'elle prenait pour l'intégrer dans son cercle d'amies, pour partager avec elle des anecdotes de celui-ci et de celle-là afin de l'aider à connaitre ses voisins. Elle lui avait présenté Alice, qui habitait sur le coin du chemin Cannon. Selon les dires de Pauline, sa tante, Marie Caissie, avait failli mourir, embourbée dans un banc de neige par un hiver rigoureux. Quand le bedeau de l'église l'avait aperçue, des glaçons se formaient déjà sur ses cils et son menton. Il a vite fait de la rentrer chez elle, où la pauvre dame avait bien réussi à se déraidir.

Durant un spectacle quelconque à la salle paroissiale, Pauline lui avait expliqué que c'était Madeleine à Lamand de Mont-Carmel qui chantait sur la scène. Cette dame composait ses propres chansons, en avait des centaines de sa plume dans son répertoire, certaines mélancoliques et tristes, alors que d'autres étaient drôles à faire rire aux éclats. Pauline lui avait désigné Albénie à Petit Jésus en détaillant comment « Petit Jésus », alors qu'on effectuait des travaux au clocher de l'église d'Abram-Village, avait tendu les bras comme le Christ crucifié, à la stupéfaction de piétons, qui l'avaient perçu dans toute sa gloire et qui n'avaient pas hésité à rebaptiser le brave comique.

Elles s'étaient arrêtées dans la rue pour jaser avec Rose à Marin Gallant. Son époux était membre de l'Assemblée législative de la province depuis plusieurs années déjà. Est-ce qu'Aoibhe l'avait croisé dans la capitale peut-être ? Et elle l'avait présentée à toutes les dames qui composaient la Société des Dames du Sanctuaire de Baie-Egmont. Tous ces gens, TOUS, l'avaient si bien reçue, l'avaient accueillie les bras ouverts. Que voulait-elle de plus ?

La porte claqua et des voix se faisaient entendre. Felix et... Alfred ? Elle grogna intérieurement. Quand finalement elle réussissait à penser à autre chose, voilà qu'il venait la harceler en personne.

— Comment va ma belle blessée ? demanda Félix en se pointant le nez dans le petit salon.

— *Och!* je vais mourir d'ennui ici. Je t'assure que c'est bien possible de mourir d'une jambe cassée si cela nous prive de la vue du ciel pendant six semaines au complet. En plus, je suis véritablement condamnée à ce vieux canapé sans espoir de monter sur mes chevaux. Et maintenant, j'ai tellement envie d'aller au pot de chambre que je n'en peux plus d'attendre. Tu peux m'aider à m'y rendre ?

Alfred était déjà assis à la table, une tasse de thé à la main.

— Il fait comme chez lui, monsieur, marmonna-t-elle intérieurement à ses farfadets.

— *Bloody eejit!* grommelèrent ses gnomes en réponse.

— Comment ça va aujourd'hui, Eva ? Ça fait moins mal un peu ? demanda l'homme.

Sa voix était douce, son regard sincère. Aoibhe dut s'efforcer pour retenir la grimace qui voulait lui tordre le visage. Est-ce que c'était une farce, cette attitude, et allait-il se moquer de sa réponse, quelle qu'elle soit ? Elle redressa son échine écossaise et dessina sur son visage un sourire éblouissant, forcé.

— Bonjour, Alfred, susurra-t-elle. Aujourd'hui, ça va beaucoup mieux. Le mal est passé, mais si je ne me rends pas au pot de chambre à l'instant, j'aurai un autre malaise à soigner.

Il rit, deux bonnes expirations.

Elle s'étonna, figea sur place, les yeux rivés sur l'homme tandis que son cerveau courait pour deviner quelles raisons pouvaient motiver une telle attitude de gentillesse chez Alfred ce matin. L'exposition agricole en était sans doute à ses derniers préparatifs, et il voyait qu'il serait complètement impossible pour elle de participer aux évènements, probablement qu'il lui serait impossible de se présenter sur les terrains pour plus d'une heure. Elle serait ici, clouée sur son canapé geôlier, les yeux rivés sur le plafond en imaginant les compétitions, à se morfondre seule, incapable de se nourrir ou de se rendre au pot de chambre. *Aye!* Tout cela devait bien réjouir le petit homme aux oreilles d'éléphant.

— Tu peux t'assoir avec nous à la table, Eva ? Allez, allez ! Je vais vous servir une tasse de thé en attendant.

Sans attendre de réponse, Alfred se leva et leur tourna le dos. D'un geste exagéré, Aoibhe plaça une main sur sa hanche, se tourna vers Félix, la tête penchée, une expression sarcastique lui tirant les lèvres comme les yeux. Félix sourcilla, comme surpris de la réaction de son épouse plutôt que celle de la visite. Elle se retourna encore pour étudier Alfred, qui s'affairait à verser du thé, puis sautilla vers l'autre pièce avec l'aide de son époux.

La conversation à la table se faisait facilement. Aoibhe expliqua le fonctionnement journalier de la renardière, des compétitions et des ventes de pelleteries à Summerside auxquels elle avait participé avec son père, et des prix qui étaient en chute libre depuis un certain temps. Graduellement, la conversation progressa des renards à la récolte à l'exposition.

— Il te faudra jouer à la femme et ramasser des légumes du petit jardin pour les compétitions, avisa Alfred à Félix.

— Ah ! cela ne me dérange pas, du moment que je n'ai pas à faire des compotes ou des mises en conserves.

Des mises en conserves ? songea Aoihbe. C'était toujours Angèle qui avait fait cette besogne chez les MacLeod. Devraitelle en faire ici ? Sans doute, Félix avait grandi avec toutes sortes de compotes, de confitures et de cornichons faits maison. Elle se voyait déjà cogner à la porte de Pauline pour se faire montrer comment faire, ses bras débordants de concombres, un chaudron dans les... sous les... sur... sur la tête quoi ? *Ach!*

Quand elle avait rêvé à son mariage, jamais elle n'avait imaginé qu'elle aurait à maitriser toutes ces tâches complexes. Bien sûr, elle s'était imaginée dans sa cuisine, un peu de farine sur le bout du nez après avoir réussi le plus beau gâteau aux fruits ou même un bon *clootie dumpling*. Mais elle n'avait même pas encore fait de galettes à l'avoine de sa vie, et cette petite recette facile était la quintessence de la cuisine écossaise. Elle ne s'était pas arrêtée à savoir où elle prendrait tous les ingrédients pour faire ces délicatesses, sinon dans un placard quelconque de la cuisine. Ou du magasin. De la cave ? Du jardin ? Des champs !

Elle grogna tout fort à l'imbécile qu'elle fut.

Elle se voyait jeune fille entrant dans la cuisine où Angèle était affairée à brasser de la pâte à scones. Aoibhe se tirait une chaise jusqu'à l'armoire et la servante lui en donnait un peu à pétrir. Cela avait été si simple. Elle demandait le rouleau à pâte, exigeait une pleine tasse de farine pour bien saupoudrer son lieu de travail sans penser à nouer son petit tablier qu'Angèle gardait pourtant sur un clou derrière la porte pour ces occasions. Elle martyrisait la pâte, et quand la ménagère tournait la tête, goutait souvent à la friandise avant même que la femme ait pu la mettre au four. Mais à la seule vue d'une pomme de terre ou une carotte à peler, Aoibhe tournait le dos et levait les talons en direction de la renardière. Elle se revoyait sortir de la cuisine en tapant les mains, la farine s'éclaboussant en nuage devant son visage amusé.

Jamais elle n'avait pensé aux dégâts qu'Angèle avait sans doute eu à nettoyer avant de se remettre à son travail.

Och ! Seigneur de Seigneur ! grommela-t-elle intérieurement.

Grâce à l'héritage qui lui avait été légué, il lui serait facile d'embaucher une servante, tout comme ses parents l'avaient fait. Mais elle s'était entêtée à vivre une vie plus simple, plus… plus à l'image de ses origines. Maintenant qu'elle était la maitresse de sa maison, elle voyait que la besogne était énorme et sans fin. Devrait-elle revoir sa décision au sujet d'une ménagère ?

— Quel genre de conserves vous faites, les Écossais ? Les mêmes que nous ?

Franchement, Alfred avait le pouvoir de lire ses pensées ! Il avait lu ses pensées et il y avait trouvé une brèche avec laquelle il cherchait maintenant à la narguer. Ses farfadets étaient aux aguets depuis l'arrivée de l'homme. Déjà ils sautillaient en petits boxeurs, les poings devant le visage en rouspétant de méchantes paroles, encourageant Aoibhe à lui tourner le dos, à lui lancer un regard dédaigneux, un mot vipérin.

— Eh bien, nous mangeons beaucoup les mêmes ingrédients, il me semble. Ce sont les recettes qui diffèrent un peu.

— Tu n'as jamais fait de mises en conserve, lança-t-il.

Elle leva le menton.

— Non, non, je n'en ai jamais fait, mais j'allais souvent au magasin chercher un pot de vinaigre ou un sac de sucre, des ingrédients pour que la servante en fasse, mais moi, non. Cependant, j'ai l'intention de m'essayer cette année. J'irai trouver Pauline pour qu'elle me partage ses recettes et me montre ses méthodes.

Alfred tira sur son cigare et rigola derrière la fumée qui montait devant son visage, ne camouflant rien du sarcasme dans son expression.

Elle savait que Félix dirait que le sourire qu'il affichait était taquin, qu'il ne cherchait pas à la vexer. C'était simplement sa façon de parler. Mais comment expliquer que, chaque fois qu'il venait visiter, chaque fois, il trouvait quelque chose à critiquer à propos d'elle, ou il soulignait ses incompétences ?

Les farfadets bondissaient de plus belle, lançaient leurs petits poings à coups saccadés.

— *Gan, gie im laldy !* hurla le premier.

— *Gan, gie im a skelpit lug !* vociféra un autre.

— *A skelpit lug ! A skelpit lug !*

Och ! comme il lui était difficile de retenir le sourire méchant qui se dessinait sur son visage. Sous la table, elle avait serré ses propres poings dans un effort pour ne pas se lever d'un bond et faire exactement ce à quoi l'exhortaient les farfadets.

Un son gronda, s'approcha jusqu'à en faire vibrer la petite maison. En un instant, le trio se précipita dans la cour, les yeux vers le ciel, Aoibhe sur le bras de Félix, son plâtre la clouant sur le perron. Autrement, elle aurait couru dans la cour, les deux bras vers le ciel, prête à attraper son « courrier ».

En petite météorite, la roche s'écrasa dans une nuée de poussière à deux mètres à peine de la maison.

— Ha ! il nous a manqués, lança Alfred tout en dardant les yeux vers l'aéronef.

Inconsciemment, un sourire moqueur se dessina sur le visage de la femme à la vue de ce petit homme, les oreilles au vent et le poing devant le visage. Vêtu d'un petit bonnet et d'une queue-de-pie, il aurait tout à fait l'allure d'un de ses *lucharachàins*.

Félix remit la roche à Aoibhe qui défit la ficelle : « J'arrive ! Auriez-vous à manger pour un Irlandais affamé ? » Son sourire s'étira.

* * *

Devant les questions de Daniel, elle avait vite résumé l'escapade qui avait mené à ses blessures, tout en prenant soin de ne pas dévoiler l'état d'âme qui avait provoqué sa fugue. Mais autour de la table, elle sentait les yeux des deux autres hommes sur son dos et se demandait combien de temps cela prendrait à Alfred pour suggérer qu'elle avait pris le bois durant une crise d'hystérie.

Daniel n'avait pas encore terminé son repas que le petit homme lui demanda si le ciel était assez clair, les vents assez doux et la température assez clémente pour permettre au pilote d'emmener un passager pour un tour en avion.

— Absolument ! Allons-y !

Malgré son envie de remonter elle-même dans l'appareil, Aoibhe était soulagée de voir Alfred passer la portière pour accompagner Daniel dans les nuages. Assise sur un bras du canapé, elle observa l'oisillon métallique sautiller dans le champ jusqu'à la lisière de bois. Les ailes rebondissaient quelque peu et donnaient vraiment l'impression d'un moineau gigantesque qui battait doucement ses extrémités avant de s'élancer. L'aéronef fit demi-tour pour faire face à la maison. Il demeura immobile un moment puis soudainement s'élança à toute allure, une poussière violente tourbillonnant dans son sillage. En défiant vraisemblablement toutes les règles de la gravité, les roues quittèrent le sol et cette masse d'aluminium et d'appareillages grimpa dans le ciel.

Jalouse des moments qu'Alfred vivait présentement, Aoibhe passa la prochaine demi-heure à répéter à Félix les scènes éblouissantes qu'elle avait vues lors de son vol avec Daniel, à persuader son mari de l'adresse du pilote et des merveilles de cet appareil qui savait suivre les trajets des oiseaux. Quand les échos de l'engin se rapprochèrent, elle reprit son poste sur le canapé pour observer l'atterrissage. Aussitôt l'avion arrêté, une porte s'ouvrit dans un élan, Alfred se jeta dans le champ où il se vida l'estomac.

— Danny *gied him laldy !* ricana un des *lucharachàins.*

— *Aye, he gave him a skelpit lug !* gloussa un deuxième.

— *Aye, skelpit lug !*

— *Danny gied him laldy, he did !*

Ses farfadets gambadaient et lançaient les poings dans l'air tout en pépiant leurs refrains.

— Felix ! Felix ! Il vomit ! Alfred vomit !

Elle se cacha derrière le dossier et claqua une main sur sa bouche pour étouffer le rire malin qui voulait l'étrangler. Les deux paumes bien écrasées sur tout son visage, elle voulait se faire immobile, mais à l'intérieur, tout son corps vibrait et ses farfadets dansaient. Finalement, elle leva le visage devant la fenêtre pour observer encore le passager en détresse. Félix se dirigeait rapidement à son chevet, un mouchoir à la main. Dans un carreau de la fenêtre, sa propre réflexion se superposa au spectacle qui se jouait dans le champ. Un des gnomes la zyeuta de ses prunelles noires qui contrastaient avec sa barbiche argentée ; c'était celui qui se faisait un devoir de la sermonner à l'occasion.

— *Nae, nae, nae !* Tu es une vilaine petite femme.

Aoibhe tressaillit tout autant que si le lutin l'eut pincé.

— *Aye !* Vilaine, vilaine ! Une vraie *bana-bhuidseach.*

Elle s'affaissa sur le canapé. Méprisable ! Voilà ce qu'elle était. Eh oui, très vilaine. Méprisable, vilaine et gâtée ! Ces gens l'avaient accueillie, acceptée parmi eux, comme un membre de la famille. Ils tentaient par tous les moyens de faciliter son intégration dans leur village, l'invitaient dans leurs demeures, et voilà qu'elle se butait à Alfred à toutes les occasions. Sa *granny* avait raison, elle le savait bien. Elle le savait. Ces gens qui sont agressifs, qui sont belliqueux, le sont puisqu'ils ont été blessés. Et des gens blessés blessent. Elle avait accablé Alfred de toutes les insultes, elle était pire. **Pire !**

Och ! elle pouvait bien se leurrer, se persuader que c'étaient toutes les épreuves qu'elle avait eu à surmonter qui avaient nourri cette intolérance à la moindre grimace, à la plus minuscule insinuation de raillerie. Ou se disculper en pointant toutes les critiques à son sujet que lui lançait Alfred. C'était lui qui faisait surgir ses pires caractéristiques. Cela n'expliquait pas l'attitude qu'elle avait adoptée envers l'homme, aussi coriace pût-il être. Comme sa mère serait déçue de la savoir si irrespectueuse ! Si elle pouvait la voir en cet instant, est-ce que sa maman biologique serait beaucoup désappointée de voir la femme qu'elle était devenue ?

OCH ! Elle voulait se mordre les mains. Mais non. Elle devait s'amadouer, maitriser ses émotions avec plus de maturité, se vider la tête de ces images infantiles qu'elle gardait, renvoyer ses farfadets aux forêts de l'Écosse et agir en adulte.

En ce moment, assise devant le crucifix, avec la Vierge Marie comme témoin, Aoibhe se promit de travailler à adopter un comportement digne de l'Écossaise qu'elle était et de l'Acadienne qu'elle tentait d'incarner par moments. Elle allait travailler à découvrir qui était vraiment cet homme, à découvrir ses qualités avec tout autant de passion et de volonté qu'elle avait travaillé à découvrir ses propres origines et les évènements qui l'avaient menée à l'orphelinat Saint-Vincent-de-Paul de Charlottetown à l'âge de trois ans.

10

Absolution ?

Le prie-Dieu lui mordait les genoux. Le poids supplémentaire du plâtre sur sa jambe lui coupait la circulation, déjà sa hanche s'engourdissait. Elle résista à la tentation d'ajuster sa position afin de donner un peu de répit à sa blessure. Que cette douleur soit une partie de la pénitence dans la quête de cette absolution qu'elle cherchait.

Elle fixait le crucifix qui était illuminé par la petite ampoule et se concentrait à enchainer des *Notre Père* afin de noyer les murmures qui coulaient de la loge voisine et qui flottaient jusqu'à ses oreilles.

Malgré tous ses efforts, des farfadets l'agaçaient, ricanant l'un de l'autre, se narguant à faire des bêtises dans ce lieu pieux alors qu'Aoibhe priait pour obtenir la sagesse et la maitrise des émotions qui lui étaient nécessaires afin d'être digne de l'appréciation de sa nouvelle famille et des voisins de ce village accueillant.

L'écran glissa et la silhouette de l'oreille du curé se colla au grillage. Aoibhe hésita, son cœur battant la chamade dans sa poitrine.

— Pardonnez-moi, mon père, car j'ai péché, marmonna-t-elle subitement.

Elle fut prise d'une crampe géante qui la saisit de la tête à la jambe cassée. Elle écrasa ses mains l'une dans l'autre. Seulement cette petite phrase marmonnée, en anglais, avec la cadence de son accent, et déjà elle imaginait ce curé dans la rue qui sourirait intérieurement des péchés de cette nouvelle femme dans le voisinage.

Le silence s'éternisait.

— Que Dieu vous bénisse, mon enfant. Je vous écoute.

— Mon père, voilà un mois depuis ma dernière confession.

Silence.

— Je, j'ai... j'ai été ingrate, ingrate et impatiente envers les membres de ma famille.

Elle se tut. Le curé ne bougea pas. Finalement, il hocha la tête, mais toujours sans répondre. Elle se sentait pressée d'en ajouter encore, mais elle n'avait préparé que ces quelques mots. Elle regarda l'oreille du prêtre en songeant à ce qu'elle pourrait ajouter.

— Je... j'ai eu des pensées, des souhaits de malheur pour d'autres, que de petits malheurs, mais des malheurs quand même, ajouta-t-elle finalement et se tut encore un instant avant de se rappeler et de cracher: Pour tous ces péchés, j'en demande pardon à Dieu, et à vous mon père pénitence et absolution.

Silence.

Aoibhe se racla la gorge. Est-ce que le curé dormait?

— Pour ce péché, vous direz trois *Pater* et *Ave*.

Elle soupira, fit le signe de la croix et se relevait. Cependant, le curé ne referma pas le grillage.

— Mais, madame Arsenault...

La même crampe la saisit encore.

Silence.

— *Father?*

— Vous devriez envisager de ranger votre selle à cheval.

— Ranger ma selle à cheval? demanda-t-elle étonnée.

— Combien d'enfants avez-vous, madame?

La crampe se transforma en secousse.

— Eh bien, je n'en ai pas. Pas encore.

— Vous savez sans doute qu'il est de votre devoir d'accueillir des enfants dans votre couple.

Silence.

— Oui… oui, je sais, bredouilla-t-elle.

— Monter à cheval comme ça n'est certainement pas recommandé pour une femme qui veut enfanter. Déjà, vous vous êtes blessée sur ces bêtes. Ce n'est vraiment pas un comportement digne d'une femme.

Silence.

— Surtout vêtue en pantalon.

— *The bloody eejit!* vociféra un farfadet.

— *Give im a skelpit lug!* proposa un deuxième.

— *Aye! Gie im laldy.*

Elle se colla une épaule contre une oreille afin d'étouffer les railleries des farfadets.

Aurait-elle l'absolution si elle refusait de ranger sa selle ? Est-ce que vraiment le curé pouvait lui demander une telle chose ? Et comment savait-il qu'elle revêtait des pantalons quand elle montait à cheval ?

Alfred !

— Évidemment, déménager dans une nouvelle communauté, loin de chez vous, dut être tout un choc. Avoir des enfants pourrait augmenter votre sens d'empathie envers vos voisins, votre famille, et vous guider vers cette patience que vous cherchez. Une mère de famille est trop occupée pour monter à cheval ou se concentrer sur des évènements qui sont mieux gérés par des hommes. Quand vous aurez envie de partir à cheval, je vous suggère plutôt de réciter trois chapelets. De plus, je vous conseille de méditer sur les écritures de saint Paul dans son épitre aux Éphésiens, chapitre cinq, verset vingt-deux à vingt-quatre, et de prononcer l'acte de contrition. Que Dieu notre Père vous montre sa miséricorde. Par la mort et la résurrection de son Fils, il a réconcilié le monde avec lui et il a envoyé l'Esprit Saint pour la rémission des péchés ; par le ministère de l'Église, qu'il vous donne le pardon et la paix, termina-t-il en faisant le signe de la croix en sa direction avant de lui claquer l'écran au nez.

Sa bouche était entrouverte, mais Aoibhe était complètement muette, aussi silencieuse et immobile qu'un poteau, figée sur le prie-Dieu, qui s'était finalement métamorphosé en un coussin de clous qui lui broyait les genoux. Pourtant, dans tout son intérieur, des orbites de ses yeux jusqu'au bout de ses ongles d'orteils, le sang lui bouillonnait dans les veines avec le vacarme et la violence des chutes du Niagara. Elle sentait qu'elle avait la force nécessaire pour casser ses deux béquilles qui, dans ses mains crampées, n'étaient pas plus solides que des cure-dents en cet instant.

Elle les frappa contre le plancher avec des coups exagérés en retournant à son banc, sur lequel elle se lança. Elle ne fit rien pour faire taire les gnomes qui s'affolaient à lui crier des propositions ridicules et violentes.

Ce prêtre devait être un membre du comité organisateur de l'exposition et il avait évidemment entendu parler de ses suggestions. Et avec l'autorité qui lui était conférée, monsieur le Curé allait la mettre à sa place.

Au lieu d'avancer un peu, d'être plus accueillante, de chercher à cultiver l'empathie, elle avait fait trois pas vers l'arrière. À l'instant, elle n'avait aucunement envie de corriger son comportement venimeux envers Alfred.

Sans aucun doute, c'était lui qui avait expliqué ses suggestions absurdes aux membres de l'Association de l'exposition. C'était Alfred ! *Ach !* Certainement que oui. Il avait dévoilé ses escapades à cheval au curé, précisant qu'elle enfilait auparavant son pantalon, et il lui avait proposé de les lui interdire.

Elle n'était agenouillée que sur la jambe gauche. Son pied droit, elle le reposait sur sa plante dans une posture qui n'était ni exemplaire, ni d'une étiquette raffinée, ni délicate, ni même féminine. Ses deux mains étaient encore aussi serrées, et maintenant, sa mâchoire et son dos aussi étaient de marbre. Elle fixait le crucifix sans le voir en donnant libre cours aux *lucharachàins* qui s'époumonaient et se trémoussaient avec vigueur dans sa cervelle.

* * *

Félix était trop occupé par la récolte des pommes de terre et son bétail pour voir que sa femme avait perdu son air enjoué.

La blessure qui l'obligeait à demeurer dans la maison, sauf les quelques minutes où, avec l'aide de Félix, elle se rendait à son banc dans l'enclos de Jenny ou sur une buche à proximité des Clydesdales, expliquait bien son attitude morose, selon lui. Elle ne lui avait rien confessé des propos du curé, mais durant l'un des après-midis où elle devait se reposer sur le canapé, elle avait sautillé jusqu'à leur chambre à coucher pour y ramasser la Bible. Assise sur la courtepointe, elle avait lu le passage de saint Paul que lui avait recommandé le prêtre.

> « *Femmes, soyez soumises à vos maris, comme vous l'êtes au Seigneur. Car le mari est le chef de sa femme, comme le Christ est le chef de l'Église. Le Christ est en effet le Sauveur de l'Église qui est son corps. Les femmes doivent donc se soumettre en tout à leurs maris, tout comme l'Église se soumet au Christ.* »

À chaque mot, son humeur s'était assombrie davantage. Elle avait fermé le livre d'une claque et était retournée dans le salon en fulminant.

Est-ce que ce passage était dans leur Bible à Grand Tracadie ? Dans la Bible de sa grand-mère ? Cette femme ne s'était pas soumise à son époux. Pas comme cela était proposé dans ce passage. Si des papes et des rois avaient fait copier des versions de la Bible en y omettant certains passages, évidemment qu'ils en avaient fait rédiger d'autres pour satisfaire leurs désirs de pouvoir corrompu.

Elle tempêtait seule sur son canapé en songeant à Alfred, au curé, à saint Paul et à tous les hommes qui prônaient ces inepties. Elle frappa le dossier du divan, sa main heurtant le bois qui était quelque peu visible sous les coussins qui commençaient à user. Elle grimaça. Maintenant, elle avait mal au pied et à la main.

Elle allait se débarrasser de ce divan. Vraiment, il était devenu le symbole de ses souffrances. Elle allait le vendre à qui le voudrait. Non, elle le donnerait ! Elle le donnerait et s'en procurerait un tout nouveau avec l'argent qu'elle avait hérité. Sans même consulter Félix !

Voilà un pied de nez aux hommes, à saint Paul et au curé. Et à ALFRED !

— *The bloody eejit!* grommela un de ses gnomes.

— *Bloody dobber, he is!* rajouta un autre.

Och! que oui, elle voulait tous les écraser d'un coup violent sous le talon de son pied plâtré.

Le sang lui pulsait dans la jambe et ce plâtre maudit lui mordait la cheville. Elle aurait crié.

Félix la trouva ainsi, son pied cassé sur le dossier du canapé, les bras croisés sur sa poitrine et les yeux fixés sur le crucifix qui risquait de calciner sous son regard.

— Eva ?

Aucune réaction.

— Eva ?

Lentement, elle tourna le visage pour regarder son homme, cet homme qui, comme tous les hommes, ne serait pas satisfait avant d'avoir soumis toutes les femmes de la planète.

— Quoi ?

— Ça va ? Tu ne répondais pas à mes salutations. Au début, je pensais que tu dormais, mais tu es bien réveillée, tu avais les yeux grands ouverts.

Elle grimaça en levant les épaules.

Félix se mordit la langue pour ne pas grimacer à son tour.

Bon, voilà qu'il était certainement coupable d'une parole ou d'un geste qu'il avait posé à un certain moment dans le passé, et c'était aujourd'hui que sa femme allait se vider le cœur.

— As-tu envie d'aller au pot de chambre ?

Elle voulait dire que non, mais en réalité, il y avait un bon moment qu'elle avait beaucoup envie. Elle pouvait bien sautiller jusqu'à la petite chambre seule, mais c'était tout le fatras de fermer le rideau, de monter ses vêtements tout en se positionnant avec un seul pied capable de la soutenir qui était complexe. Malgré son envie, elle n'avait aucunement le désir de laisser Félix dans son intimité en cet instant.

Elle grommela en se levant.

— Tu es fatiguée d'être clouée au divan ? risqua Félix, qui souhaitait vraiment que ce fût ça qui aigrissait l'humeur de sa femme ce matin.

— Oui ! Oui ! Fatiguée ! Écœurée ! Fâchée !

— Boudée, contrariée et maline, osa-t-il d'un ton enjoué.

— Sors !

Il recula et tira le rideau derrière lui.

— Le fricot a bien mijoté. Je t'en verse un bol ? demanda-t-il. Ma femme devient contrariée quand elle a faim.

Silence. Il haussa les épaules et secoua la tête. La comédie n'avait pas marché, cela n'était pas de bon augure. Eh bien, inutile de la prier. Cela viendrait assez rapidement, sans doute en explosion. Il valait mieux se verser un bol et l'avaler à la presse avant la détonation.

— J'ai fini.

Il tira le rideau et lui offrit son sourire le plus radieux tout en ouvrant grand ses deux bras.

— Ta da ! Une belle femme de bonne humeur.

— Ah ! arrête tes niaiseries ! Tu n'es pas un magicien et je suis tout aussi vexée que je l'étais avant d'aller à la toilette. Tire-moi une chaise, s'il te plait.

Si son ton de voix était plus amical, il aurait été soulagé par ses paroles, mais elle crachait encore tous ses mots.

— OK, Eva, qu'est-ce que j'ai fait ? Vide-toi le cœur maintenant, qu'on s'en débarrasse, après on pourra prendre notre repas en paix.

— Mange ! Mange, Felix ! Je n'ai même pas faim, moi.

Pourtant, il y avait une bonne demi-heure que son estomac manifestait le jeûne depuis son dernier repas.

Félix lui tira une chaise et s'en tira une pour lui faire face. Il lui prit une main dans les siennes et plongea son regard dans les yeux de sa femme.

— Eva, je n'aime pas te voir comme cela. Chaque fois, cela veut dire qu'il y a quelque chose qui te chicote vraiment. Quand j'ai laissé la maison ce matin, tu étais de bonne humeur, il me semble. Mais là, tu es aussi ébouriffée qu'un porc-épic. Qu'est-ce qui s'est passé ? C'est moi qui ai fait quelque chose pour te causer du malheur, ou c'est que tu as mal au pied ou quoi ? Explique-moi ce qui se passe.

— Le prêtre m'a dit d'arrêter de monter à cheval, de faire mon devoir de femme et d'avoir des enfants, lui cracha-t-elle, les lèvres tordues par une moue.

Félix était bouche bée et silencieux en regardant le visage crispé de son épouse. Finalement, il s'esclaffa. Ses rires se gonflèrent en éclats. Il gloussait et se tapait la cuisse. Quand il le put, il toisa le visage de sa femme, qui était rouge de furie. Il dut essuyer les larmes qui lui coulaient maintenant sur les joues. Aoibhe avait toujours les bras croisés sur la poitrine, et plus Félix riait, plus ses boyaux se tordaient par la colère qui l'empoisonnait.

— Non ? souffla finalement Félix quand il put parler.

Il regardait Aoibhe et attendait une confirmation.

— *Och!* que oui ! Il a dit que quand j'aurais envie d'aller à cheval, je devais réciter le chapelet trois fois, et il m'a dit de contempler les écritures de saint Paul dans la Bible, qui parle de se soumettre à son homme.

Félix pouffa de rire encore une fois. Il sortit son mouchoir pour s'essuyer le visage.

— Mais, Eva, est-il passé à la maison, quoi ? Je n'ai vu personne ici, moi.

— Non, il m'a dit ça durant la dernière confesse. Il m'a dit de demander pardon au Seigneur, de prier pour l'absolution et de lire ce passage qui parle de soumission. Toi, tu ris, Felix, mais moi, je suis bien enragée, COMPLÈTEMENT FURIEUSE !

Elle frappa la table d'un coup de poing solide tout en respirant comme si elle venait de terminer une course. Malgré ses meilleurs efforts, Félix peinait à retenir ses larmes et ses secousses de rire.

— Et le pire, Felix, le pire, c'est qu'il m'a dit de ne pas me mêler des affaires qui sont mieux gérées par les hommes. Je sais qu'il parlait de l'exposition agricole. Et je sais que c'est Alfred qui lui a dit de me dire tout ça. Non ! Je dois arrêter d'y penser, sinon, je vais casser de la vaisselle, cracha-t-elle.

Subitement, elle s'affaissa. Toute la force la quitta. Comme une poupée de laine, elle laissa tomber la tête sur sa poitrine, ses deux bras le long de son corps. Son dernier commentaire et son air abattu venaient de rendre le sérieux à Félix. Finalement, il voyait le malheur qui accablait sa femme. Il se rendit compte que, depuis un bon moment, une ombre noire la suivait. Alors qu'il avait perçu chaque évènement individuellement, en réalité, ils se superposaient l'un sur l'autre de façon à écraser son épouse qu'il voyait maintenant complètement abattue devant lui. Il était vexé de constater qu'il avait été nonchalant devant ses multiples suggestions et ses protestations, et aveugle aux difficultés qu'elle éprouvait.

Encore une fois, il prit l'une de ses mains dans les siennes, massant doucement ses doigts. Elle demeura immobile et muette, le regard perdu.

— Eva, murmura-t-il. Eva, regarde-moi.

La femme ne bougea pas. Une larme tomba sur la main de Félix. Il se leva et tira son épouse contre son torse, la serrant fermement contre son corps. Du coup, la maitrise qu'elle avait maintenue sur le chagrin qui l'affligeait fléchit. Se mirent à couler autant de larmes qu'au moment du décès de ses parents, de la découverte de son certificat de naissance, devant les manifestations d'amertume qu'elle sentait de la part d'Alfred. À cela s'ajoutait le stress d'un déménagement dans une nouvelle communauté où tout, tout était nouveau et étrange, en plus de sa blessure qui la privait de ses escapades avec Jenny. Tout ça et les paroles du curé.

Félix demeura silencieux durant les pleurs de son épouse. Il la tenait fermement dans ses bras et la laissa vider sa peine. Finalement, elle se détacha en lui tournant le visage. Il lui offrit son mouchoir qu'elle passa sur ses joues et sous son nez avant de le lui rendre, tout sans croiser le regard de son époux. Il reprit sa main dans les siennes.

— Eva, je m'excuse. J'aurais dû voir que tu étais malheureuse. Je vais parler à Alfred.

— Non, non. Ne lui dis rien.

Mais elle évitait encore de regarder son homme par peur de se remettre à pleurer comme l'enfant gâté qu'elle se voyait.

— Je connais Alfred depuis longtemps, Eva. Il a ce ton de voix autoritaire, mais je te jure qu'il ne cherche pas à te blesser ou à te causer des soucis. Je vais lui parler.

— Pour lui dire quoi ? le coupa-t-elle. Pour lui dire d'être plus gentil ? De me sourire plutôt que de tordre la babine ? De m'offrir des encouragements plutôt que de critiquer ou de se moquer de toutes mes suggestions ? De me laisser m'immiscer dans les préparatifs de l'exposition ? D'arrêter de parler au curé de mes comportements peu féminins ? Non ! Laisse tomber. Ça va passer. Je ne veux pas que tu lui parles. Je veux régler mes rapports avec Alfred sans l'aide de mon époux, merci. Une femme a le droit de faire ça, au moins ?

Malgré les propos et la gentillesse de son homme, en son for intérieur, elle se sentait tellement seule, encore une fois abandonnée, rejetée, avec les mêmes boulets de plomb bien enchainés à ses chevilles.

— Que dirais-tu d'un voyage à Charlottetown, immédiatement après l'exposition agricole ? Tu pourrais endurer le voyage maintenant, tu penses ? On pourrait se prendre une chambre dans un hôtel de la capitale et y passer une bonne semaine. Cela te fera tout le bien de sortir de la maison, de voir la ville et ses rues animées. On pourrait passer à Grand Tracadie pour rendre visite à ta grand-mère. En plus, on pourrait aller visiter ma marraine et mon beau-frère, assister aux courses de chevaux.

Elle voulait se lever d'un bond, prendre son époux par le cou et danser tout le tour de la cuisine en chantant à pleins poumons, mais elle craignait que cette proposition ne fût pas vraiment envisageable.

— Voyons, Felix ! Tu as beaucoup trop de récolte à faire, nous avons les vaches et les autres bêtes.

— Pour la récolte, je pourrais demander à Edgar de m'aider un peu avec son tracteur, et je suis certain que mon frère demeurerait ici le temps de notre absence pour s'occuper des bêtes.

— Tu sais très bien que ton père a besoin de tous ses fils à la maison pour la récolte.

— Il restera encore quatre garçons à la maison, Eva. Je ne douterais pas que leur récolte ne soit déjà terminée.

Il voyait qu'elle hésitait, mais plus il y pensait, plus il trouvait que cela serait une excellente période de l'année pour une visite à la capitale et un petit répit du boulot qui était le sien.

— Qu'en dis-tu ? On pourrait partir après l'exposition, le lendemain si tu veux.

Inconsciemment, Aoibhe avait redressé la colonne et la grimace qui avait tordu son visage s'était décontractée. Elle serrait ses mains devant sa bouche en tapotant son grain de beauté, signe qu'elle réfléchissait. La trace d'un sourire se dessina doucement sur ses lèvres.

Félix aurait voulu se féliciter de lui avoir rendu son sourire, mais il se châtiait intérieurement d'avoir été aveugle aux tourments que vivait son épouse. Il voyait bien qu'elle ne ménageait pas ses efforts pour se faire un nouveau chez-soi avec lui dans ce village où tout lui était nouveau. Pourtant, il aurait dû prévoir qu'elle allait connaitre un certain malaise d'être si rapidement dépaysée et plongée dans une famille et un village où la culture et les habitudes devaient bien différer de ce qu'elle avait connu en grandissant – le manoir familial, la servante, le gaélique qui agrémente leurs conversations plutôt que le français. Elle n'en maitrisait encore que quelques mots. Sa grand-mère lui manquait évidemment, s'il en jugeait par le nombre de correspondances qu'elles s'échangeaient. Finalement, la vie sociale palpitante qu'elle avait connue dans la capitale, dans les hippodromes, devait bien laisser un vide qu'il n'avait pas anticipé.

Elle avait abandonné toutes ses activités, s'était éloignée de toutes les personnes qui composaient la famille qui l'avait vue grandir, en plus de son voisinage, pour le suivre. Elle devait bien s'ennuyer par moments.

Elle tourna son regard sur lui.

— Cela a dû être curieux de grandir dans une famille de quatorze enfants.

Il contempla sa femme et sourit.

— Ah ! pour être curieux, oui, cela a été très curieux par moments.

— Tu es chanceux d'avoir une belle grande famille.

— Et toi aussi maintenant. La moitié de la population des villages de la Baie-Egmont sont tes cousines et tes cousins.

— Cela est tellement bizarre, Felix. Je rencontre des gens maintenant en me demandant s'ils sont parents. Est-ce que tu connais les noms de tous tes cousines et cousins ?

— Oui, répliqua-t-il simplement en hochant la tête.

— Tous ? Mais il doit y en avoir des centaines.

— Cent-cinquante-deux, en tout.

— Cent-cinquante-deux ? Tu as cent-cinquante-deux cousins et cousines ?

Il sourit et hocha encore la tête pour toute réponse.

— Impossible.

— Plus jeune, quand nous voulions jouer une partie de baseball, on n'avait qu'à cogner à la porte de quatre maisons et il y avait déjà plus de vingt enfants dans le champ.

— Cela dut être difficile de se trouver une blonde si tu devais éviter la moitié des filles du village, proposa-t-elle en sourcillant.

Il s'esclaffa cette fois-ci.

— En fait, il n'était pas rare de passer une belle soirée avec une fille avant de constater qu'elle était l'enfant de l'une de mes cousines.

— Cela dut faire des rencontres de famille intéressantes.

— Ah ! ça, oui. Alors, qu'en dis-tu ? Je fais les arrangements pour une absence d'une semaine ? Ou deux même ?

— Il ne me reste que trois semaines avec ce plâtre ; alors, si on partait immédiatement après l'exposition pour une visite de deux semaines, dès notre retour, je pourrais enfin me débarrasser de ceci, dit-elle en levant la patte.

— Marché conclu ! Nous irons à l'exposition jeudi, et on prendra la route samedi. Cela te va ?

Elle dévisagea son époux un instant sans lui répondre.

— Je n'irai pas à l'exposition, Felix, ajouta-t-elle doucement.

Il lui prit la main encore une fois.

— Viens, Eva. Viens avec moi. Cela te fera du bien de sortir d'ici un peu et de voir autre chose que le plafond. Tu pourras voir des cousines.

Elle lui sourit.

— Comment veux-tu que je me promène sur les terrains de l'exposition avec ceci ? objecta-t-elle en levant sa jambe encore une fois.

Sous le regard perçant de son époux, elle hésita avant d'ajouter finalement :

— En réalité, je n'ai plus trop le gout d'y assister.

— Même pas pour m'appuyer dans mes compétitions ? Moi qui ai préparé nos plus jolies vaches et qui ai cueilli les plus belles pommes de terre ? Je te trouverai une table de piquenique et je te promets de ne te laisser seule pas plus de dix minutes à la fois. Et Pauline va certainement y aller. Vous pourriez passer une heure ensemble, non ? Et quand tu seras trop fatiguée, ou que tu ne pourras plus endurer d'être assise sur une planche de bois, je trouverai un cousin pour te reconduire à la maison si je ne suis pas disponible. Promis, promis. Viens ! plaida-t-il.

11

Promenade

Le soleil lui plombait sur la tête, et tout autour d'elle, un va-et-vient étourdissant se faisait. La même fébrilité se lisait dans les yeux des fermiers qui tourbillonnaient autour d'elle, comme sur le visage de son homme.

Félix avait guidé sa jeune épouse à une table de piquenique puis s'était éclipsé. Depuis l'aube, il avait déjà fait trois allers-retours entre sa propre grange et les terrains de l'exposition agricole. En conduisant sa femme à la foire, il n'avait pu calmer ses gigotements sur la banquette de sa camionnette en rabâchant que ses vaches devaient être brossées encore une fois avant le début des compétitions. Aoibhe le regarda maintenant s'éloigner au pas de course.

Presque aussitôt, Marjolaine à Gildas, une des nombreuses cousines, s'arrêta pour saluer la cavalière. La femme était arrivée avec quatre de ses dix enfants, un sur la hanche et trois accrochés à ses jupons. Aoibhe s'était étonnée de l'aisance avec laquelle la maman avait réussi à gouverner sa marmaille à travers la foule.

Marjolaine était évidemment très polyvalente, puisque maintenant, elle expliquait en détails minutieux la technique nécessaire pour confectionner ses nombreux tapis faits au crochet tout en faisant sautiller une bambine sur les genoux. Au début, Aoibhe avait bien essayé de se concentrer sur la description des tapis de la cousine, mais elle se laissa distraire par la petite famille.

Une fillette partageait sa pomme avec le poupon qui la rongeait de ses gencives rougies. Ses deux jeunes garçons attendaient patiemment un évènement quelconque. L'un tordait une boucle de la chevelure de sa mère sur ses doigts et l'autre se fraya une place sur une cuisse à côté de la bambine. Marjolaine passa un bras sur les épaules d'un fils, aida l'autre à grimper sur elle et colla une joue sur sa tête sans même interrompre son discours.

Aoibhe sourit. L'amour de cette maman pour ses enfants était palpable.

L'orpheline se souvint qu'elle avait parfois osé imaginer que sa maman, sa mère biologique, l'eût aimée autant. Pendant des mois après la découverte de son adoption, elle s'était monté des scénarios plus catastrophiques les uns que les autres, où la femme ne voulait que se débarrasser de son enfant, se défaire de cette gamine qui n'était qu'une nuisance. Elle s'était fait une image d'un papa qui avait été violent et grossier. Mais un jour, un beau jour, elle avait cédé aux élans de son cœur, s'était abandonnée à des fantasmes. Est-ce que le contraire n'était pas tout aussi possible ?

Est-ce que sa maman s'était retrouvée dans une situation impossible ? Elle avait fait face à des défis insurmontables. Elle avait été jeune, célibataire. Catholique. Elle avait confessé sa condition à des parents qui l'avaient rapidement expédiée du village pour que la situation soit « réglée » avant qu'elle puisse retourner à la maison. Ou sa pauvre mère était morte en couches et le bébé avait été placé aux soins des religieuses. Ou plutôt, son papa était décédé, et seule, sa maman ne pouvait élever sa famille. Elle avait dû se résigner à abandonner sa fille en priant que d'autres puissent lui offrir une vie meilleure – un foyer sécuritaire, une table bien garnie, un père et une mère qui l'aimeraient.

Est-ce que, les jours de son anniversaire, sa maman lui murmurait des souhaits pour une année de santé et de bonheur ? Est-ce qu'elle contemplait le ciel étoilé en implorant les anges de faire rayonner sur sa fille tout l'amour qu'elle ne pouvait elle-même lui témoigner ? Est-ce qu'elle aussi versait des larmes qui ne réussissaient pas à consoler sa peine, à desserrer les étranglements qui étouffaient chacune de ses inspirations depuis la rupture du lien entre la maman et sa fille ? Avant même d'approcher l'orphelinat, est-ce que sa maman avait déjà le cœur déchiré par cette absence qui allait la hanter jusqu'à la tombe ? Avait-elle repensé à sa fille, tout aussi souvent que sa fille pensait à elle ?

Immanquablement, ces fantasmes étaient supplantés par les cauchemars.

Les semaines qui avaient suivi le décès de ses parents, une force fiévreuse l'avait attirée à Charlottetown. Sans aviser sa grand-mère de sa destination, elle prenait l'autobus jusqu'à la capitale. Inévitablement, ses pas la menaient à l'orphelinat. C'était sadique, ces marches. La vue de la structure imposante lui tordait un étau sur le cœur. Aoibhe ne pourrait compter le nombre de fois qu'elle s'était postée dans la rue, devant l'orphelinat où elle avait été donnée, où ses parents MacLeod s'étaient résignés à consulter dans leur quête pour avoir un enfant.

Depuis le trottoir, elle faisait une étude de toutes les fenêtres, en partant du rez-de-chaussée jusqu'au troisième étage. Derrière quelle fenêtre avait-elle été bannie ? Avait-elle eu accès à une vue de l'extérieur ? Du ciel ? Des étoiles ? De la rue où sa mère s'était sauvée ? Ou avait-elle plutôt été gardée dans un large dortoir avec d'autres enfants qui fixaient la porte par où, occasionnellement, miraculeusement, entraient des couples à la recherche d'un bambin pour ajouter à leur famille, mais qui devaient se consoler en adoptant une fillette ?

Une porte colossale sous un auvent supporté par des colonnes aristocratiques confrontait les visiteurs. Est-ce que les abandonnés entraient par cette porte ? Sa maman avait-elle sonné là avant de convaincre son enfant d'attendre qu'on réponde alors qu'elle-même s'était éclipsée au pas de course ?

Aoibhe avait peine à concevoir qu'il était acceptable que les mères montent ces escaliers, un enfant à la main, pour sommer une bonne sœur. Cela ne respectait certainement pas la discrétion exigée par les religieuses qui géraient l'établissement. Non, plutôt, les femmes, basculant sous un gros ventre qui menaçait de s'ouvrir, ou chargées d'un enfant, d'un fardeau dont elles souhaitaient se défaire, devaient bien avoir été avisées par d'autres d'une entrée clandestine à l'arrière de l'édifice. Là, cloitrées par l'obscurité de la nuit, on les laisserait entrer afin d'accomplir ce dernier geste maternel avant qu'elles sortent encore à la tombée du jour, laissant derrière elles des nouveau-nés, des bambins pour qui elles n'avaient aucun attachement, aucun désir de les ramener à la maison, emmaillotés serrés, pour présenter fièrement à la famille.

Combien de fois s'était-elle rendue à la capitale pour des courses quelconques, puis avait constaté que ses pieds l'avaient encore guidée devant l'orphelinat Saint-Vincent-de-Paul ? Combien de fois avait-elle épié les va-et-vient de tous ceux qui y entraient ou qui en sortaient ? Les adultes étaient rares, mais les petites religieuses, journalières – des jeunes femmes de son âge, avait-elle constaté. Elles sortaient toujours deux par deux, marchaient le long de la rue en s'arrêtant à tous les commerces, mais sans y faire d'achats.

Un jour, Aoibhe les avait suivies. C'était quelques mois après le décès de ses parents et de la découverte de ses documents d'adoption, au printemps de 1945, se rappela-t-elle. Ce jour, Aoibhe s'était encore laissé séduire par l'orphelinat qui trônait sur un coin de rue dans la capitale provinciale. Elle s'était faite discrète et avait suivi les petites sœurs. Elles quêtaient ! De porte en porte, elles s'arrêtaient pour quémander quelques sous afin de boucler un budget qui devait bien se gonfler avec l'arrivée de chaque petite bouche affamée.

Clouée sur place, les deux jambes tremblantes, elle avait attendu que les religieuses sortent du petit épicier en s'imaginant toutes sortes de scénarios effrayants que les femmes risquaient de dévoiler sur les conditions de vie des enfants qui étaient cachés derrière les murs de briques rouges.

Craignant de perdre courage, elle s'était précipitée vers les deux sœurs dès qu'elles mirent les pieds sur le trottoir.

— Bonjour, avait-elle lancé.

— Bonjour.

Aoibhe les avait fixées, muette et paralysée.

— Mademoiselle ?

Leur réponse, prononcée à l'unisson, avait été une véritable question. Aoibhe n'y avait pas répondu. Plutôt, c'était elle qui voulait poser des questions, toutes sortes de questions, tout savoir des activités qui se passaient à l'intérieur de l'orphelinat, mais il n'y avait que des larmes qui avaient menacé de jaillir de ses prunelles noires.

— Auriez-vous quelques sous pour les enfants de l'orphelinat, mademoiselle ?

— Vous... vous travaillez à l'orphelinat ? avait-elle finalement réussi à verbaliser.

— Oui, mademoiselle. À Saint-Vincent-de-Paul. Les enfants qui y sont ont besoin de nous. Ils ont besoin de vous.

— Bien que nous ayons un petit jardin que nous cultivons, le nombre d'enfants ne cesse d'augmenter.

— Nous n'avons pas le choix de demander aux citoyens de nous aider, s'ils le peuvent bien sûr, afin de nous permettre de les nourrir.

— Et de les habiller.

— Vous auriez quelques sous, mademoiselle ?

Elle avait ouvert son sac à main, ses doigts avaient tremblé aussi violemment que ses genoux, et c'était en fouillant qu'elle avait finalement osé poser ses questions.

— Il y a beaucoup d'enfants dans cet orphelinat ?

— Eh bien, avant la Seconde Guerre mondiale, les enfants nous arrivaient chaque jour. Même s'ils nous arrivent en moins grand nombre maintenant, il y en a encore plus de soixante à l'orphelinat aujourd'hui.

— D'où viennent-ils tous ? Est-ce qu'ils réussissent tous à trouver des familles ?

— Il y a beaucoup de jeunes femmes qui se laissent tromper. Malheureusement, ce sont les enfants qui paient pour ces péchés, avait lancé une petite sœur avec une mine scrupuleuse.

— Mais d'autres, plusieurs, sont de véritables petits orphelins qui ont perdu père et mère, avait rapidement intercédé la deuxième.

Avait-elle craint qu'Aoibhe retienne ses sous si ce n'était que pour les enfants de femmes répudiées ? C'était ça la vision que les gens avaient de l'orphelinat, des enfants ? Alors elle, elle était le résultat d'un péché ? Une intruse qui avait bousculé la vie amoureuse d'une femme qui s'était vue rejetée après avoir plié sous les baisers et les caresses d'un homme qui, dans le fond, ne voulait pas l'aimer, un homme qui, le lendemain, aurait oublié la femme qui s'était donnée la veille. Une femme qui avait dû connaitre une angoisse et une panique quand son corps avait exhibé les signes d'un péché qui lui grossissait dans le ventre, un péché qu'elle ne pourrait cacher, un péché qui allait la voir excommuniée, rejetée, répudiée. Et cette femme avait eu à marcher sur ces trottoirs jusqu'à l'édifice aux briques rouges, sonner à la porte majestueuse, baisser les yeux devant le regard accusateur de la religieuse qui avait dû la fixer avant de la guider vers un lit quelconque jusqu'à ce qu'elle soit débarrassée. Et les hommes, dans ces histoires ? Aucun souci ?

— Mais ces beaux petits enfants, peu importe leurs circonstances, ils ont besoin de nous, mademoiselle.

— Est-ce qu'ils sont tous de Charlottetown, les orphelins ? avait-elle bredouillé.

Les religieuses s'étaient regardées. Est-ce que leur patience et leurs réponses réussiraient à soutirer les quelques pièces de monnaie qui roulaient sous les doigts de la demoiselle qui fouillait encore dans son sac à main ?

— Oh ! ils viennent de partout dans la province, mademoiselle.

— Vous connaissez l'origine de chaque orphelin ?

— Non, non, avait répliqué la deuxième précipitamment. Leurs origines nous sont inconnues, tout comme leurs familles d'accueil ou leurs familles adoptives à la fin de leur séjour ici. Vous comprenez, mademoiselle, la discrétion est de mise dans un tel établissement.

— Vous auriez quelques sous pour venir en aide à ces enfants ? avait encore demandé la première, qui avait visiblement cherché à poursuivre sa besogne.

— Alors, quelqu'un qui chercherait à adopter un enfant de cet orphelinat n'a qu'à se présenter à la porte ?

Soudainement, les deux jeunes religieuses s'étaient montrées plus patientes. L'une des deux avait scruté la jeune femme qui se tenait devant elle. Son manteau de fourrure, ses souliers et ses gants de cuir témoignaient d'une vie confortable, privilégiée. Combien d'enfants pourrait-elle prendre ?

Cette même religieuse avait placé une main sur la manche d'Aoibhe et lui avait chuchoté :

— Madame, vous et votre époux n'avez qu'à sonner à la porte, la mère supérieure sera heureuse de vous accueillir pour vous expliquer la démarche.

— Cela se fait assez rapidement, madame.

— Et discrètement. Vous n'avez pas à vous inquiéter, avait ajouté précipitamment la première.

Aoibhe avait été estomaquée. Quel âge avait eu sa mère quand elle s'était présentée avec son père à l'orphelinat ? Pas beaucoup plus vieille qu'elle-même ne l'était en cet instant, certainement. Adopterait-elle un enfant à son tour ? Pourrait-elle offrir à une gamine la même occasion qu'elle avait eue ?

Elle lui dirait qu'elle est adoptée. Dès le début, elle le lui dirait, pour lui épargner le choc d'apprendre cette réalité affreuse par après, quand elle pensait être l'enfant biologique de ses parents, quand elle jurait être Écossaise malgré ses traits qui criaient le contraire, quand elle se pensait l'enfant le plus aimé de son papa avant de constater qu'elle avait été rejetée avant même de toucher ses quatre ans.

Aoibhe avait visualisé cette possibilité.

Dans ce cas, est-ce que l'enfant vivrait toute sa jeunesse, toute son adolescence en sachant que, dès le début, elle n'avait pas été voulue ? Est-ce qu'un jeune enfant pouvait comprendre un tel fait dans un cerveau en développement sans se laisser abattre par la vérité ? À l'âge adulte, cette nouvelle l'avait complètement bouleversée, elle.

Est-ce que ses parents allaient lui dire qu'elle était adoptée, à ses vingt ans, disons ? Peut-être que, finalement, ses parents ne voulaient pas la tromper. Peut-être que, finalement, ils n'attendaient que le moment opportun pour lui dévoiler ses origines, quand elle serait assez vieille pour comprendre la beauté de son adoption malgré les circonstances difficiles qui avaient provoqué leur besoin de se rendre à l'orphelinat pour avoir une petite famille, sans parler des évènements dramatiques qui l'avaient conduit là, elle.

Comme ses parents avaient dû souffrir de voir les familles accueillir des bébés dans leurs maisons, alors qu'année après année, ils demeuraient seuls. Avait-elle été l'enfant rêvée ? Les avait-elle comblés ? Avait-elle été difficile ? Gâtée ? Pleurnicharde ?

Elle qui avait passé des semaines, des mois à juger les parents qu'elle avait eus, jamais une fois n'avait-elle pensé à l'enfant qu'elle avait été.

Son point de vue avait complètement été chamboulé. Encore une fois, elle avait eu à évaluer la relation avec ses parents non pas en jugeant ce couple qui l'avait adoptée, aimée, mais en repensant à ses colères d'enfant gâté, à ses crises d'adolescence. Avait-elle été la réponse à leur rêve, ou un cauchemar, un enfant difficile ? Est-ce qu'un enfant qui demeurait dans sa famille toute sa vie devait vivre ce questionnement, cette torture ?

Aoibhe avait finalement tiré trois gros billets de son portefeuille pour les tendre aux jeunes religieuses.

— Merci de prendre soin de ces enfants, avait-elle bredouillé.

Aussitôt, elle leur avait tourné le dos et s'était éloignée sur ses jambes qu'elle trainait, ses jambes ligotées par de lourdes chaines qui tiraient des boulets de plomb plus lourds encore.

* * *

— Est-ce que tu veux venir voir les tapis en exposition ? Je pourrais t'aider.

Silence.

— Eva ? Eva ?

Elle cligna des yeux. Le visage de la cousine qui s'était transformé dans le visage de l'une des petites religieuses reprit son apparence naturelle.

— Pardon ?

— Je pourrais t'aider à te rendre à la salle d'exposition des œuvres artisanales, si tu voulais.

— *Hullo*, ma tante ! *Hullo !*

Odette arrivait au pas de course accompagnée de plusieurs amies, ou probablement de ses cousines, pensa Aoibhe qui avait tourné la tête au son du cri. Un large sourire se dessina sur le visage de la femme à la salutation aux saveurs écossaises que lui avait offerte sa nièce.

— *Hullo*, Ôdette. *Fit a bonny day,* lui hucha-t-elle en réponse.

Derrière le groupe de filles, Diane gambadait aux côtés de Pauline, qui s'avançait en dodelinant telle une brebis ouatinée d'une toison luxueuse qui branle à chaque pas. Elle avait rangé son tablier, s'était coiffée d'un mouchoir et portait son sac à main sur son bras. Elle s'arrêta pour saluer une voisine, la femme d'un tel, du fils d'un tel, du fils d'un autre à Alyre à Jacques à Samuel à Ferdinand, ou quelque chose du genre, pensa Aoibhe en souriant. Ou, là encore, c'était probablement une cousine, concéda-t-elle.

Son cœur se gonfla à la vue de la fermière. Si elle avait pu avoir une sœur dans son jeune âge, elle aurait certainement choisi Pauline. Même sans faire de grandes démonstrations affectueuses, elle sentait de la part de cette femme un véritable amour qu'elle réussissait à transmettre rien que par les yeux. Et ses mains, corrigea la cavalière. Avec toute sa douceur, elle n'avait qu'à poser une main sur un bras. Le contact était électrique. L'amour, l'encouragement ou le soutien qu'elle voulait transmettre coulait dans ce circuit jusqu'à l'âme de l'autre.

— Est-ce que j'arrive à temps ? demanda la fermière en s'approchant finalement de la table, un peu essoufflée et en se tamponnant le front et le nez, qui étaient perlés de sueur.

— À temps pour quoi ? demanda Marjolaine à Gildas.

— Martin est dans les compétitions de traite de vache et il m'a fait promettre d'être là pour l'encourager.

Quelques voisines s'arrêtèrent à leur table pour les saluer, et en peu de temps, une dizaine de femmes s'étaient regroupées autour de la cavalière.

— Martin s'intéresse aux vaches ? demanda la cousine.

— Ah ! s'il y a de l'argent à gagner, il s'intéresse à ça vite assez.

— Et où est Richard ? lui demanda Aoibhe.

— Il avait un gros vingt-cinq sous dans les poches. Je ne serais pas surprise qu'il soit aux jeux de chance, hasarda-t-elle en tournant les yeux vers les petits stands qui avaient été aménagés sur le terrain et dans lesquels plusieurs jeux se jouaient.

— S'il est aux jeux de chance, il aura déjà perdu ses sous, proposa une voisine.

— Non, pas Richard. Il va faire le tour cent fois avant d'oser mettre ses pièces à risque, précisa la fermière.

Elle soupira et ajouta :

— Il se lamentera sans doute toute la soirée. Je ne comprends pas pourquoi ils appellent ça des « jeux de chance ».

Les femmes grognèrent en hochant la tête.

Odette demanda discrètement à sa mère la permission d'aller voir les chatons et les lapins dans quelque grange avec ses amies. Après quelques murmures entre la mère et la fillette, elle prit sa petite sœur par la main et les enfants s'éloignèrent en sautillant.

— Les hommes aussi vont se lamenter, en ajouta une autre. Sainte et *boune*, avez-vous passé dans les bâtisses ? Y a *djâre* le nombre de bêtes qu'y avait coutume d'*aouar* dans l'passé, commenta une voisine sans penser de traduire son discours pour Aoibhe.

— C'est de même depuis la *dgârre*, en rajouta une autre. Quand les soldats sont r'venus, y *avont* pas tous retourné à la *tarre*.

— Y *avont* belle à rouvrir l'*expositiang* aux autres paroisses, avisa une autre.

— Laisse pas mon homme attendre tes discours. Y est *boundé* que les *farmiers* de Summerside *ayont* pas la chance de v'nir se mêler à notre *exhibitiang*. Y en *avont* déjà *yune*.

— Ben y a *pu* rien à *ouar* dans les granges *icitte*, protesta une autre. Y *voulont* pas que les *farmiers* d'ailleurs gagnent tous les *compétitiangs*, ben c'est *toujou* ben les mêmes *farmiers* d'icitte qui *remportont* tous les prix. C'est ceux-là qui crient le plus fort aux *réuniangs* des directeurs : « Pas de *farmiers* du *Tchai icitte* ! » s'exclama-t-elle d'une grosse voix dramatique en mimant un homme.

Les femmes rirent en imaginant la scène que celle-là peignait. Aoibhe força un sourire sur ses lèvres alors que dans sa tête elle s'appliquait vite à rassembler les quelques mots qu'elle avait réussi à décortiquer en tentant de suivre le discours. Ces mots étaient peu nombreux.

Son visage dut révéler ses échecs. Une voisine s'adressa à elle en anglais.

— Ce n'est pas comme l'année que ton père était lieutenant-gouverneur et que vous êtes venus en faire l'ouverture, rappela celle-ci.

— Ah ! celle-là, c'était une bonne année pour l'exposition, acquiesça une autre.

— La meilleure.

— L'association de l'exposition venait juste de tout déménager sur ce terrain-ci. Ils y ont même charroyé le vieux palais de justice pour nous faire une cuisine, précisa une troisième.

Les femmes hochèrent la tête à l'unisson.

— C'est rendu qu'y a plus de femmes qui participent aux *compétitiangs* de l'*expositiang* que d'hommes pareil. Avez-vous vu tous les travaux d'artisanat c't'année ? C'est sûr, Marjolaine, que tu vas encore gagner pour tes tapis *hookés*.

La cousine rougit à la suggestion. Aoibhe avait compris ce bout de conversation même si elle fut prononcée en français. Elle se promit d'aller voir ces travaux malgré les démangeaisons sous son plâtre qui commençaient à la faire gigoter sur son banc.

— Ah ! ça doit être l'heure des concours de vache. Regardez les hommes qui se ramassent, en ajouta une autre qui pointait vers l'aire de compétition à l'arrière du territoire.

Un défilé de vaches, guidées par les fermiers endimanchés, faisait la file dans l'enclos.

Chaque bête avait été choisie avec attention par des agriculteurs qui avaient passé des heures à les considérer toutes et chacune. Ils avaient évalué la courbure de leurs échines, la largeur des hanches et la taille des mamelles. Leurs enfants avaient été bien avisés de les laver avec soin et de les traire tôt le matin afin qu'elles aient tout le temps nécessaire pour se gonfler encore avant les compétitions.

À l'heure de l'épreuve, les vaches seraient reluisantes, et sur des sabots pointus, des jambes fines et élégantes, des cuisses bien nanties et une paire de hanches solides, elles se pavaneraient devant les juges pour leur montrer leurs pis et ses trayons engorgés. Tous pourraient attester qu'elles étaient, évidemment, des bêtes à faire sourciller le plus difficile des fermiers.

— Eva, viens. Allons voir si on peut se frayer un chemin pour voir Félix et Edgar avec leurs bêtes.

Cela était un véritable travail pour elle de manœuvrer ses béquilles sur le terrain irrégulier et surtout à travers les gens du voisinage qui, à tous les quelques pas, les arrêtaient pour les saluer. Finalement, elles arrivèrent à proximité de l'aire des compétitions, où le sérieux régnait.

Comment Alfred avait réussi à devenir l'un des juges, cela échappait à la cavalière, mais il était bien là, se donnant des allures d'importance. Il faisait le tour de chaque bête, l'inspectait du museau au bout de la queue pour examiner chaque partie de son anatomie, notant sans doute tous les petits défauts afin de lui attribuer une cote plus ou moins flatteuse.

Son rôle lui allait drôlement bien, constata Aoibhe. *Och!* comme elle connaissait ce regard critique et désapprobateur qu'il offrait maintenant aux vaches de ses voisins. Elle sympathisa avec les bêtes.

La foule était tranquille, assise dans des gradins, ou appuyée à la clôture. Des agriculteurs chuchotaient en pointant une vache ou une autre.

Quel contraste entre cet évènement et les courses de chevaux! Là, les gens se levaient d'un bond à la vue des coureurs qui s'alignaient derrière l'autostart. Dès le départ, ils criaient des encouragements aux compétiteurs, piétinant de droite à gauche en suivant les chevaux autour de la piste, pointaient l'échappée de leur préférée, et finalement se réjouissaient ou se désolaient des résultats à la ligne d'arrivée. Infailliblement, une avalanche de billets de parieurs pluvotait sur les gradins, l'évidence des sous perdus aux gageüres.

Vraiment, une petite course entre Félix et sa petite jument aurait été un ajout agréable à l'atmosphère ici. Aoibhe scruta la foule en essayant d'imaginer la réaction de ces fermiers à un tel spectacle. Au contraire d'Alfred, elle était d'avis qu'ici aussi les gens s'amuseraient bien d'un petit sprint épatant.

— Voilà Félix, chuchota Pauline en levant le menton vers le prochain groupe de fermiers qui s'avançait dans l'arène, accompagnés de leur plus belle vache.

Certaines de ces bêtes n'avaient pas l'air très amusées à l'idée de devoir s'avancer encore alors que le pis leur cognait les genoux, de devoir croiser les jambes ou pointer un sabot. Certaines s'obstinaient en agitant la tête et en ralentissant le pas, toisant l'agriculteur de leurs yeux énormes. Les fermiers avaient donc à s'accrocher à la bride de l'animal et à tirer la bête bornée.

— Cela est un évènement représentatif des avancements dans la science de l'agriculture ? s'étonna Aoibhe. On dirait plutôt un étrange concours de beauté.

La fermière rigola et hocha la tête en assentiment et ajouta :

— Les vaches avec les cavaliers, proposa-t-elle. Je peine toujours à effacer l'image d'une danse carrée quand je vois ces concours. *Do-si-do ! Sashay ! Promenade !* fredonna Pauline.

Aoibhe toisa la fermière, puis se retourna encore vers le spectacle dans l'arène. Une dizaine d'agriculteurs, escortés de leurs bêtes, se suivaient tout le tour de l'arène. Les hommes marchaient sur les sabots pour encourager une pose, tournaient les vaches à droite ou à gauche afin de montrer aux juges les meilleurs attributs de leurs créatures puis paradaient encore à l'unisson.

Aoibhe pouffa de rire. Heureusement, l'une des vaches beugla de façon à étouffer son manque de délicatesse devant le sérieux de l'évènement.

— *Och !* Pôline ! Maintenant, c'est à toutes les quadrilles que je vais avoir ces images dans la cervelle au moment de prendre la main de Felix au son d'un violon et d'un accordéon.

— Promets-moi que tu ne vas JAMAIS parler de cette conversation à Félix ou à Edgar, pria Pauline en lui décochant un avertissement.

— Juré, craché !

— Sainte et boune, mon homme me bouderait d'ici à Noël s'il entendait mes discours écervelés au sujet de ses charmantes vaches. Vraiment, je ne sais pas comment m'entrent ces idées dans la tête. Mais regarde.

La fermière leva encore le menton en direction de compétiteurs, ferma les yeux, se mordilla les lèvres et se remit à chantonner :

— *Circle left. Roll away to a half sashay. Do-si-do. Promenade !*

Comme Pauline, Aoibhe s'efforça de refouler son rire. D'habitude, c'était elle qui imaginait des drôleries du genre. Elle s'émerveilla en constatant qu'elle partageait bien des caractéristiques avec la femme.

La cavalière posa une main sur le bras de la fermière. Les deux souriaient toujours alors que les vaches défilaient en mannequin, posaient, faisaient la révérence. Finalement, les décisions étaient prises et les plus voluptueuses couronnées.

Aoibhe grogna intérieurement en constatant qu'un bovidé de Félix avait été récompensé. Maintenant, toutes les conversations finiraient bien par tourner autour des attributs de son troupeau et de la recherche d'un taureau viril à trouver avant le printemps.

Quand les défilés de vaches étaient terminés et que tous les rubans convoités avaient été distribués aux bêtes les plus séduisantes, la foule se dispersa, mais pour se diriger vers un autre coin des terrains de l'exposition. Malgré sa jambe qui la démangeait royalement sous son plâtre, Aoibhe pria Pauline de l'accompagner aux concours de traction de chevaux.

Des étalons mastodontes, attelés à un traineau sur lequel on avait empilé plusieurs centaines de kilos, s'affrontaient les uns après les autres. Encouragées par les hommes, ces bêtes s'élançaient, enfonçant leurs sabots dans le sol à en faire trembler la terre sous les pieds des spectateurs. Le traineau était donc tiré d'un bout de l'arène à l'autre. On ajoutait graduellement du poids afin de réduire le nombre des compétiteurs. Finalement, une paire d'immenses Clydesdales était seule à réussir le défi écrasant.

Aoibhe tapotait son nævus et fixait ce traineau, convaincue qu'aucun poids n'eut été au-delà de la portée de Big Ben et de Jack.

— Bonjour, les dames.

Les femmes se retournèrent et virent Alfred qui s'avançait, une assiette dans les mains.

— Ah ! le beau *chiar* ! s'exclama Pauline. *Yoù* c't'as pris ça ?

— Un petit cadeau pour les juges, de Simonne à Léo à Joe Frederick.

— Pardon ? Qu'est-ce que vous avez dit ? demanda Aoibhe en riant. Vous n'avez prononcé qu'une parole chacun, mais c'était si rapide que je ne peux imaginer que vous avez vraiment eu une conversation.

— Alfred m'a simplement expliqué qu'il avait reçu ce « chiar » de l'une de nos voisines : Simonne à Léo à Joe Frederick, précisa Pauline en souriant.

— Simonne à Léo à... Ah ! C'est elle qui habite juste à côté de la fromagerie ?

— Non, celle-là, c'est Simonne à Patrick à Jim Mocauque.

Aoibhe baissa la tête pour masser ses temples.

— Et comment as-tu nommé ce plat ? exigea-t-elle sans même relever le visage.

— C'est du « chiar ».

Aoibhe fusilla la fermière d'un regard réprobateur.

— *Chiar* ? Il me semble que tu m'avais dit que ça, c'était de la... de la « rapoure », objecta-t-elle.

— Eh bien, oui. Mais parfois, on dit aussi « chiar ».

— *Och !* Juste quand j'ai l'impression de faire un peu de progrès, j'apprends que vous avez plusieurs mots pour le même plat, sans parler de tous ces gens des paroisses qui comptent trois à cinq prénoms. *Ma heid's mince.*

La fermière ne put retenir le rire qui détona derrière sa main et qui résonna dans tout son corps, provoquant un petit séisme qui lui fit trembler le ventre.

— *Ma heid's mince!* Tu as les plus belles expressions, ajouta-t-elle, toujours en riant.

— Et toi, alors? « Sainty boone! » Ça veut dire quoi exactement? C'est un saint dont je n'ai jamais entendu parler, celui-là.

Pauline s'esclaffa à gorge déployée. Elle secouait la tête, ferma les yeux et cacha encore sa bouche derrière une main tandis qu'elle agitait l'autre vigoureusement devant son visage en tentant de chasser les images qu'Aoibhe venait de lui planter dans l'esprit.

— Honnêtement! vous deux. Je me demande souvent où vous trouvez les idées pour vos discours, marmonna Alfred en secouant la tête. Comment as-tu trouvé nos concours de vaches, Eva? lui demanda-t-il entre deux bouchées.

— Fascinant! lança-t-elle trop rapidement tout en levant les yeux vers le ciel.

Aussitôt, elle se mordit la langue en sacrant intérieurement à sa réponse trop irréfléchie. Vraiment, cette amertume qu'elle nourrissait envers Alfred lui donnait l'allure d'une ingrate qui n'arrive que difficilement à supporter le style de vie des gens qui composent les communautés dans lesquelles elle jurait vouloir faire partie.

Alfred mastiqua sa bouchée lentement avant de répliquer.

— Je suis content de savoir cela. Je craignais qu'une femme de la grande ville, habituée aux spectacles de vitesse et de courses frénétiques, ne puisse saisir les délicatesses et les complexités de ces concours.

Elle n'arrivait pas à trouver une riposte. À vrai dire, elle avait mérité cette réplique salée. À ses côtés, elle voyait Pauline qui avait détourné le regard et tordait les anses de son sac à main, cherchant à éviter ces moments de tension qui se développaient toujours trop facilement entre elle et Alfred.

La femme redressa les épaules, s'accrocha un sourire aux lèvres et s'efforça de répliquer avec gentillesse.

— Évidemment, nous ne sommes pas à une piste de course, mais les épreuves sont d'une grande variété. J'aime bien voir les produits des fermes avoisinantes et ces gros étalons, précisa-t-elle en tournant le visage vers l'aire de compétition. Comme tu me l'avais expliqué, cette journée occasionne sans doute de belles discussions entre les fermiers au sujet de la science de l'agriculture. À l'instant, Felix lui-même est certainement en pourparlers sérieux avec le propriétaire d'un taureau. En plus, on a l'impression que tous les habitants des paroisses avoisinantes se sont réunis pour une belle grande fête. *Ach!* Pôline. Je ne me suis pas encore rendue voir les œuvres artisanales et les tapis de Marjolaine, et vraiment, ma jambe me tourmente depuis un bon moment. Une chaise me ferait du bien. Tu m'accompagnes ?

Comme elles allaient faire leurs salutations, le curé s'avança vers le trio. Lui aussi savourait un morceau de ce mets acadien qui, quoique très peu élégant, réussissait à parfumer la brise de ses épices alléchantes.

— Mesdames Arsenault, susurra-t-il.

Aoibhe avait l'impression que le sourire sur son visage était tordu par la moquerie. Les joues lui chauffaient en repensant à sa dernière confession, à cet homme qui se cache derrière un grillage sans doute persifflant les secrets de ses voisins avant de les soumettre à des punitions auxquelles lui-même n'avait pas à se soumettre.

— *Bloddy eejit!* lui chuchota un farfadet.

Elle se frotta une oreille pour faire taire les gnomes qui s'apprêtaient à faire la fête dans sa tête et lui proposer des gestes absurdes mais libérateurs.

— Bonjour, père Poirier, répliqua Pauline. On a un beau soleil pour l'*exibitiang*.

— Splendide, marmonna-t-il en avalant une belle grosse bouchée. Les bonnes dames du sanctuaire avaient promis de réciter des chapelets pour que le Seigneur nous accorde une belle journée. Elles ont bien réussi.

— Sainte et *boune*, j'ai même entendu dire que y en avaient qu'*avont* accroché *leux* chapelets su' la ligne à *hardes*, ajouta Pauline, qui émit un petit rire nerveux.

Elle avala aussitôt ses éclats et, à voir ses joues rougir, il était évident que la fermière se châtiait d'avoir osé cette déclaration. Le curé y voyait probablement un sacrilège.

Aoibhe avait appris à suivre les conversations françaises en considérant les gestes et les intonations. Jamais elle n'avait vu des gens utiliser leurs bras et leurs mains aussi vigoureusement pour pimenter leurs discours. Pauline, dans sa cuisine à râper une montagne de pommes de terre ou à pétrir sa pâte à pain, ne lançait pas moins les bras à droite et à gauche lors d'une conversation animée.

En plus des gesticulations, les francophones de ces communautés acadiennes safranaient leur dialogue de mots anglais aussi librement qu'ils saupoudraient tous leurs plats de sarriette. La cavalière demeurait attentive au vocabulaire en souhaitant reconnaitre un mot par hasard, mais tout était verbalisé si rapidement qu'elle n'arrivait que rarement à y discerner quelques mots. De plus, à voir l'expression de Pauline ici, ce curé déclenchait évidemment une retenue chez ses paroissiens. La fermière s'était recroquevillée et ne laissa que sa tête dandiner d'un côté et de l'autre, ses mains agrippées et immobiles sur son sac à main. En plus de sa tête, il y avait son postérieur aussi, qui s'agitait un peu à la cadence de ses pieds qui trépignaient nerveusement.

— Les hommes du comité organisateur ont fait un beau travail encore cette année, lança le curé en anglais afin d'inclure Aoibhe dans la conversation.

Est-ce que cette remarque lui était dirigée particulièrement ? Bien qu'elle s'imaginât trop souvent que tous les petits commentaires cinglants étaient des flèches qu'on lui lançait, elle sentait dans celui-là un dard piquant.

— Vous êtes d'accord, madame Eva ? Les hommes ont réussi à monter une exposition agricole tout aussi fabuleuse que dans les communautés avoisinantes.

Elle serra la mâchoire avec une force capable de lui faire éclater toutes les dents. *Och! Aye!* Il était clair, très clair, que monsieur le curé lui rappelait sa place, encore une fois.

— *Gan! Gan! Gie it to im!* s'époumonait un farfadet.

— *Bloody eejit!* renchérit un autre.

— Oh! oui mon père, fantastique. Mais il me reste encore à visiter la collection des travaux artisanaux qu'ont préparée les femmes. Justement, une cousine qui est mère de famille de dix enfants a trouvé le temps de fabriquer des tapis dignes d'un prix de première place, selon les ouï-dire. Elle est une véritable inspiration. J'allais justement étudier ses chefs-d'œuvre. Bonne fin de journée, père Poirier. Et bon appétit.

Elle s'élança sur ses béquilles à une allure qui risquait de la voir trébucher dans sa vitesse pour s'esquiver. « Bon appétit! » En fait, elle souhaitait qu'il s'étouffe avec sa prochaine bouchée.

Elle entendit Pauline faire ses salutations puis s'élancer au pas de course pour la rattraper.

Aoibhe ne voulait pas en parler. En fait, elle souhaitait vraiment que Pauline n'eût pas perçu dans sa réplique, ou dans sa fuite, la colère qui fricotait le sang dans ses veines.

Ce qui la vexait plus encore, ce qui la rendait furieuse, c'était qu'elle se sentait coupable. **Elle, coupable!** Coupable d'avoir osé une réplique venimeuse au curé. *Och!* Si sa mère était dans les nuages au-dessus de sa tête, elle serait dans tous ses états de voir sa fille adopter un tel comportement envers le **curé.** Sa pauvre maman serait-elle déçue de voir ce qu'était devenue sa fille?

— *Aye! Ah gied it to im laldy,* ricana son farfadet.

— *Oh shut up!* grogna-t-elle intérieurement.

— Eva, tu devrais me prêter tes béquilles une journée, je réussirais peut-être à maigrir un peu, souffla la fermière qui haletait en se pressant pour suivre l'autre femme, qui sautillait habilement sur ses échasses.

Aoibhe s'arrêta soudainement, sa tête lui tomba sur la poitrine. Toute la force s'était subitement évaporée de son corps.

Elle expira profondément pour laisser échapper l'ouragan qui tourbillonnait dans sa poitrine.

— Je m'excuse, Pôline. Je m'excuse, bredouilla-t-elle. Toi qui fais tout, tout pour m'accueillir, pour m'aider à m'intégrer avec ces gens qui m'entourent, alors que moi, je me bute à tout un chacun. Voilà que je viens maintenant de m'en prendre au curé du village. *Och!* Je vais certainement m'en aller en enfer, se lamenta-t-elle.

Pauline demeura silencieuse un instant en étudiant l'autre femme. Finalement, elle lui passa un bras sur ses épaules.

— Tu n'as pas à t'excuser, Eva. Souvent, j'aimerais avoir ton audace et ta force de caractère. Et n'aie pas peur, non plus. J'ai l'impression d'avoir déjà aperçu l'enfer. Je crois que tu en as eu un clin d'œil, toi aussi. Je ne pense pas que le Bon Dieu cherche à nous punir. Maman disait toujours qu'on a le tour de faire notre propre enfer nous-mêmes. C'est un gros ajustement pour toi, ta nouvelle vie. Tout est nouveau. Tout est étrange.

Les deux femmes firent quelques pas en silence, puis Pauline ajouta :

— Et vraiment, il me semble que ce curé pourrait être un peu moins sévère.

— Sympathique au moins, grommela Aoibhe.

— Souriant ?

— Accueillant ?

— Charitable.

— Gentil.

— Miséricordieux.

Subitement, les deux femmes s'arrêtèrent dans leur marche et se tournèrent l'une vers l'autre, un sourire espiègle sur les lèvres. Du coup, elles s'esclaffèrent à gorge déployée.

C'est toujours en riant qu'elles entrèrent enfin dans la salle des œuvres artisanales.

12

La Baie-Egmont

Félix peinait à s'assoir pour les repas tellement il voulait retourner dans le pré pour reluquer ses vaches et évaluer leur potentiel. Certainement, d'autres bêtes devaient être considérées pour la saison de reproduction. Plusieurs fermiers étaient passés le visiter pour étudier le bovin qui avait remporté le ruban, et surtout pour connaitre les origines du taureau qui avait réussi à produire la bête en question.

De son côté, Aoibhe faisait mentalement sa valise en attendant le jour de leur départ, mais elle ne voulait pas en parler avec Félix avant qu'il ait eu tout le temps pour savourer sa victoire. Si jeudi il n'avait encore rien mentionné, là, elle lui ferait le rappel.

Entretemps, elle réussissait maintenant à se rendre à la grange assez facilement. Tous les jours, elle y passait plus d'une heure à brosser le manteau de Jenny. Comme l'envie de monter sur le dos de la petite jument et de prendre la clé des champs la titillait ! Mais en plus de craindre les soubresauts de son pied dans l'étrier, elle n'avait pas encore réussi à réfuter les interprétations bibliques de père Poirier et à faire fi de son ordonnance. Ils avaient connu à Grand Tracadie des curés qui étaient plus raides, alors que d'autres étaient amicaux même, mais celui qui avait la cure de la paroisse Saint-Philippe-et-Saint-Jacques en cet instant, ce prêtre qui l'avait sermonnée de ses conduites reprochables…

Elle soupira.

Elle avait bien constaté durant ses excursions aux hippodromes que très peu de femmes montent à cheval, mais elle n'avait jamais imaginé que certains pourraient y voir un péché. Une femme qui monte à cheval, une femme qui se mêle aux coureurs, qui discute d'entrainement ou d'équipement ou de stratégies de courses devait être sermonnée, critiquée, jugée comme condamnable ?

Elle grogna.

Cet homme, ce prêtre, ce représentant de la religion catholique avait gâté le bonheur qu'elle avait toujours ressenti sur le dos de sa jument. Et elle était convaincue que c'était Alfred qui l'avait dénoncée au curé. *Och !* Ça, que oui.

Elle pensa à la dune sableuse de Grand Tracadie. Là, montée sur sa jument, elle pouvait vagabonder pendant tout un après-midi sans rencontrer une autre âme, sauf peut-être des renards furtifs qui s'y aventuraient à la recherche de crustacés quelconques, échoués à marée basse.

Elle voulait retourner à Grand Tracadie… aujourd'hui !

Les planches de la grange commencèrent à vibrer. Aoibhe s'immobilisa en tendant l'oreille.

Danny !

— *Cheerio, Jenny, mi sweet, broon shiltie ! See ye this afterneen.*

Elle lança la brosse dans un coin, agrippa ses béquilles et se dirigea vers la porte en sautillant à vive allure. Elle leva les yeux vers le ciel au moment où le petit avion passait devant le soleil. Le projectile qu'elle guettait ne venait pas ?

Pan !

Aoibhe sursauta et les animaux dans la grange se mirent à geindre comme une chorale mal accordée, les altos beuglant à travers les sopranos qui meuglaient au-dessus des barytons.

Le « courrier » avait rebondi sur la toiture de la grange et avait roulé au pied de la femme. Si Alfred était là, il aurait certainement ronchonné un reproche quelconque.

Aoibhe happa la roche et en détacha la lettre.

« Bonjour, les Arsenault ! J'arrive ! »

Elle sourit et leva le visage vers le ciel. À l'orée du bois, l'avion effectuait un demi-tour. Félix, son père et son frère se dirigeaient déjà vers la « piste d'atterrissage ». Aoibhe maudissait ses béquilles qui la ralentissaient. Encore deux semaines avant de pouvoir s'en défaire. Elle n'en pouvait plus d'attendre.

Elle sautilla tant bien que mal en scrutant le ciel pour observer l'arrivée du pilote. Quelques pas à cette allure suffirent pour la rendre haletante et dégoulinante de sueur.

— Eva ! Eva ! Est-ce qu'il vient ?

Elle se retourna et vit Pauline qui se déhanchait dans le champ, Diane à la main. La petite riait de sentir le tablier de sa mère lui fouetter doucement le visage à chaque pas de course. La cavalière se claqua une paume sur le front en regardant l'autre femme labourer le champ à cette allure, craignant de la voir s'écraser d'une syncope, mais ses éclats de rire se mêlèrent à ceux de la petite à la vue de la fermière qui hersait les sillons ainsi. Daniel allait bien se demander pourquoi les femmes de cette famille étaient à bout de souffle et trempées comme des bêtes à cornes à qui on venait de faire déraciner des vieilles souches, alors que les hommes qui les accompagnaient se portaient comme des rois.

Une camionnette tourna prestement dans la cour. Un chien avait la tête au complet à l'extérieur de la fenêtre. Le vent lui brassait les oreilles et la gueule. Edgar et Toby en descendirent au moment où l'aéronef s'alignait avec le pré.

Les vaches qui s'étaient aventurées dans ce coin du champ étaient aveugles à l'appareil qui s'approchait dangereusement, mais Félix se mit à crier à ses bêtes :

— Toïe ! Toïe ! Toïe !

Il sautillait en pointant vigoureusement son troupeau à l'intention du pilote et priait pour que les pauvres bêtes ne partent pas à la débandade.

Aoibhe considérait son homme avec appréhension et, malgré elle, une trace d'humour. Si ces pauvres bovines mannequines se cassaient les pattes, les empêchant de se pavaner aux prochaines compétitions, Félix serait mortifié. *Och !* Elle n'avait pas besoin d'une telle crise – que des vaches blessées lui gâtent ses vacances à Grand Tracadie. Elle dut fermer les yeux pour chasser une image de ces bêtes emplâtrées que Félix soignerait avec plus d'attention même qu'il ne l'avait fait pour elle. Mais des béquilles et un plâtre ne pourraient guérir leurs blessures. Dieu merci, le traitement d'une jambe cassée chez une femme n'était pas le même que chez une vache.

Ce troupeau, tout comme les agneaux et les chevaux dans la grange plus tôt, se mit à rugir son appréhension et sa terreur en beuglant un chant désaccordé et cacophonique. Le vrombissement de l'avion donnait l'impression d'un orgue qu'un musicien démoniaque massacrait pour y faire résonner les notes les plus basses, au risque de fracasser les tuyaux. Le chien qui aboyait à gorge déployée s'était joint à la chorale. Diane avait les deux mains sur les oreilles et s'était réfugié le visage dans le cou de sa mère, qui avait dû la ramasser.

Dégouté que des hommes s'aventurent dans de tels attelages futuristes qui finiraient par tomber du ciel, le beau-père d'Aoibhe cracha par terre, mais son beau-frère était émerveillé en constatant qu'un avion allait atterrir devant ses yeux.

Finalement, les roues touchèrent le sol en déclenchant un tourbillon de poussière. L'appareil ralentit et fut piloté jusqu'au comité d'accueil qui l'attendait.

Daniel arrêta le moteur, les vaches se remirent à brouter silencieusement, le chien fit le tour de tous en cherchant un accueil flatteur et Diane ouvrit un œil pour considérer la scène plus tranquille.

— Peux-tu ben m'dire comment c'qu'un *patchet* de rivets pis *tcheques* feuilles de ferraille peuvent flotter dans l'ciel de la pareille ? s'enquit le beau-père.

— Moi, j'voudrais ben *aouar* une *drive* d'là-dedans, déclara Roméo.

— C'est la roche qu'il a laissé tomber pour annoncer sa visite ? demanda Félix à Aoibhe.

Elle hocha la tête en lui remettant le caillou et le message. Il montra « le courrier » à son père et à son frère en expliquant le moyen de communication du pilote.

— Y est plus vite avec sa *mail* que le *sarvice* qu'on a par icitte, constata Roméo en riant.

Aoibhe n'écoutait plus leur discours. Elle s'élança à la rencontre de l'aviateur en lui criant ses salutations. Pauline, alourdie de Diane qui ne voulait pas lâcher prise du cou de sa mère, suivait. Les hommes s'avancèrent en marchant. Roméo et son père voulaient scruter les instruments et la carrosserie de l'aéronef.

Daniel sortit de l'engin vêtu de sa combinaison de vol. Les salutations et les présentations se firent dans un brouhaha où tous parlaient en même temps.

— Dis, Daniel, est-ce que la guerre est reprise en Europe ? demanda Edgar en désignant l'uniforme du pilote.

— C'est bien ça, et je suis venu vous conscrire. Allez ! Montez tous !

Déjà Roméo était assis aux contrôles en s'étonnant du nombre assommant de boutons et de leviers qui poivraient le tableau de bord. Ils occupaient absolument tout l'espace possible du cockpit. Le beau-père, lui, étudiait la composition du fuselage en estimant qu'une chute d'une dizaine de mètres seulement suffirait pour fracasser l'appareil au complet. Il cracha encore en jurant de ne jamais monter dans l'engin, même pas pour « me sauver la vie ! »

— Papa, tu pourrais porter un parachute comme celui que Félix avait durant la guerre, lui cria Roméo depuis son siège.

Son père grommela pour toute réponse.

Le petit frère de Félix sortit de l'avion et en fit le tour, étudiant les détails de la structure. La queue en forme de *V* provoquait toujours des questions.

— Pourquoi deux queues ? cria-t-il depuis le derrière de l'appareil.

Daniel s'y dirigea, accompagné du groupe qui faisait la file en le suivant.

— Je n'ai jamais vu un avion façonné comme ça ? C'est une nouvelle technologie ? demanda encore Roméo.

— Cette structure permet d'atteindre des vitesses intéressantes, puisque le stabilisateur est intégré dans l'échappement du moteur. La circulation est bien plus fluide, alors la poussée, ou la propulsion, si tu veux, est plus puissante et la friction sur le stabilisateur est réduite. En plus des vitesses possibles, cela minimise l'usure de cette pièce essentielle.

Le jeune homme était bouche bée. Il hocha lentement la tête, claqua l'épaule du pilote en ajoutant :

— C'était exactement ce que je me disais.

La « lettre » avait fait le tour du groupe et était revenue à Félix.

— C'est un message assez vague, celui-ci, Daniel. Tu l'as écrit comme ça en sachant très bien que ta ligne de mire n'est jamais trop juste, le taquina Félix.

— Désolé, les amis. J'aurais dû m'adresser avec plus de précision. Il est vrai qu'il est pratiquement impossible de lancer une roche par ici sans frapper un Arsenault sur la tête, concéda-t-il avec un sourire et un clin d'œil.

Tous se mirent à rire. Effectivement, la presque totalité de la population francophone de ces communautés portait un de deux surnoms, soit Gallant, soit Arsenault. Par conséquent, l'habitude d'identifier les gens par leur prénom suivi de celui du père, du grand-père et même d'autres ancêtres était courante. Les probabilités de la déclaration du pilote étaient assez justes.

— *Danny, do you have time to cèilidh with us ?* lui demanda Aoibhe de son accent mielleux.

— J'ai une bonne heure ici, si vous avez le temps de prendre un répit de votre travail. Je suis en route pour Moncton, où je dois passer l'après-midi avant de retourner à Charlottetown.

Prise par ses béquilles, la cavalière ne pouvait sauter, mais déjà elle voulait crier à Félix qu'ils pourraient monter avec Daniel pour se rendre à Charlottetown. *Ach !* Sa valise n'était pas prête, mais vraiment, si Danny devait passer l'après-midi au Nouveau-Brunswick, elle aurait tout le temps de préparer le nécessaire pour des vacances dans la capitale.

Och ! Convaincre Félix de monter dans l'avion ? Voilà le défi. Mais elle voulait tellement, tellement y aller ! Aujourd'hui !

Pauline s'affairait dans la cuisine d'Aoibhe aussi à l'aise que si elle se trouvait dans la sienne. Déjà le thé chauffait et les galettes blanches, qu'elle avait apportées à la cavalière la veille, trônaient sur la table, accompagnées de la boite de mélasse et de quelques pots de confitures.

— Pôline, il y a des scones frais dans le garde-manger, lui annonça fièrement la jeune femme.

— Où as-tu pris des scones ?

— Je les ai faits ce matin, annonça-t-elle nonchalamment en faisant un geste du revers de la main.

— Explique-moi donc comment tu as réussi à cuisiner sur une jambe cassée et gênée par des béquilles, exigea Pauline.

— J'ai tassé ces cannes d'un bord et je me suis appuyé la jambe sur une chaise. Felix avait déjà sorti la farine. J'ai dû le garder dans la cuisine pour qu'il m'aide à mettre le tout au four et pour le sortir, mais *ach !* J'en pouvais plus de prendre mon thé sans mes scones.

— Tu joues à la femme, mon grand frère ? taquina Roméo en claquant Félix sur l'épaule tout en se tirant une chaise.

— Ah ! ben, j'ai passé une heure à regarder ses jambes. Si c'est ça cuisiner, j'ai bonne envie de devenir un chef cordon-bleu.

Aoibhe rougit et se pinça les lèvres. N'avait-il aucune retenue ? Elle voulut le sermonner d'oser lancer de tels discours en présence des autres membres de sa famille, devant son beau-père surtout.

— Toi, un chef dans une cuisine ? s'esclaffa son père. Tu ne prenais même pas le temps d'étaler ton beurre tout le tour de ta tranche de pain quand tu restais à la maison.

Même si elle se sentait coupable du fait que tous devaient converser en anglais pour son bénéfice, elle appréciait leurs efforts de l'intégrer dans la conversation. Elle et Daniel.

— *Och !* Ne vous inquiétez pas. Il est beaucoup trop pressé de se rendre dans les champs afin d'y lorgner ses vaches pour perdre son temps dans la cuisine, répliqua la cavalière, qui cherchait à changer le sujet.

— Mais voyons ! Tu exagères ! protesta-t-il. Il y a de belles jambes et il y a de belles jambes, susurra-t-il en sourcillant avec séduction à sa femme et en tirant sur la jupe de sa robe.

Elle voulut fondre à travers le plancher. Elle claqua sa main et le foudroya d'un regard menaçant. Pauline rougissait en reluquant Aoibhe du coin de l'œil et en secouant la tête, mais sans réussir à retenir un sourire.

— *Och !* Tu vas me sacrer une *skelpit lug* ? lui demanda Félix en souriant.

— *Laldy !* grommela-t-elle en claquant un scone dans l'assiette de son homme et en l'avisant : Mange !

— Oui, madame, termina-t-il en hochant la tête tout en mordant dans la pâtisserie avant de se tourner vers le pilote. Est-ce que tu vas à Moncton pour affaires ? lui demanda-t-il.

— Um hum. Il y a au club de vol de Moncton un escadron de jeunes cadets de l'air qui vont entreprendre leurs études en théorie du vol. On m'a invité pour leur livrer un message au sujet de mes expériences avec le Corps d'aviation royal du Canada ou le CARC. Comme moi, des milliers de pilotes civils étaient sous son commandement pour les opérations du FERRY COMMAND.

— Il y a beaucoup d'étudiants à ce club ? voulait savoir Pauline.

— C'est un club qui réussit à attirer plusieurs intéressés de la région, et à la suite de la création de la ligue des cadets de l'air, il y a toujours beaucoup d'activités à Moncton. Depuis la fin de la Guerre, il y a une abondance d'avions à vendre bon marché. Comme bien d'autres clubs, celui de Moncton aussi s'est armé d'une petite flotte de Tiger Moths et de quelques Fleet Canucks. Ajoutez à cela le personnel nécessaire pour entretenir les avions et la gestion du club, cela fait bien du monde.

— Et tu dois souvent aller à Moncton ? demanda encore Roméo.

— De temps en temps. Parfois j'y vais pour revoir d'anciens camarades du CARC, et parfois j'y vais pour livrer un petit mot au sujet du rôle de l'aviation durant la Guerre. Mais plus souvent, j'y vais pour affaires quand des insulaires cherchent un moyen de transport rapide au Nouveau-Brunswick, ou vice-versa.

— Et tous ces étudiants en aviation, c'est pour se trouver du travail après ou ce n'est que pour un passetemps ? Ils volent partout au Canada ? questionna encore Roméo.

— Oh ! le domaine de l'aviation est en pleine croissance. Les connaissances et les progrès qui ont été réalisés durant les deux grandes guerres sont maintenant partagés partout. C'est un moyen de transport en pleine expansion. Et bien sûr, il y a le CARC qui cherche toujours à recruter de nouveaux pilotes. Ce genre de travail t'intéresse ?

Monsieur Arsenault fixait son fils cadet avec incrédulité. Jamais Roméo n'avait parlé de faire un autre métier que de prendre la relève de la ferme.

— Eh bien, c'est certainement un travail exotique. Est-ce que c'est compliqué, faire voler ces appareils ?

— Il y a toute une science à la navigation d'aéronefs qui exige des études avancées. Il faut maitriser des connaissances en physique, en météorologie, la théorie du vol, en plus des lois de navigation émises par Transport Canada.

— La physique ? Ouf ! Je ne réussis même pas à compter sur le bout de mes doigts, lui répondit Roméo. Finalement, je pense que je ne ferai pas un pilote ni un chef. Mon père, tu n'as pas besoin de t'inquiéter. Tu pourras me léguer la ferme.

Daniel sourit de la réplique. Il avala une gorgée de thé puis s'informa des dernières nouvelles.

L'exposition agricole et les rubans raflés dominèrent la conversation, mais à la première occasion, quand finalement il y eut une brèche dans la discussion, Aoibhe mentionna nonchalamment qu'elle et Félix prévoyaient un petit voyage à Charlottetown. Ils devraient absolument se fixer un rendez-vous, peut-être même une sortie à la piste de course de Covehead ou à celle de la capitale.

— Oh oui. En fait, les courses du weekend prochain provoquent tout un émoi dans la communauté. Les organisateurs l'appellent la « Goodwill meet ». À la suite de l'arrivée des lumières aux installations de Charlottetown, des courses sont prévues en soirée, samedi prochain. Les meilleurs coureurs de la Nouvelle-Écosse et du Nouveau-Brunswick sont attendus, puisque les allocations pour les placés et les gagnants sont assez alléchantes, et bien sûr il y a nos favoris de Charlottetown, pour qui nous applaudissons toujours.

— Les écuries des Chappell et des MacKay ? demanda Aoibhe.

— Et des MacPhee.

— Et les Smallwood ?

— Entre autres. Joe O'Brien n'a qu'à faire son entrée sur la piste et déjà la foule est en extase.

— C'est lui qui a réussi tout un exploit lors d'un championnat canadien avec cet étalon miraculeux que tous croyaient fini.

— Dudley Patch.

— Dudley Patch ! Dudley Patch, marmonna-t-elle en soupirant.

— Don Messer and the Islanders vont performer durant l'intermission. Oh ! ce n'est rien comme Old Home Week, mais ce sera sans doute une soirée très amusante. Je pourrais acheter des billets à l'avance si ça vous intéresse. Quand pensez-vous arriver à Charlottetown ? Je pourrais revenir ici de Moncton pour...

Félix suivait cette conversation comme un spectateur qui regarde un film d'horreur en sachant déjà très bien le dénouement qui s'amenait. Avant même que sa femme ne tourne son regard inquisiteur vers lui, il secouait la tête.

— Non, Eva. Non ! Je ne remonte pas dans un avion, je te l'ai déjà répété.

Elle réussit mal à cacher sa moue. Par ses lèvres serrées en agacement et ses sourcils pincés, tous voyaient bien qu'elle fouillait frénétiquement sa cervelle pour trouver une phrase qui pourrait convaincre son homme que le Beechcraft de Daniel n'allait pas faire face aux avions de chasse allemands. Ils ne seraient pas interceptés par les... les... Comment les nommait-il déjà ? Les Fiat G.55 Italiens, leurs mitrailleuses Breda crachant à plein feu.

Le silence régnait autour de la table alors que toutes les têtes pivotaient à droite et à gauche. On regardait Aoibhe, on fixait

Daniel, on jetait un coup d'œil à Félix en attendant de voir qui allait parler le premier et pour connaitre la tournure finale de cette impasse.

— Oh ? Vos plans ne sont pas encore concrets, conclut Daniel. Je comprends, Felix. (Il hocha la tête.) Quand même, continua-t-il, l'offre est là. Je pourrais passer ici vers seize heures et nous serons à Charlottetown à temps pour le repas. Et je pourrais vous conduire à Grand Tracadie avec mon auto si vous voulez vous y rendre, mais... je comprends. Le train serait probablement mieux.

Il se tut. Plus personne ne parlait.

Aoibhe grommela intérieurement, mais elle dut admettre que Daniel avait sans doute raison : Félix serait plus à l'aise dans le train. Le train ? Finalement, son envie de se rendre à Charlottetown était tellement vive qu'elle fermerait les yeux et monterait dans cet engin maudit.

Tout de même, la proposition du pilote avait déjà été bénéfique. La discussion au sujet de leur escapade à la capitale venait d'être mentionnée. Maintenant, ses chances de se rendre à Charlottetown prochainement s'étaient grandement améliorées.

Mais tous les yeux avaient voyagé vers Félix. Soit on le fixait directement, soit on lui lançait des coups d'œil furtifs pour voir ce qu'il déciderait finalement.

— Merci bien pour l'offre, Daniel. Nous ne sommes pas encore prêts pour partir en vacances aujourd'hui. On va bien s'organiser pour se rendre à Charlottetown sous peu. Eva et moi avons parlé de ce voyage il y a quelques semaines déjà, alors on s'y rendra bientôt.

Bientôt ? Du coup, les farfadets piétinaient d'un coin à l'autre de sa tête, leurs talons fracassant le silence qu'elle se forçait de maintenir alors qu'elle cherchait la réplique qui réussirait à faire monter cet homme dans l'avion **aujourd'hui.** « Bientôt » n'était pas trop prometteur pour être là à temps pour les courses et pour le spectacle du samedi soir.

— Qu'as-tu besoin de préparer ? lui demanda son frère. L'exposition agricole est terminée. Tu m'avais déjà demandé de passer quelques jours ici pour faire ton train de grange.

— Richard, je n'ai encore rien organisé si je dois m'absenter.

Félix avait levé les paumes vers le plafond en protestation.

— Qu'y a-t-il à organiser ? lui demanda son père.

— Il y a des ballots de foin qui sont dans le grenier et que j'ai besoin de descendre. La moulée pour les poules et l'avoine qui sont encore dans...

Roméo s'esclaffa.

— Voyons, Félix ! On sait comment s'occuper d'un troupeau de vaches, d'une dizaine de cochons et de quelques poules.

Aoibhe ne respirait plus. Même les farfadets s'étaient immobilisés, guettant la réaction de l'homme.

— Ah ! allez-y, Félix, le pria Pauline. Voilà des semaines qu'Eva ne peut plus aller à cheval à cause de sa jambe dans le plâtre, continua-t-elle en anglais. Ce serait un vrai remède pour elle d'aller voir ces courses et de faire une visite à Grand Tracadie pour voir sa grand-mère. Roméo, tu viendras chez nous pour les repas, termina-t-elle.

Les farfadets s'étaient écrasés contre le crâne d'Aoibhe, leurs petits bras s'étirant vers l'autre femme, les lèvres tendues en baisers qu'ils voulaient lui prodiguer.

Félix soupira et se tourna vers sa femme.

— J'imagine que tu pourrais être prête pour un départ avant le souper ?

Un vrai rigodon se déchaina dans sa tête. Les gnomes dansaient bras dessus, bras dessous, sautillant pour cogner les talons de leurs petites bottines. Par contraste, une maitrise exceptionnelle était nécessaire de la part d'Aoibhe pour garder son fessier cloué et immobile sur sa chaise plutôt que de laisser libre cours à tout son corps qui menaçait de se lancer en *Highland Fling*, mais elle ne put rien pour ses lèvres qui s'étiraient déjà d'une oreille à l'autre.

— En avion ? Avec Daniel ?

Félix tourna un regard menaçant vers le pilote et lui agita son index devant le visage en exigeant :

— Une belle ligne droite d'ici à l'aéroport de Charlottetown, sans une seule pirouette, l'avertit-il.

Daniel le salua d'un mouvement brusque et officiel.

— *Yes sir ! Straight to Charlottetown.*

— Eva m'a raconté tes « *hotdoggings* » !

— Une ligne bien droite, pas de *hotdogging. Scouts' honor*. Et il leva encore une main, en salutation officielle des scouts cette fois-ci.

Que le diable emporte son tibia fracturé ! Aoibhe se leva d'un bond.

— Ah ! merci. Merci à vous tous de nous aider. Vous êtes tellement gentils !

Alors que la cavalière sautillait autour de la table pour embrasser Pauline, on frappa à la porte. Edgar, qui était tout près, l'ouvrit. Alfred s'y tenait. Même sa face de bœuf grincheuse ne pouvait rien pour briser l'excitation et la bonne humeur qui vibraient dans toutes les cellules du corps d'Aoibhe en cet instant. Il beugla une salutation qui risqua même de déclencher un fou rire.

— Alfred, *come in, come in. Come have a cup o' tea,* l'invita-t-elle, tout sourire.

— *A cup o' tea !* répéta-t-il avec sur sa langue un mordant de sarcasme amer qu'il ne put masquer.

Il marmonna un remerciement à Pauline, qui lui tendait déjà une tasse.

— Si ce n'était de Pierre à Eddy à Joe Manuel qu'a rentré dans le magasin *t'à l'heure*, j'aurais jamais su que monsieur le pilote était en visite.

Aoibhe regarda Pauline pour discerner sa réaction par rapport aux paroles d'Alfred afin de connaitre l'humeur de l'homme, qui avait parlé en français. Mais le visage bouchonné du nouvel arrivant en disait déjà assez.

Aye! Comme il sera bon de visiter sa grand-mère à Grand Tracadie pendant une semaine au complet, en plus de s'éloigner de cet homme qui allait bien finir par lui provoquer des ulcères, se dit-elle.

— *Hello,* Alfred, salua Daniel qui s'était levé en lui tendant la main.

Alfred tourna les yeux vers l'aviateur qui lui offrait un accueil et un sourire chaleureux. À l'instar d'un chiot, les oreilles du petit homme tombèrent et sa moue s'évapora. Il leva le bras, prit la main de Daniel dans la sienne et la serra avec une véritable affection.

— *Hello,* Danny. *Nice to see you again.*

Il se tira une chaise à côté du pilote et s'intégra dans la conversation, qui reprit son cours.

Aoibhe n'écoutait plus. Elle observait Alfred et Daniel avec étonnement et envie. Réussirait-elle un jour à établir des rapports amicaux avec Alfred ? Daniel y était parvenu avec une seule poignée de main. Encore une fois, elle se jura de travailler à nouer des liens avec le petit homme.

Autour de la table, la conversation allait bon train, mais dans la tête de la femme, des images de l'hippodrome de Charlottetown, de chevaux qui trottaient en tirant des *drivers* aux casaques multicolores, les échos d'une foule qui hurlerait ses encouragements chassèrent les pensées du petit homme aux grandes oreilles et au ton de voix belliqueux.

* * *

Félix n'avait pas cligné des yeux. Il fixait l'horizon, étudiait les instruments de l'avion et scrutait le visage de Daniel pour détecter tout signe qu'une urgence se déclarait. Aoibhe, assise derrière le pilote, contemplait le visage de son homme en lui murmurant des encouragements qu'elle soufflait sur les vagues de vibrations dans le cockpit de l'avion. Elle décela des perles de sueur qui coulaient sur le front de Félix et s'en voulait de ses caprices. Daniel aussi dut avoir noté l'angoisse de son passager. Il pointa des lieux sous les ailes de l'avion afin de le distraire, mais finalement, Félix lui demanda de garder les deux mains sur le volant et les yeux sur le ciel.

Le trajet jusqu'à Charlottetown se fit en silence.

Malgré elle, Aoibhe ne pouvait calmer l'excitation qui lui brassait les boyaux. Il y avait déjà plus d'un mois depuis sa dernière visite. Sa grand-mère et les autres membres de sa grande famille lui manquaient.

Elle voulait tout faire dans les quelques jours qu'ils passeraient dans l'est de l'Île. Elle voulait passer une heure dans la renardière, elle voulait siroter toute une théière avec sa grand-mère en se régalant de ses scones, ses *oatcakes. Ach!* tous ses plats écossais. Même son gruau du petit déjeuner était un délice qui lui manquait.

Comme elle se sentait incompétente de ne pouvoir réussir une casserole de gruau avec la même consistance que celle de sa grand-mère ! Même Angèle, cette servante acadienne qui avait travaillé dans leur cuisine pendant toute sa jeunesse, avait toujours réussi à brasser le plus somptueux bol de gruau.

Angèle. Il y avait maintenant un bon moment qu'elle avait vu cette femme, qui avait pourtant joué un rôle clé dans sa vie.

Leur dernier entretien avait eu lieu lors de la visite qu'elle lui avait rendue quelques mois après le décès de ses parents. À l'époque, Félix était toujours piégé dans les tranchées de la guerre qui faisait encore rage en Europe. La jeune cavalière n'avait aucune idée que ce sprinteur acadien allait bientôt revenir des combats pour arpenter les rues de Grand Tracadie, fouiller les hippodromes de la région à la recherche de la cavalière qui l'avait ensorcelé avant que ce conflit mondial ne vienne tout bouleverser. Ce vieux souvenir la fit sourire, puis ses pensées se tournèrent encore vers la servante et l'indice, la petite trace d'espoir que la vieille dame lui avait offerte en 1944.

Cela avait été étrange d'entrer dans la maison de la ménagère. Toujours Aoibhe avait vu Angèle dans leur vaste cuisine où tout était rangé avec autant de précision que les rayons d'un gros détaillant. À un seul pas du seuil, elle avait l'impression d'être déjà dans le cœur de la maison d'Angèle.

Le poêle à bois trônait dans la pièce principale. Il était coincé entre la table et une petite armoire, dont la surface était bien usée et chargée de quelques ingrédients essentiels. Un fauteuil berçant terminait l'ensemble des meubles qui remplissaient l'enceinte du petit bâtiment. Il n'y avait pas ici de salle à manger, de grand salon ou de petit coin de prière.

L'odeur de laine mouillée flottait dans l'air, noyant un peu les arômes du thé que la petite dame avait mis à chauffer pour sa visite.

Voir la servante dans cet environnement avait diminué sa taille, l'avait rendue plus petite qu'elle n'en avait eu l'air dans la cuisine des MacLeod. Tellement qu'Aoibhe se demandait si, s'étant croisées dans la rue, elle l'aurait reconnue à première vue. Angèle avait dû trouver étrange de passer continuellement d'une porte à l'autre : de la maison des Pitre au manoir des MacLeod, modiques, nantis, humbles, fortunés, anonymes, élites, heureux… ?

Deux jeunes enfants s'étaient agrippés aux jupes de la dame et avaient fixé Aoibhe avec de gros yeux, des yeux dont les iris étaient si bruns qu'il était impossible d'y discerner les contours de leurs pupilles. Aoibhe voyait son propre regard miroité dans ces prunelles. Leurs mines sérieuses, leurs visages bronzés par les rayons de l'été, tous ces traits faisaient naitre avec ces gamines un sentiment de fraternité quelconque qu'elle n'avait jamais connu avec ses amies d'enfance. Certes, tous les Acadiens n'avaient pas les yeux bruns, tout comme des chevelures rouges ne coiffaient pas toutes les têtes écossaises. Mais ses prunelles étaient exactement de la même teinte que celles de ces gamines.

— Comment vas-tu, Eva ? Tu demeures toujours avec ta grand-mère ?

Elles étaient assises en tête à tête, chacune une tasse de thé fumant dans les mains. Les enfants avaient grimpé dans le fauteuil. Elles se tenaient les mains et grignotaient silencieusement chacune un petit biscuit en zyeutant cette grande dame qui était arrivée vêtue d'un chic manteau et coiffée d'un chapeau de fourrure exotique pour rendre visite à leur grand-mère.

Aoibhe avait hoché la tête en fixant la servante.

— J'ai trouvé des papiers, Angèle, avait-elle annoncé abruptement.

Le visage de la servante s'était momentanément immobilisé, une fraction de seconde seulement. Elle avait retenu sa respiration et cligné les yeux avant de poser le regard sur le visage de la jeune femme.

— Des papiers ? avait-elle demandé nonchalamment.

— Mon certificat de naissance, des papiers d'adoption. Et une photo.

Elle s'était tue un moment et avait étudié la dame pour déceler une réaction quelconque. Avait-elle su, elle aussi ? Est-ce que tous l'avaient toujours su et avaient accepté de taire les chuchotis qui auraient démasqué la duperie ?

Les gestes de la servante avaient laissé croire que oui, mais la femme avait gardé le silence en attendant la suite.

— *Och !* Je ne voulais pas y croire, je ne voulais rien savoir au début. Je voulais tout effacer de ma mémoire, ces mots que j'avais vus sur ce bout de papier et ce cliché d'une triste petite fille aux yeux noirs, seule et abandonnée dans un berceau. Une petite fille qui a, sous l'œil gauche, une tache qui ressemble à une larme noire. Finalement, j'ai confronté ma grand-mère, qui m'a tout confirmé. Mes parents m'ont adoptée à l'âge de trois ans de l'orphelinat Saint-Vincent-de-Paul à Charlottetown. Avec un nom comme celui que j'ai vu sur le certificat de naissance, il est probable que je suis Acadienne.

— Si tu es d'origine acadienne, il n'y a pas de doute que tu es Écossaise maintenant.

Aoibhe avait souri tristement et hoché la tête.

— Oui, et je vais fièrement préserver tous les legs écossais que j'ai hérités de mes parents. Mais je vais t'avouer que, pendant plusieurs longues semaines, j'avais l'impression d'avoir complètement perdu le nord. Je ne savais plus rien. J'ai passé de longs moments à me regarder les mains, à scruter mon visage dans le miroir et à me demander qui j'étais vraiment. Par où suis-je passée pour me rendre là ? Qui est donc la femme qui m'a donné naissance ? Tout cela expliquait ce sentiment qui m'habite depuis toujours. Toujours, Angèle, j'ai eu l'impression que je n'appartenais nulle part. Et voilà que les preuves me sautent aux yeux, me crient que je ne suis qu'un imposteur. Je ne suis pas une vraie Écossaise, une MacLeod, la descendante directe du clan Ranald. Je suis une Acadienne, une Arsenault. Du coup, j'appréhendais de rencontrer mes amies d'enfance, craignant qu'elles me pointent du doigt en riant, qu'elles me répètent qu'il n'y a aucune cellule écossaise dans mon corps, qu'elles l'avaient toujours su. L'avaient-elles toujours su ?

— Mais voyons, Aoibhe.

— Elles me le disaient quand nous étions jeunes, Angèle. Elles me l'ont dit souvent. Est-ce qu'elles savaient que j'étais adoptée ? avait-elle murmuré. Est-ce que tous le savaient sauf moi ?

La vieille servante avait serré la main de la jeune femme et lui avait souri tendrement. Un sourire triste lui avait été retourné.

— Je ne sais pas qui je suis, Angèle. Toute ma vie, j'ai eu ce creux dans l'estomac qui me rongeait. Toujours j'ai eu l'impression de ne pas vraiment faire partie de tous ces gens qui m'entouraient. Je ne ressemblais en rien à mes parents. Mes traits n'ont aucune des caractéristiques communes chez les Écossais. Je ne sais même pas qui je suis, avait-elle bredouillé avec désolation.

Elle s'était retournée pour considérer les gamines dans le fauteuil.

— Je ressemble plutôt à ces petites filles, termina-t-elle doucement. Tes petites-filles.

Angèle avait contemplé les fillettes puis avait dévisagé Aoibhe encore une fois.

— J'aimerais savoir qui je suis, Angèle. Pour une fois, j'aimerais savoir qui je suis **vraiment.**

— Tu es Eva Hannay MacLeod. La fille d'une famille fière, d'une famille bien, avait conclu Angèle.

— *Aye!* Et j'en suis très reconnaissante, Angèle. Je ne vais jamais l'oublier. Cela m'a pris du temps d'accepter que, pour être l'une, je n'avais pas à nier l'autre. Si je veux poursuivre cette recherche de mes parents biologiques, est-ce que cela fait de moi une traitre ? Une fille ingrate ? Comme si l'amour et l'accueil de mes parents n'y étaient pour rien ? Mais si je laisse tomber l'idée de chercher mes parents biologiques, est-ce que cela n'est pas renier mes origines ? Toutes les cellules de mon corps viennent de personnes que je ne connais même pas. Une femme m'a donné naissance, est-ce qu'elle m'a bercée un moment avant de me renier ? Est-ce que mon père sait que j'existe ? Le jour de mon anniversaire rappelle-t-il des souvenirs d'un enfant abandonné, ou est-ce qu'on demeure soulagé que je sois partie ? Est-ce qu'il y a quelqu'un quelque part qui pense encore à moi ?

Aoibhe avait hoqueté soudainement. Angèle lui avait serré encore la main. La jeune femme avait dû prendre deux grandes inspirations avant de continuer.

— *Granny* a réussi à me consoler une nuit où cette crise me tourmentait au point de me contracter tout l'intérieur, où la tête voulait m'exploser. Elle m'a bercée comme un enfant et m'a rappelé que Jésus lui-même était mi-Dieu, mi-homme, et qu'il n'avait nié aucune des facettes de son être. Son père l'avait adopté, lui aussi. Mais Jésus connaissait ses origines, lui, Angèle.

Elle avait laissé le silence se mêler à la vapeur de son thé un instant avant de poursuivre.

— Toujours je vais m'appeler Aoibhe et toujours Connor et Sinéad MacLeod seront mes parents. Mais moi, Angèle, il me manque une partie de mon être, une partie qui m'empêche de me sentir complètement... complète. Qui est ma maman ? Mon papa ? Est-ce que j'ai un frère ou une sœur qui me ressemble ? Pourquoi m'a-t-on donnée ? Pourquoi m'a-t-on abandonnée ? Je suis ici en souhaitant que tu puisses m'aider un peu. Est-ce que toi aussi tu peux accepter que m'éclairer n'oblige pas de trahir mes parents MacLeod ?

L'hésitation qu'avait vécue la servante avait été évidente dans son regard.

— Eva, je suis vraiment désolée, mais je ne connais rien de tes origines à part de ce que tu sais déjà : on t'a adoptée de cet orphelinat à Charlottetown. Plus que ça, je n'en sais absolument rien.

— Tout ce que je souhaite, c'est que tu acceptes de répondre à quelques questions.

La femme avait hoché la tête.

— Vas-y.

Aoibhe avait soupiré d'appréhension.

— Tu dirais que je suis d'origine acadienne ?

— Oui, je pense que oui, avait-elle répondu après avoir encore hésité un moment.

— Qu'est-ce qui te fait dire ça ?

— Eh bien, à ton arrivée, tu ne parlais que le français. En fait, au début, tu ne parlais pas trop. Tu tenais ton père par le cou à longueur de journée. Tu mangeais même sur ses genoux. Il devait t'emmener avec lui à la grange, à la renardière, partout. Graduellement, tu t'es laissé apprivoiser. Et là, tu parlais sans cesse. Mais uniquement en français. Tu demandais à manger en français, tu chantais de petites comptines en français.

Aoibhe avait grimacé, puis un sourire lui avait adouci le visage.

— Je chantais ?

Angèle avait hoché encore la tête en souriant elle aussi.

— Sans cesse. Tu pouvais compter jusqu'à dix et dire quelques lettres de l'alphabet, mais en français seulement. Comme tu le sais, des enfants apprennent si rapidement ! En peu de temps, tes parents… TES PARENTS t'ont appris à parler l'anglais, avec leurs expressions et leur bel accent écossais. Comme c'était mignon de t'entendre t'exprimer avec des « *Aye !* » et des « *Och !* » Ton père était tellement fier de sa petite Eva.

La jeune femme n'avait pu retenir ni son sourire ni ses larmes. Des images de son père lui dansant dans la tête.

— Il a été un bon papa. Et maman a également été bonne pour moi. J'ai été choyée, je le sais. J'en suis très reconnaissante. Ils m'ont tout donné. Ils m'ont offert une famille. Une famille. Tout de même, ce creux persiste, avait-elle ajouté en serrant ses deux poings sur sa poitrine. Est-ce que tu sais d'où je viens, Angèle ?

Est-ce que tu penses que je suis originaire de Charlottetown, de l'Île-du-Prince-Édouard ou d'une autre province ?

Encore une fois, la femme avait hésité.

— Ce serait vraiment une devinette, Eva. Je ne suis pas complètement certaine, mais j'ai toujours eu l'impression que tu étais originaire de la région de la Baie-Egmont.

— La Baie-Egmont ? C'est où ? Et pourquoi as-tu cette impression ?

— Ton accent. Les Acadiens de cette région de l'Île ont un accent distinct qui leur est propre, des mots qui sont prononcés avec une tournure unique. Le verbe « venir », par exemple. « Viens ! » Ils le prononcent « vieuing » dans cette région, mais les Acadiens d'ailleurs ne le prononcent pas ainsi. Tout comme le mot « chien ». Ils disent « chieuing ». À ma connaissance, il n'y a que là où c'est prononcé ainsi. On dirait qu'il y a une syllabe de plus et une petite tournure particulière à la fin : « vi-eu-ing ». Pendant tes premiers mois à la maison, à toutes les occasions, tu prenais ton père par la main en répétant : « Vieuing, vieuing ! » Ce n'est pas une preuve irréfutable, Eva, mais si tu es ici pour me demander ce que j'en pense, c'est ce mot, en français, avec cet accent, qui me vient en tête.

Pendant une longue minute, Aoibhe était demeurée silencieuse en fouillant dans son cerveau pour faire surgir un souvenir, un écho du passé qui pourrait déclencher des images d'une vie ou d'une famille oubliée. Rien ne lui était venu.

— Toi, Angèle, tu ne parles pas comme ça ?

— Non. Comme j'expliquais, c'est unique à cette région. Moi, je suis originaire de Rustico. À Rustico, à Tignish ou à Malpeque, les Acadiens n'ont pas ce même accent.

— Mais tu es quand même certaine que ce mot, je le prononçais ainsi ? Comme les Acadiens de… de… ?

— La Baie-Egmont. Oui. Oui. Ma tante Rachelle avait épousé un homme de cette région. Son accent était assez prononcé.

Une vague d'espoir avait submergé la jeune femme.

— Où habite cet oncle ?

— Il est décédé en France durant la Grande Guerre. Il a été tué aux combats de la Somme et est enterré outre-mer.

Aoibhe n'était pas consciente qu'elle avait retenu ses respirations avant qu'elle eût expiré un soupir. Elle avait brassé sa tasse de thé qui avait refroidi, puis avait levé les yeux de nouveau sur la servante.

— Tu connais des gens de… de Baie-Egmont ? Tu…

Les femmes s'étaient dévisagées.

— Eva. Comme j'aimerais pouvoir t'aider, te dire d'aller voir telle ou telle personne, mais, outre mon oncle Amand qui est décédé en France, je ne connais pas les gens de cette région. Je suis désolée de ne pouvoir t'aider davantage.

Aoibhe avait encore soupiré. N'y avait-il aucun moyen de retrouver des traces de cette femme qui lui avait donné naissance ? Passerait-elle sa vie au complet avec ce creux dans l'estomac que ni les meilleurs vins, ni les meilleures friandises, ni les meilleures drogues ne pourraient assouvir même un peu ? Elle ne pouvait envisager tout un futur ainsi, même si plusieurs lui conseillaient de laisser tomber cette quête impossible et d'accepter le sort que la vie lui avait jeté. Un sort qui ne laissait vraiment rien à désirer, lui répétait-on. Mais ce n'étaient pas eux qui devaient trainer ces boulets de canon attachés à leurs chevilles, souffrir de ce malaise qui fermentait dans son estomac. Ce creux invisible qui grossissait dans sa poitrine risquait d'avaler tous ses organes internes avant de lui gober le cœur.

Elle avait encore levé les yeux sur la servante.

— Est-ce que c'est commun pour des femmes acadiennes de porter leurs enfants à un orphelinat ? avait-elle demandé subitement.

— Oh ! Celle-là est une question impossible à répondre. Mais…

Angèle avait encore hésité.

— Mais ?

— Mais souvent, s'il y a des raisons qui obligent une femme à abandonner ses enfants, si la mère meurt en couche, avait-elle osé en sourcillant, eh bien, des membres de la famille élargie vont plutôt les prendre, une tante, une grande sœur même. Alors, pourquoi toi tu t'es retrouvée dans un orphelinat à Charlottetown, le mieux que je pourrais faire serait de deviner. Je suis vraiment navrée de ne pas pouvoir t'aider, Eva. J'aimerais bien pouvoir te diriger vers quelqu'un qui pourrait te donner plus d'information, mais vraiment, j'en suis incapable.

Aoibhe avait hoché la tête. Les gamines avaient chuchoté dans le fauteuil.

— *Mémé*, on peut-*y aouar* du lait ?

La jeune cavalière avait tourné la tête vers cette petite fille qui avait murmuré quelques mots dans une langue qu'elle dut, à une autre époque, avoir compris.

Sans répondre, Angèle s'était levée pour verser du lait à ses petites-filles, puis elle était revenue à la table avec la théière.

— Non, non, Angèle. Je te remercie. Je dois y aller, j'ai pris trop de ton temps, déjà. Mais Angèle…

Cette fois-ci, c'était elle qui avait pris la main de la petite dame entre les siennes et avait plongé son regard dans les yeux bruns qui l'avaient dévisagée.

— Je veux que tu saches que toi aussi tu as été comme une maman pour moi. Tu as été attentionnée et très patiente. Je sais que j'ai fait la gâtée et que j'ai souvent été ingrate, mais toi, tu étais de toute douceur. Je te remercie, pour tout.

— Oh ! mais voyons. Tu étais toujours très gentille et charmante. J'adorais tes petites visites dans votre cuisine à Grand Tracadie.

En souriant tendrement, Aoibhe s'était levée pour serrer la femme dans ses bras. Elle avait ensuite repris son manteau et s'était coiffée de son chapeau de fourrure. Elle avait scruté la petite maison. Avait-elle pris ses premières respirations dans une telle maisonnette ? Les petites l'avaient zyeutée, l'avaient interpelée. Elle s'était penchée devant les fillettes pour les contempler un instant. L'une des deux avait certainement trois ans, et en elle, Aoibhe revoyait la gamine de la photo. Elle avait passé une main dans la chevelure foncée de l'une et sous le menton de l'autre.

— Comment dit-on « good bye » en français ? avait-elle demandé à Angèle.

— On dit juste « bye », avait répliqué son ancienne servante.

Aoibhe avait sourcillé.

— Mais tu pourrais dire : « Bye, les petites filles », avait ajouté Angèle en expliquant la signification.

— *Bye, lay pitites fies,* avait baragouiné Aoibhe.

Elle avait refermé la porte derrière elle et s'y était, un moment, appuyée. Et puis, ses épaules s'étaient redressées et elle s'était élancée dans la rue avec une vigueur renouvelée.

Malgré la déception de ne pas avoir les réponses au sujet de son identité, Aoibhe sentait qu'elle avait quitté la petite maison avec un petit brin d'espoir : la Baie-Egmont !

13

Lucie

L'avion avait touché le sol avec l'agilité d'une outarde qui se pose sur un étang. Autant Félix soupirait de soulagement, autant Aoibhe était fébrile à l'idée de visiter la capitale et de retourner à Grand Tracadie. Elle avait babillé d'Abram-Village à Charlottetown, ne disant rien d'importance, mais incapable de garder la langue immobile. Elle avait simplement dû expulser de l'énergie de quelque façon.

Plutôt que de prendre une chambre dans la capitale, ils avaient opté pour un séjour chez la *granny* MacLeod, où Aoibhe pourrait se combler de la présence des siens pour la semaine.

Le vendredi matin déjà, elle s'étonna en constatant qu'effectivement, les journées de vacances et de visites s'envolent comme des rêves au réveil, alors que les journées pluvieuses ou les journées de travail s'égrènent aussi lentement que la récitation du chapelet.

Malgré ses béquilles, Aoibhe ne s'était pas retenue de visiter son oncle Rory et sa tante Betty à plusieurs reprises, une visite toujours suivie d'une promenade dans la renardière, où le glapissement des petites bêtes et leur odeur particulière lui rappelaient tant de souvenirs d'enfance.

Durant sa jeunesse, sa mère avait catégoriquement refusé de lui accorder un renardeau comme animal de compagnie. Son père l'avait consolée en la laissant choisir une bête à qui elle pourrait donner un nom et considérer comme sienne. Elle avait fait du lèche-vitrine devant les grillages, puis elle avait désigné une petite bête au regard doux qu'elle avait nommé, Foxy. Ce n'était que dans la renardière qu'elle avait droit de prendre le petit dans ses bras et de le laisser jouer à ses pieds.

Debout devant les mêmes grillages aujourd'hui, Aoibhe tressaillit soudainement en se rappelant ce moment. Quelle absurdité : elle avait fait de cette renardière un orphelinat où elle s'était réjouie à son tour à l'idée de se choisir un être cher.

Elle scruta les grillages d'un œil nouveau. Des images de berceaux qui s'alignaient dans un vaste dortoir se superposèrent à cette vue des litières. Y avait-il des orphelins qui avaient dû passer toute leur jeunesse à guetter la porte sans jamais avoir réussi à trouver des bras accueillants ? Est-ce qu'elle avait eu des cochambreuses qui avaient osé lever les yeux sur les visages de parents possibles qui défilaient devant les berceaux, seulement pour les voir s'arrêter au lit de la prochaine ? Le sien ?

Elle était retournée chez sa grand-mère en se demandant si ce désir de se choisir un renardeau parmi les autres était le réflexe d'un enfant qui avait été motivé par des souvenirs d'une autre vie.

Félix, pour sa part, avait passé des heures à discuter des méthodes de l'oncle Rory afin de connaitre un peu la science associée à l'élevage de renards et les perspectives économiques des pelleteries sur le marché. Aoibhe avait levé les yeux au ciel en appréhendant déjà une renardière derrière leur grange et en argüant que cela lui volerait du temps précieux pour ses bovidés. Elle ne pouvait lui confier qu'une tristesse l'envahissait maintenant quand elle entendait les jappements des malheureuses bêtes, isolées et seules, qui résonnaient dans le silence de la nuit.

À la messe du dimanche, elle s'agenouilla devant la statue de la Madone et alluma deux lampions pour les parents qui l'avaient recueillie et aimée.

* * *

Pendant toute la semaine, sa grand-mère avait insisté pour leur préparer ses plats préférés. C'était à sa table de cuisine, entourées d'une théière fumante et de friandises de toutes sortes, que les deux femmes passèrent des heures à bavarder. Elles discutèrent des nouvelles de tous les voisins, de trucs pour réussir une recette quelconque, de la technique nécessaire pour filer la laine et confectionner du tartan. Elles avaient ri de vieux souvenirs amusants et pleuré le décès précoce de ses parents et de son grand-père.

Par un bel après-midi, les jeunes vacanciers étaient montés sur des chevaux de l'oncle Rory et s'étaient aventurés sur la plage de la pointe Blooming, où Aoibhe n'avait pu s'empêcher de presser la petite jument au galop avant de se retourner pour rejoindre Félix, qui s'était satisfait de lorgner sa femme dans ce moment de liberté.

Il eut un pincement en pensant à l'adaptation qu'elle connaissait dans sa nouvelle communauté. Le tout ne se faisait certainement pas sans quelques petits accrochages. Aurait-il dû l'encourager à entrer ses chevaux dans les compétitions ? Pourtant, les femmes ne participent pas à ce genre de concours. Et que dire des chevaux des écuries de l'est de la province ? Cependant, à voir le sourire qu'elle affichait présentement, il était évident que le sport lui manquait.

Depuis son jeune âge, Aoibhe se mêlait aux coureurs et au personnel des écuries. Elle n'était pas la seule. Félix en avait vu d'autres. Graduellement, les femmes se faufilaient dans bien des sphères masculines. Seigneur ! les forces armées canadiennes avaient regorgé de femmes durant la Guerre. Évidemment, elles n'étaient pas au front, mais elles étaient nombreuses dans les hôpitaux outre-mer, d'autres s'occupaient de mille tâches administratives dans les bureaux, il en avait même vu quelques-unes conduire des camions ou œuvrer en mécanique. En plus, c'était à l'hippodrome de Charlottetown qu'il avait fait la connaissance de sa femme, se rappela-t-il. Elle devait bien trouver cela injuste de devoir se priver de monter à cheval.

L'année prochaine, se promit-il, si elle en parlait encore, il ne s'opposerait pas à sa participation aux compétitions. Il lui offrirait son soutien et endurerait les moqueries des hommes qui oseraient sans doute lui lancer quelques flèches, voilées d'un sourire.

Elle revenait vers lui, ses cheveux ondulaient dans le vent comme les vagues de la mer.

— *Ach!* Felix, comme il fait beau! Ceci est le meilleur remède pour toutes mes afflictions. Même ma cheville semble être remise, lui cria-t-elle en sortant son pied cassé de l'étrier pour le pointer en direction de son homme, un large sourire sur les lèvres. Remettre son plâtre dans l'outil ne se faisait pas aussi facilement. Sur le dos d'un étalon, Félix s'approcha de sa femme pour tenir son étrier en place afin de lui permettre d'y glisser son pied. D'un geste séduisant, il traina sa main tout le long de la jambe et sur la cuisse de sa femme. Les deux se dévisagèrent un instant.

— Je ne suis pas médecin, Eva, mais je pense que tu pourrais reprendre tes activités normales. Toutes tes activités, dit-il en prenant la bride de la jument pour s'approcher du visage de son épouse.

Elle rougit à sa proposition, mais finalement, sourcilla avec séduction et lui fit un clin d'œil. Il écrasa sa bouche sur celle de sa femme, qui répondit à la fougue de l'homme, puis élança encore sa jument au pas de course et s'éloigna en riant. Félix la contempla un moment et poussa son cheval au galop pour la rattraper.

Ils trottèrent doucement en silence un moment, l'un à côté de l'autre, les visages levés vers le soleil brillant et chaud. Un nuage flotta devant l'astre.

— Père Poirier ne me trouverait pas trop catholique, vêtue en pantalon et montée à califourchon sur le dos d'un cheval, mâchouilla-t-elle soudainement à travers ses dents.

Félix se tourna pour la toiser. Le regard foudroyant de sa femme qui fixait l'horizon avec ses sourcils froncés lui fit comprendre qu'elle était toujours aussi vexée par l'accueil que lui avait offert le curé.

— Ce n'est pas le curé le plus gentil qu'on a eu dans la paroisse, je vais t'avouer ça.

Elle lui tourna un visage boudeur.

— *Aye!* Nous avons également eu notre part de curés sévères ici à Grand Tracadie, mais... *Och!* Père Poirier est tout un phénomène. Une série de prières à réciter et un passage de la Bible à contempler quand des idées perverses de vouloir enfiler un vêtement d'homme pour grimper sur le dos de ma jument me traverseraient encore le crâne ! J'aurais voulu passer ma main à travers le grillage pour lui planter mes ongles dans les yeux. Jamais je ne suis sortie d'un confessionnal avec plus de péchés qu'au moment d'y entrer. Maintenant, je me sens coupable pour toutes ces pensées violentes, et coupable à l'idée d'enfiler mon pantalon pour monter sur Jenny. Je crains que partout il y ait des yeux qui me surveillent.

Félix avait souri et grimacé en entendant les propos de son épouse.

— C'est vrai qu'il y a toujours des personnes qui se pensent plus catholiques que les autres et qui n'hésitent pas à faire un rapport détaillé au curé.

— Laisse-moi te dire que je peine à suivre les messes depuis. Même si le tout se fait en latin et en français, je tentais bien de prêter attention à ses babillages au début, mais depuis, je n'ose même pas poser les yeux sur ce curé durant les messes, craignant d'avoir des pensées diaboliques en pleine église.

Elle se tut. Sur son visage, ses expressions se métamorphosaient, ses lèvres se pincèrent en exaspération puis s'affaissèrent en bouderie.

— Le pire, Felix, c'est de penser qu'il dit vrai, que je n'agis pas du tout comme une bonne catholique. Je ne peux m'empêcher d'y réfléchir depuis ce jour-là, mais en même temps, malgré le fait que ces paroles me viennent d'un prêtre, je ne peux pas vraiment me convaincre qu'il y a là un péché. Pendant toute ma vie, j'ai monté à cheval. Tu le sais toi-même, j'ai agi comme cavalière pendant trois années à la piste de course de Covehead et à plusieurs reprises à celle de Charlottetown. Pourquoi ici c'est acceptable, alors que ce curé proclame que c'est un péché ?

Félix voyait que des larmes s'amassaient sous ses paupières de sa femme et qu'elles menaçaient de lui couler sur les joues. Il reprit la bride de la pouliche et s'approcha d'Aoibhe. D'une manœuvre habile, il sauta du petit étalon sur le dos de l'autre cheval et passa les deux bras autour de la taille de son épouse.

En silence, il repensa aux dernières semaines et constata que sa femme n'avait plus le même ton enjoué depuis un bon moment. Il avait attribué ça à son pied cassé qui lui interdisait ses activités habituelles. Avait-il été si absorbé par ses propres affaires qu'il avait complètement manqué le tourment que vivait son épouse ? Ces grands moments où il contemplait ses champs de patates, où il appréciait l'horizon au lever du jour, où il scrutait chacune de ses vaches pour de minuscules imperfections, alors qu'à la maison il était complètement aveugle à la tempête qui faisait rage dans le cœur de son épouse ? Soudainement, il s'en voulait d'avoir rejeté les suggestions de sa femme du revers de la main avant de s'absorber dans des activités et des tâches qui le faisaient vibrer.

— Évidemment, ton pied ne t'empêche plus de monter à cheval. Peu importe les dires du prêtre, Eva, n'hésite pas à faire des sorties avec Jenny. Je veux que tu ailles à cheval aussi souvent que tu le veux. Chaque fois que l'envie te prendra, je veux que tu montes sur Jenny et qu'ensemble vous fassiez tous les sentiers que désire ton cœur. Tu n'as pas à écouter des reproches de ce curé conservateur qui se plait à étendre son contrôle sur les gens de la paroisse en utilisant la religion et la Bible comme des armes.

Aoibhe se retourna brusquement vers son époux.

— Tu es sérieux ?

— Je suis très sérieux.

— Felix Arsenault, nous irons en enfer à cause de tels propos, chuchota-t-elle comme si les verbaliser à voix haute allait leur mériter les foudres des cieux.

— Si tu es là avec moi, ce sera mon paradis, murmura-t-il dans les cheveux de sa femme en la serrant contre son corps.

Elle demeura silencieuse, appréciant la complicité et la chaleur de son homme.

— Mais quand le curé te dit de faire quelque chose, ou t'empêche de le faire, ne devrait-on pas l'écouter ? voulut-elle s'assurer. N'est-il pas un représentant de Dieu ?

Voilà le dilemme qu'elle connaissait depuis sa confession au père Poirier. Combien de fois s'était-elle cassé les méninges en considérant tous les angles de cette situation, en cherchant un argument qui pourrait contredire les propos du curé sans qu'elle mérite les châtiments du Seigneur après sa mort ?

— Eva, il t'a suggéré de ne pas monter à cheval. Dis-moi qu'il n'était pas question de meurtre ou de vol ou… d'infidélité ?

Subitement, elle se retourna encore et le fusilla de ses yeux bruns. Il sourcilla et leva les deux mains en questionnement. Elle lui pinça une cuisse en guise de punition.

— Un peu plus haut, s'il vous plait, susurra-t-il.

— *Och !* Mais tu es impossible, toi !

Il rigola pour toute réponse et serra Aoibhe contre son corps encore une fois. Après quelques pas en silence, elle parvint à se convaincre de lui poser encore une question qui l'embêtait.

— Et tu ne penses pas que cela pourrait m'empêcher de devenir maman ? chuchota-t-elle sans se retourner.

Elle ne pouvait montrer son visage à Félix, et surtout, elle craignait que cet argument convainque son époux qu'elle ferait mieux de ranger sa selle.

Il demeura silencieux un peu avant d'ajouter :

— Je ne peux pas croire que toutes les femmes qui ont monté à cheval n'ont pas eu d'enfants. En effet, il me semble que Sylvianne à Freddy à John allait assez souvent à cheval et elle a maintenant une grosse marmaille à la maison. Mais Eva, si cela t'inquiète, pourquoi ne pas en parler à un médecin ou à une sagefemme ou même à ta grand-mère ? Surement, ta famille t'aurait fait savoir si monter à cheval peut influencer quelque chose dans ton ventre qui pourrait te priver d'enfanter un beau petit Arsenault, termina-t-il.

Elle se retourna encore pour voir le sourire taquin de son homme. Son sourire était contagieux. Elle hocha également la tête. Ces paroles, cet appui que lui offrait Félix étaient salutaires. Elle appuya sa tête sur le torse de l'homme.

Ici, en cet instant, la vie était bonne. La mer et les dunes sableuses s'étendaient devant eux et le soleil les réchauffait tendrement.

— Mais, en bons catholiques, on devrait probablement revoir la proposition de ce « devoir » dont le curé voulait que tu t'occupes.

Aoibhe n'énonça aucune réplique, mais elle pencha légèrement la tête. Félix savait qu'elle réfléchissait à quelque objection.

— Il vaudrait probablement mieux y voir avant ta prochaine confession, ajouta-t-il en se frôlant contre le dos de sa femme.

Le coude de la jeune femme rencontra les côtes de l'homme d'un coup subit.

— Felix Arsenault ! Tu es incorrigible ! le sermonna-t-elle en le repoussant et en s'esclaffant malgré elle.

— Non, madame. Je ne suis qu'un bon petit catholique, moi, voilà tout !

* * *

Elle avait flanqué une des deux béquilles dans un garde-robe et prit l'épaule de Félix comme appui. Son plâtre était souillé et le talon renfoncé tellement elle avait marché sur le pansement. Si son homme ne lui avait pas enlevé l'outil, elle aurait déchiqueté le bandage et arraché le tout avec un tournevis.

— Tut ! Tut ! Tut ! Un péché derrière l'autre, toi.

Elle lui avait présenté sa meilleure moue avant de le menacer :

— *I'll gie ye a skelpit lug !*

— Attention ! Voilà encore une fois où tu devras te présenter au confessionnal avec toute une liste de manquements à avouer, et tu sais quel passage monsieur le curé va te donner à contempler comme réprimande.

Malgré ses meilleurs efforts, elle ne put retenir le rire qui lui déchira la gorge. En se claquant le front d'une main et en pointant le doigt vers lui à travers ses rires, elle le sermonna :

— C'est toi qui vas aller en enfer avec toutes ces suggestions absurdes.

— Um hum, et je tiendrai la porte grande ouverte pour toi, ma belle. *Och !* Comme nous allons nous amuser ensemble ! *Aye ?*

Elle claqua les deux mains sur son visage pour ne plus voir cet homme qui tournait tout à la bouffonnerie et qui réussissait à la faire rire malgré ses meilleurs efforts pour résister.

— *Granny* ? Vous êtes prête ? Venez vite avant que Felix ne me...

— *Nae! Wheesht! Wheesht!* Ne me mêlez pas à vos chicanes d'amoureux, dit-elle en entrant dans la pièce, son sac à main sur le bras. *Gan!* Sortez. Je vous suis.

Les MacLeod s'étaient laissé emballer par l'idée de se rendre à Charlottetown avec les vacanciers pour assister aux courses sous ce nouvel éclairage qui permettait des épreuves et des spectacles en soirée. Déjà les gradins étaient véritablement bondés d'une foule considérable qui vibrait d'une énergie cacophonique. Il serait évidemment nécessaire de jouer des coudes à droite et à gauche pour mettre la main sur un exemplaire du programme, pour passer au bar afin de se procurer une petite boisson avant de se diriger vers les gradins à la recherche d'un coin libre pour savourer le divertissement qui allait s'offrir.

Ce n'était qu'au moment d'avoir un dépliant en main qu'Aoibhe constata à quel point elle était fébrile d'assister aux courses équestres encore une fois, de se mêler à une foule qui n'avait d'yeux que pour la piste et les coureurs qui allaient s'aligner à la corde. Sous peu, les rondes de présentation auraient lieu. Le premier lot des *drivers,* assis solidement dans le sulky tiré par un cheval au trot, allait faire le tour de la piste afin de montrer l'allure et la prouesse de leur étalon qui avait, bien sûr, tout un pédigrée. Ces courses attelées, qui réussissaient toujours à attirer des foules de plusieurs milliers de personnes, étaient organisées depuis la fin du dix-neuvième siècle à Charlottetown.

Debout dans la file de parieurs qui se pressaient aux guichets pour placer une gageüre sur le préféré ou, encore mieux, sur un *outsider,* Aoibhe consultait la liste des participants en murmurant les noms des chevaux, plutôt que glaner leurs performances antérieures. Cela avait toujours été sa stratégie secrète, malgré les longs discours de son père, qui lui avait appris à interpréter les chiffres et à analyser les résultats de la saison afin de cibler un gagnant sûr. Non, elle lisait plutôt la liste à voix haute jusqu'à ce que le nom imagé d'un étalon ou d'une jument déclenche en elle le pressentiment d'un gagnant.

Elle marmonnait, en glissant un index sur les noms de chaque lot, et anticipait un frisson quelconque qui lui indiquerait que celui-ci ou celle-là arriveraient au poteau en premier.

— Shannon Commander, Maple Leaf Johnny, Happy Knight, Fine Rebel, Pans O Silver… Pans O Silver ? *Och !* Le voilà ! Quel autre encore ? Special and Lucky, Mickey Mouse, Island Invader… Island Invader ? Mon deuxième.

— Oh ? madame Arsenault est en prière ? Rien que l'odeur des chevaux et déjà te voilà à réciter ton acte de contrition ? Tu envisageais d'enfiler tes pantalons et d'enfourcher une belle bête ? Ou est-ce encore ces pensées de tes cuisses autour de mon corps qui suscitent ces prières de pardon ?

Sa bouche s'était immobilisée. Subtilement, elle tourna la tête à droite et à gauche, ses yeux voyageant sur les visages des passants à proximité qui auraient pu entendre les propos scandaleux de son mari. Sa grand-mère, qui n'était qu'à deux pas, avait-elle redressé l'échine ? Tendu l'oreille ? Finalement, Aoibhe posa le regard sur le sourire taquin de Félix. Malgré ses efforts, des éclats de rire qu'elle ne put étouffer lui déchirèrent la gorge. Elle secoua la tête et dut se tenir au bras de Félix pour se remettre de ce moment d'hystérie.

— Non, mais ! Tu as perdu la tête ici, toi ? Cette exposition agricole, avec ses compétitions de vaches, t'a complètement déstabilisé. Tu n'as que des hanches et des cuisses dans la tête, lui chuchota-t-elle dans une oreille. C'est toi qu'il va falloir trainer au confessionnal.

— Oh ! ma belle, répète-moi tes mots d'amour dans l'autre oreille, s'il te plait. Tu sais que je suis sourd de celle-ci. À moins que tu veuilles me les crier ?

Elle lui donna une claque sur le bras pour toute réponse tandis que ses gloussements lui coulaient encore de la gorge. Finalement, elle réussit à respirer pour le supplier :

— Felix, va nous chercher à boire, trouve-nous un coin tout près de la tribune des juges et laisse-moi terminer mes analyses en paix avant le début des courses.

— D'accord, madame Arsenault, j'y vais tandis que toi, tu t'organises pour remporter le gros lot.

Elle rit encore en le poussant vers le bar et reprit sa dissection du papier.

Les lieux étaient bondés. Absolument tous les coins et recoins des gradins, de la piste jusqu'à la dernière marche, étaient occupés. Plusieurs avaient dû se contenter de s'appuyer sur la clôture qui encercle la piste en souhaitant apercevoir les sulkys au dernier tournant. Les spectateurs qui étaient arrivés en dernier avaient dû se contenter d'un coin égaré sur les gradins, et ils devaient s'étirer le cou et bouger la tête à droite et à gauche, maugréant à cause des chapeaux qui dansaient devant leur visage et leur bloquaient la vue des coureurs.

Finalement, le hautparleur résonna. On annonçait la course du premier lot. La maitresse de cérémonie du défilé, fièrement montée sur son cheval, entra dans l'hippodrome au petit trot, suivie des *drivers*. Les applaudissements et les cris montaient de la foule. Des oiseaux auraient facilement été trompés, croyant qu'il s'agissait là d'un large nuage qui grondait de tonnerre, chargé de foudre qui allait bientôt fendre l'air.

Inconsciemment, Aoibhe écrasait le bras de Félix avec la même intensité que ses yeux fixaient la forme de la cavalière. Comme cette vision lui rappelait des souvenirs d'un temps qui s'était éclipsé en un clin d'œil ! Son cœur allait bien s'assommer derrière son sternum où il boxait sa poitrine. Combien de fois était-elle venue ici avec son père ? Combien de fois avait-elle monté sur une jument comme celle-là, à titre de maitresse de cérémonie du défilé, pour guider les *drivers* dans l'hippodrome ? Elle perçut également quelques-uns des amateurs qui allaient amuser la foule entre les courses, comme Félix l'avait fait jadis.

Elle tourna la tête et vit que son mari la dévisageait. Voyait-il lui aussi des images de l'époque où il sautillait sur place à proximité de la piste, vêtu en culottes courtes et en petit maillot de course avant son sprint contre un cheval ? Cette époque où son nom avait couru sur toutes les lèvres des dénicheurs de talents des équipes olympiennes qui étaient à la recherche d'athlètes ayant le potentiel de participer à des épreuves sportives internationales.

Malheureusement, comme pour bien d'autres, la Guerre et la conscription avaient stoppé le sprinteur et mirent fin aux illusions d'une vie de rêves. Du creux des gouffres laissés par les bombardements allemands, Félix avait scruté l'horizon éloigné à s'en bruler les yeux, sachant qu'à la lisière son ile flottait doucement entre le détroit de Northumberland et le golfe du Saint-Laurent. De retour au pays, le soldat s'était précipité à son village natal. Là, il avait plongé les mains dans sa terre rouge pour y laver le sang de ses camarades foudroyés, pour panser les meurtrissures des combats, pour amortir le tremblement de ses membres. C'est là aussi qu'il avait juré de ne plus jamais sortir du pays, de ne plus s'éloigner de ce lieu où les gens vivent les petits bonheurs et les petits malheurs de la vie. Mais il s'était aventuré jusqu'à Charlottetown, où il avait encore croisé les yeux noirs de cette cavalière qui l'avait fait haleter plus que les sprints qu'il avait courus contre des chevaux dans les hippodromes de Summerside, de Covehead et même de la capitale.

Félix tira sa femme contre son corps, lui passa un bras autour des épaules, lui posa un baiser sur le front et lui murmura :

— Je souhaite que tu t'amuses autant que moi à revoir cette piste dans la même atmosphère des années passées. C'est ici que je suis tombé amoureux de tes belles cuisses. Des cuisses qui sont plus rondes et plus solides que celles de la plus belle des Jersiaises.

Pour la énième fois de la journée, cet homme lui tira des rires de la poitrine. Elle allait bien finir par se rouler par terre s'il continuait à enrober toutes ses flatteries de farces ridicules. Heureusement, la voix de l'annonceur détona du hautparleur. On alignait les chevaux à la corde, le véhicule spécialement aménagé pour permettre le départ de ces courses attelées était déjà posté à la ligne de départ. Au signal du *starter,* c'était parti. Le véhicule avança assez rapidement, les *drivers* faisaient claquer les rênes, criaient des ordres et utilisaient tous les stratagèmes pour convaincre leur cheval de se faufiler à l'intérieur de la piste, le long de la corde, afin d'avoir moins de distance à parcourir. Mais cette tactique risquait de les voir coincés par les autres, effectivement « *boxed-in* ». Les préférés étant pris comme ça, un *outsider*, un étalon qui n'avait pas encore maitrisé le trot suffisamment pour distancer ses concurrents, pouvait vite prendre les devants.

On suivait les *drivers* aux teintes de leurs casaques, on criait et on désignait à ses voisins les chevaux qui allaient devancer les préférés, comme s'ils ne les voyaient pas. Les parieurs se rongeaient les ongles en attendant que les juges notent les gagnants d'après les photos d'arrivée sur le tableau indicateur. On acclamait ses victoires, on pleurait ses déceptions et on applaudissait les artistes et les amateurs qui présentaient des spectacles entre les épreuves.

Quand Aoibhe ferma les yeux, tard en soirée, blottie dans le creux du bras de Félix, elle avait toujours le sourire aux lèvres. Derrière ses paupières, des images de sabots qui frappaient le sol se répétaient, et dans les oreilles, les échos des rigodons que les musiciens avaient entonnés. Elle s'endormit sur une promesse de monter sur le dos de Jenny aussitôt qu'elle remettrait les pieds à Abram-Village.

* * *

Lucie était la grande sœur et la marraine de Félix. Jeune femme, elle avait été l'enseignante à la petite école de leur village natal. Un inspecteur était venu y faire l'analyse des résultats scolaires des élèves et observer les stratégies pédagogiques de l'institutrice. Lucie avait tenté d'amadouer l'homme en faisant résoudre à ses élèves des problèmes complexes de mathématiques. Elle avait organisé des concours d'orthographe et fait chanter par sa classe *God Save the King*, sur un ton quand même assez juste. L'inspecteur s'était dit ravi et était reparti avec l'enseignante. Ils avaient aménagé dans une banlieue de la capitale, mais il était évident que Lucie n'avait pas oublié les gens d'Abram-Village.

Lucie tenait encore la main de Félix et n'était évidemment pas prête à lâcher prise. Depuis quinze minutes déjà, ils étaient assis à la table où la grande sœur n'avait d'yeux que pour son petit frère. Elle lui posait question par-dessus question sur la santé et le bienêtre de tous ceux et celles qu'elle avait connus dans la région de la Baie-Egmont. Aoibhe les écoutait babiller en sachant très bien qu'ils parlaient des voisins, à les entendre prononcer des prénoms sans fin : Émile à Franky Junior à Fidèle à Fabien à Fidèle à Albéni à la veuve Aurore à Gérôme Manuel à Abel à Adam et Ève. *Och !* ces gens connaissaient la généalogie de tout un chacun jusqu'au début des temps ! Aoibhe sourit en pensant à cette tactique qu'ont les gens de la Baie pour arriver à s'identifier. Après tout, c'était Lucie qui s'était intéressée à ses origines à elle aussi. Il n'y avait de cela même pas une année, quelques mois avant son mariage avec Félix.

Le jeune couple avait été invité pour une soirée. Félix était tellement fier de présenter sa future épouse à sa grande sœur, mais la soirée ne s'était pas du tout terminée comme il l'avait pensé. Pas du tout. Plutôt, c'était là que sa fiancée avait fait tout un aveu.

Au début, la conversation tournait autour des salutations et des offres de thé et de gâteries. Mais en peu de temps, l'Acadienne avait voulu connaitre l'ascendance de cette femme que lui présentait son petit frère. Ses parents ? Pourquoi Aoibhe avait laissé échapper qu'elle était adoptée et que le fait de ne pas savoir qui était ses parents biologiques assaillait toutes ses rêveries, la nuit comme le jour. Elle n'était pas vraiment Écossaise. Elle était née acadienne, mais n'avait aucun souvenir de la langue française ni de sa famille. Elle n'avait aucune idée de qui était sa mère, cette femme qui l'avait mise au monde. Et son père, est-ce qu'elle avait posé les yeux sur cet homme une seule fois au moins ? Avait-elle des frères ou des sœurs ? Des personnes ayant des yeux dans lesquels elle verrait le reflet des siens ? Pourquoi l'avaient-ils déposée dans un orphelinat ? À quel âge s'étaient-ils débarrassés d'elle ? Elle n'avait aucune idée de qui était sa mère, **sa propre mère.** Elle ne la connaissait même pas !

Aoibhe avait terminé sa tirade en larmes malgré ses efforts pour les ravaler.

Félix l'avait fixée, étonné de la voir bouleversée à ce point, et complètement abasourdi de ces révélations qu'elle venait de faire. Il savait bien que ses parents étaient décédés dans un déraillement, mais cette histoire d'origine acadienne, d'abandon, d'adoption qui la secouait ainsi, c'était une nouvelle pour lui.

Lucie avait pris la main de la jeune femme dans la sienne, lui avait caressé les doigts sans cesse. Ses yeux n'avaient pas cligné. De ses prunelles couleur noisette, elle avait transmis à Aoibhe tout le soutien que méritaient ces aveux qui lui avait coulé de la bouche en vagues, en houle, en tsunami, en raz-de-marée avant de s'estomper en vaguelettes, de remous empreints de peine et de détresse.

— Tu as toujours su que tu étais adoptée ?

Encore les larmes, un véritable torrent. Elle avait secoué la tête avant de réussir à souffler :

— Non. J'ai trouvé des papiers après le décès de mes parents, réussit-elle à marmonner entre deux hoquets. Mes parents adoptifs, Connor et Sinéad MacLeod. Ils étaient mes parents, avait-elle ajouté avec plus de conviction. Ils étaient excellents vraiment, avait-elle conclu.

— Et tous deux sont décédés ?

Aoibhe avait hoché la tête.

— Dans un déraillement de train, il y a de cela trois ans, avait ajouté Félix.

Lucie avait secoué la tête, mais n'avait pas quitté la jeune femme des yeux.

— Mes plus sincères condoléances. Cela dut être difficile de perdre ses deux parents dans une telle catastrophe.

La sœur de Félix n'avait hésité qu'un instant avant de demander :

— Alors, que sais-tu exactement de tes origines ?

La cavalière avait levé les épaules et s'était passé le revers de la main sous le nez comme une enfant après une crise. Elle avait alors confié à Lucie qu'elle avait été adoptée de l'orphelinat Saint-Vincent-de-Paul, elle avait épelé le prénom d'une dizaine de lettres dont elle avait été baptisée, selon des documents qu'elle avait trouvés. Ce prénom était même plus long que son nom de famille. Oui, ironiquement, le même que celui de Félix, de Lucie avant son mariage.

— Notre servante – nous avions une servante à la maison quand on vivait à Grand Tracadie –, eh bien, elle est Acadienne, comme vous. Comme moi. Je l'ai questionnée, mais tout ce qu'elle pouvait me dire, c'est qu'à mon arrivée, je pouvais parler français. Uniquement le français. Je l'ai tout oublié, évidemment. Aussi, Angèle, notre servante, pense que je suis originaire de la Baie-Egmont, puisque je disais: « vi-eu-it ! », « vi-an-in ? », « vi-on-ins ! »

Elle avait secoué la tête et avait précisé:

— Pour dire « viens », le verbe « venir ».

— *Vieuing!* avait corrigé Félix presque en transe.

— De la Baie-Egmont ? Comme nous, avait constaté Lucie.

D'un coup sec, Aoibhe avait subitement tourné la tête pour fixer Félix:

— Je pensais que tu étais originaire d'Abram-Village ?

Mais toute cette histoire, cette femme, cette Écossaise qu'il pensait connaitre, aurait pu être sa voisine ? Cela l'avait tellement saisi qu'il avait été momentanément muet.

— Abram-Village est dans la région de la Baie-Egmont, avait murmuré Lucie.

Le silence avait régné dans la petite cuisine le temps que cette nouvelle fasse son chemin dans la conscience de la jeune femme.

— Seigneur, au moins que tu ne sois pas notre cousine ! avait lancé Félix en essayant d'alléger l'atmosphère tendue qui s'était répandue autour de la table.

Lucie l'avait foudroyé d'un regard cinglant. Il n'avait que sourcillé et levé les bras.

— Alors, tu penses qu'il est possible que nous soyons du même village ? avait demandé la jeune fiancée de Félix avec autant d'appréhension que d'espoir.

— Eh bien, il y a plusieurs villages qui bordent la baie: Abram-Village, Maximeville, Urbainville, Saint-Chrysostome, avait ajouté Félix.

Les espoirs qu'Aoibhe avait entretenus s'estompaient à chaque village qu'il avait énuméré.

Och! Chaque fois qu'elle avait senti être sur une piste qui pouvait l'emporter un peu plus près de sa quête, un mur s'élevait devant elle. L'Île n'était pourtant pas si grande. C'est la plus petite province du pays. Et selon Angèle, et maintenant Lucie, il était très probable qu'elle avait vu le jour dans la région de la Baie-Egmont. D'accord, il y a plusieurs villages qui bordent cette baie, mais ce n'est pas la Chine, quand même.

Malgré son ardeur de vouloir retrouver sa mère biologique, elle avait eu une crainte qui avait toujours mijoté juste sous sa peau. Comme une escouade de serpents qui rampaient le long de ses bras, se dirigeant lentement et dangereusement près de son cœur. Et si son père n'était qu'un vagabond? Ou même un bandit qui avait violenté sa mère? Et si sa mère était une femme qui n'avait jamais voulu d'un enfant? Et si c'était une femme tellement désagréable? Et si elle, Aoibhe, était un secret? Était-il sage de se présenter sans crier gare pour chambouler la vie de personnes qui ne voulaient rien savoir à son sujet. Pourrait-elle accepter ces réalités? Pour elle, le pire avait toujours été la possibilité que sa mère ne voulait pas revoir son enfant. Et si elle ne voulait plus jamais poser le regard sur sa fille? Serait-il plus raisonnable d'écouter les conseils de sa grand-mère et de laisser tomber cette quête insensée?

Elle se souvint maintenant comment elle avait fermé les yeux, secoué la tête dans la cuisine de Lucie, et avait avalé sa peur.

— Et dans tous ces villages, les gens prononcent « viens » comme « vi-eu-ing » ? avait-elle demandé à Lucie en croassant.

La femme avait souri doucement tout en hochant la tête. La prononciation n'était pas exacte, mais assez proche.

— Je voudrais tellement retrouver mes origines. Mais je n'ai pas toutes les informations nécessaires pour me guider. Est-ce que... est-ce que tu penses qu'il y aurait une personne dans ces villages de la Baie-Egmont qui pourrait m'aider?

— Tu sais, Eva, il y a beaucoup de femmes qui doivent donner leurs enfants, surtout si elles ne peuvent supporter leur famille. Et trop souvent, des femmes meurent en couches. Je ne voudrais pas que tu mettes trop d'espoir dans mes connaissances. Il y a longtemps que je suis déménagée de la région, mais...

La jeune fiancée s'était penchée sur sa chaise en attendant la suite qui ne venait pas.

— Quelle est ta date de naissance ? demanda Lucie finalement.

Rien que ça ?

— Le 8 mai 1924, avait-elle bredouillé.

Lucie n'avait que hoché la tête, recueillant l'information comme l'aurait fait un enquêteur.

Même si, consciemment, Aoibhe avait su qu'elle s'était raccrochée à un mince espoir, elle n'avait pu ralentir les élans de son cœur en souhaitant que cette femme connaisse une voisine, ou même une cousine, qui connaissait une femme qui avait dû abandonner son enfant. *Aye!* Ces gens connaissaient tous les habitants de leurs villages, pouvaient défricher leur généalogie au complet jusqu'aux ancêtres qui étaient retournés de ce grand dérangement qu'ils avaient connu au milieu du dix-huitième siècle, alors surement...

Lucie ne lui avait pas lâché les mains et ses yeux avaient scruté tous les traits de sa figure. Finalement, elle avait doucement levé un doigt pour effleurer le visage d'Aoibhe. Celle-ci avait tressailli au moment où un pouce avait frôlé son nævus. Elle n'avait pu éviter de placer sa main sur celle de l'autre femme.

— Cette marque de beauté pourrait peut-être aider aussi. Tu l'as toujours eue ? Depuis la naissance ?

La fiancée de Félix avait été de pierre, statufiée sur sa chaise. Même ses poumons s'étaient cristallisés. Il n'y avait que son cœur qui s'était déchainé, qui tambourinait en coups sauvages dans sa cage thoracique. Sa tache de naissance ?

— Depuis toujours, avait-elle bredouillé. Avec mon certificat de naissance et mon ordre d'adoption, il y avait une photo, de moi. Un cliché pris à l'orphelinat, sans doute. Je me suis reconnue par cette marque.

— Peut-être que ce grain de beauté pourrait nous aider tout autant que ta date de naissance et le nom sur tes papiers.

Lucie s'était tournée vers son petit frère en demandant :

— N'y avait-il pas cette famille ? avait-elle commencé en français.

La sœur avait nommé le fils d'un tel à une telle à un tel et la fille d'une autre qui était la femme d'un autre qui, tragiquement… Mais quelles étaient les chances ?

Aoibhe avait bien tenté de suivre, mais le jargon du frère et de la sœur avait papillonné de l'un à l'autre à une vitesse étourdissante. Tout aussi subitement, des fantasmes de tendres rencontres et de retrouvailles poétiques avaient virevolté dans sa tête, puis des cauchemars de déceptions, de rejets et de dénis étaient tombés comme des couperets pour guillotiner ces fantasmes. Toujours, c'étaient les mêmes tourments. Pourtant, et si…

— Alors, tu peux m'aider ?

— Je peux demander à quelqu'un. Je ne peux pas te faire de promesse. Surtout, ne mets pas trop d'espoir en moi, mais, si tu permets, j'irai visiter notre tante Élisa qui, depuis le décès de notre oncle, est déménagée chez sa fille dans ce voisinage. Elle est assez âgée, mais toujours aussi vigoureuse et alerte, Eva.

Pas un seul francophone n'avait réussi à prononcer son nom avec la petite tournure écossaise de sa famille. Eh bien, elle n'arrivait pas à tourner la langue pour réussir à prononcer certains phonèmes français, non plus.

À ce moment-là, elle s'était juré de réapprendre sa langue maternelle. Sa langue maternelle ? Oui. Le français ET l'écossais étaient ses langues maternelles. Comme le lui avait dit sa grand-mère, elle n'avait pas à renier l'une pour embrasser l'autre. Elle serait bilingue, tout comme ces gens. Elle réapprendrait le français et travaillerait à sauvegarder tous les legs écossais qu'elle avait hérités des MacLeod.

Une année après cette première rencontre entre Lucie et elle-même, Aoibhe n'avait toujours pas réussi à maitriser cette langue qui avait les genres masculin et féminin pour tous les mots, qui avait des exceptions à toutes les règles grammaticales et où les gens de chaque village variaient la prononciation de tout le vocabulaire au complet. Mais Lucie avait trouvé. Elle avait réussi à retrouver la mésaventure d'une femme d'un tel qui avait épousé le fils d'un tel qui tragiquement…

Lucie avait trouvé sa famille.

* * *

— Et toi, Eva, exigea sa belle-sœur présentement. Tu vas m'expliquer comment tu t'es cassé ta jambe.

14

La fermière

La semaine à Grand Tracadie avait volé plus vite que l'avion de Daniel. Pour le vol du retour, Félix n'avait agrippé ni la porte ni le tableau de bord sinon aux moments du décollage et de l'atterrissage. Il avait dégoisé durant tout le vol au complet, mais uniquement de ses vaches. Sa semaine de repos lui avait redonné le souffle d'énergie qui permet de reprendre les tâches de la petite vie avec entrain et passion même.

Il avait pointé du doigt tous les prés où un troupeau de bovidés paitrait en énumérant les avantages de chacun à l'intention du pilote, qui appréciait l'emportement du fermier. Ce champ était excellent, puisqu'il était disséqué par un ruisseau qui offrait un abreuvoir naturel pour le bétail. Mais plus loin, il y avait un pré qui était également excellent, puisqu'on y trouvait un petit boisé pouvant servir d'abri pour se protéger du soleil brulant. L'agriculteur avait étudié toutes les granges et les aménagements des fermes entre la capitale et la Baie-Egmont. Décidément, les terres de l'Est étaient plus riches que celles de son village. Tout de même, il avait la meilleure vache de l'exposition agricole de Baie-Egmont et Mont-Carmel, se réjouissait-il.

Aoibhe descendit de l'aéronef en posant le pied doucement sur le sol. Le médecin de famille qu'elle avait connu depuis son enfance à Grand Tracadie avait cru acceptable de lui enlever son plâtre. Son pied était un peu engourdi et exigeait des exercices pour reprendre ses forces, mais pour l'instant, il nécessitait une chaussure, et la cavalière était bien décidée : cette chaussure serait une botte d'équitation.

La porte claqua sur le mur par l'élan qu'Aoibhe l'avait ouverte. Par-dessus ses épaules, des rayons de soleil explosèrent dans la cuisine et des particules de poussière se mirent à pirouetter dans la détonation provoquée par l'entrée subite de la femme. Elle trouva sa petite maison charmante et chaleureuse, mais se précipita dans leur chambre à coucher avec empressement. Vivement, ses vêtements se mêlaient à la poussière, sautant dans les rayons et s'écrasant dans un tas. Aoibhe en ressortit d'un pas très décidé, mais boitant, vêtue de son pantalon et chaussée de ses bottes. La porte claqua derrière elle. La poussière tourbillonna.

Félix était déjà dans le pré, une main sur la hanche de la vache lauréate et en grande discussion avec Roméo. Sa femme ne put s'empêcher de sourire et de sourciller en même temps. Quel couple ils formaient ! L'un obsédé par son bétail, l'autre amoureuse de sa jument.

Elle marcha prestement dans la grange ; déjà la petite jument s'ébrouait énergiquement dans son enclos. Elle n'arrêta pas de hennir, d'agiter la tête et de faire danser ses sabots sur le plancher. *Och !* Est-ce qu'elle avait été confinée à la grange pendant toute son absence ? Aoibhe se colla le visage sur celui de la bête, mêla sa chevelure au crin du cheval et lui murmura des mots doux.

— Que dirais-tu d'une sortie maintenant que nous avons toutes les deux les jambes en pleine forme, *aye ?*

De ses mains habiles, la femme installa l'amortisseur, la selle et la bride en un temps record. Elle ne put attendre de sortir du bâtiment pour monter sur le cheval qui trépignait toujours. Elles firent irruption de la grange au galop, les boucles et le crin au vent, le visage d'Aoibhe décidément fendu d'un large sourire. Félix observa sa femme qui partait à la course.

Doux Seigneur, si le curé passait par ici en cet instant, il y aurait un long carême de jeûne et d'abstinence chez les Arsenault au printemps, pensa-t-il en souriant malicieusement.

Le feuillage montrait déjà des traces d'une rousseur qui n'allait que s'accentuer. Les odeurs et les parfums de la nature qui bientôt somnolerait pour la saison hivernale les enveloppaient. Le soleil brillait de tous ses éclats, mais ses rayons n'étaient pas si mordants qu'au cœur de l'été.

Celui-ci, cet hiver de 1947, serait le premier qu'Aoibhe alla vivre dans la région de la Baie-Egmont depuis celui de 1927. C'était au printemps de 1928 qu'elle avait été conduite à l'orphelinat Saint-Vincent-de-Paul.

À Grand Tracadie, les vents dominants arrivent directement du golfe, emportant la neige en languettes qui sillonnent sur les dunes sableuses avant de gravir la grève pour s'abattre sur les maisons. Elle avait une petite hâte de voir l'hiver arriver ici à Abram-Village, de passer la saison neigeuse avec Félix dans son village natal. Leur village natal.

La cavalière tira sur les brides de Jenny. Du faite du cap Rouge, elle pouvait scruter les plages qui s'étendaient devant elles. Les vents du nord-est devaient bien se heurter aux caps, ici. *Och!* Sans doute les rafales ramassaient la mer au passage pour la lancer contre le littoral tandis que la neige ferait la toupie dans les nuages avant d'emmitoufler tous les villages de la Baie-Egmont. Certainement qu'en janvier, ici aussi, tout sera gelé, froid et glacial. Mais dans sa maison, dans sa petite maison chaleureuse, avec son homme, tous deux, les pieds tendus vers le brasier dans l'enceinte du poêle, il ferait bon.

Après plus d'une heure à parcourir tous leurs sentiers préférés, la cavalière et sa jument se dirigèrent vers la ferme familiale. De loin, elle voyait les petites maisons du voisinage, les granges qui trônaient dans les champs, le bétail qui paissait dans les prés, et dans la cour de la maison voisine de la leur, des draps propres dans une main, des pinces à linge entre les lèvres, sa sœur, sa vraie grande sœur biologique, qui la saluait de coups de main énergiques. Aoibhe eut un élan d'amour pour la femme.

Elle avait fait la connaissance de sa sœur quelques mois après sa première visite chez Lucie. C'était en octobre de l'an passé seulement, six mois avant son mariage à Félix et leur déménagement dans la région de la Baie-Egmont que la fiancée orpheline avait renoué avec sa grande sœur biologique.

Cela avait été une belle journée ensoleillée le jour où Félix avait conduit sa jeune fiancée à Abram-Village, où la réunion des deux femmes devait avoir lieu. Durant tout le trajet, Aoibhe n'avait pu maitriser les secousses nerveuses de son corps. Encore et encore, elle avait exigé des assurances de Félix. Est-ce qu'il s'agissait vraiment de sa sœur ? Il en était certain ? Elle avait dû lui demander cent fois s'ils s'approchaient enfin d'Abram-Village et deux-cents fois si Lucie n'avait pas fait erreur. Il avait bien essayé de la rassurer, mais aucune parole n'avait réussi à l'apaiser. Elle n'avait pu se convaincre qu'elle allait vraiment faire la connaissance d'une personne qui lui était liée par le sang.

Sa sœur l'avait attendue à la maison d'une voisine, où elles auraient un peu d'intimité pour ces retrouvailles. La voisine avait ouvert la porte pour l'accueillir, puis les avait laissées. Sa sœur était assise à la table de cuisine, immobile, mais visiblement fébrile. Quand on avait refermé la porte, elle avait enlevé ses lunettes et s'était levée pour s'approcher doucement d'Aoibhe. Comme la jeune cavalière avait été déconcertée de voir des yeux bleus qui l'avait fixée – des yeux d'un bleu si clair, bleu comme le ciel, bleu comme la mer, bleu comme les yeux de son papa MacLeod ! Certainement, il y avait une erreur ici.

Les deux femmes s'étaient dévisagées en silence, le regard bleu de cette étrangère plongé dans les prunelles brunes d'Aoibhe. Toujours sans un mot, la femme dodue mais solide, aux boucles châtaines, aux hanches charnues, au sourire chaleureux, avait pris les deux mains de la jeune Écossaise dans les siennes. Malgré ses souhaits les plus fervents, celle-ci avait vite constaté qu'il n'y avait dans l'anatomie de la fermière aucun trait qui était reflété sur son corps, ni le profil, ni la silhouette, ni même une seule ligne du visage. Sa déception avait été si palpable qu'elle l'avait goutée sous la langue. Lucie s'était méprise.

— Pôline ? avait bredouillé la fiancée de Félix, regrettant ce malentendu. Sans doute nous avons commis une erreur. Je souhaite tellement retrouver ma famille que je me raccroche au moindre espoir.

Pauline lui avait souri tendrement en buvant les paroles prononcées avec un timbre qu'elle avait connu, mais avec un accent tout nouveau.

— Tu n'as pas beaucoup changé, avait-elle chuchoté. À trois ans déjà, tu avais les yeux de maman, le contour de son menton, mais là, c'est évident, la ressemblance est frappante, criante même. Et… ceci.

La fermière avait hésité un moment avant de lever un doigt pour effleurer la joue de la nouvelle arrivée, pour tracer le nævus si distinct, cette marque sous l'œil gauche qui donnait l'impression d'une larme calcinée. Et là, elle avait serré la joue de sa petite sœur dans sa main. Durant toute l'inspection, Aoibhe était demeurée immobile. Finalement, d'un mouvement ralenti, elle avait enveloppé la main de sa sœur dans la sienne. Déjà, des larmes avaient menacé de jaillir en torrents.

— Tu penses que je suis vraiment ta sœur ?

— On me dit que tu es née le 8 mai 1924. Je n'ai jamais oublié la date de ton anniversaire. Maman non plus. Jamais, jamais nous n'avons oublié ton anniversaire. Et tu as été adoptée à l'âge de trois ans, je présume ?

Aoibhe n'avait réussi qu'à hocher la tête tellement son corps avait été secoué des spasmes nerveux. Une date de naissance et un grain de beauté sur la joue pouvaient-ils vraiment confirmer que cette femme était sa sœur ? Sa vraie sœur biologique ?

— Est-ce que c'est possible que nous nous trompions tous ? Que ce n'est pas moi, ta sœur ?

— Ton nom, ta date de naissance, ton grain de beauté et ta ressemblance irréfutable avec maman… tu es son portrait. Moi, je n'ai aucun doute.

Aoibhe avait examiné le visage de Pauline en creusant sa cervelle pour tenter de faire surgir une image ou une parole de sa grande sœur qu'elle aurait enfouie dans un recoin quelconque. Rien ne lui était venu, sauf quelques neurones tenaces qui demeuraient sceptiques.

— Est-ce que je peux te serrer ? avait murmuré la fermière.

Silencieusement, la jeune fiancée avait hoché la tête. Pauline s'était avancée. Doucement, elle l'avait prise dans ses bras puis l'avait écrasée contre son cœur. Et là enfin, Aoibhe avait été submergée d'un sentiment de tendresse et de sécurité qu'elle dût avoir savouré autrefois. La petite sœur s'était alors accrochée au cou de son ainée, s'était blottie sur sa poitrine comme un bébé sur sa maman, et de toutes ses forces, elle avait serré sa sœur, sa grande sœur, Pauline. Son visage s'était défait. Comme un enfant gâté à qui on accorde finalement un jouet longtemps refusé, elle avait pleuré toute la détresse qui l'avait accablée depuis la découverte de ces documents.

— Tu es de retour à la maison, ma petite sœur. Tu es de retour maintenant. Chut ! Chut ! Ne pleure plus. Ne pleure pas.

Pauline l'avait bercée dans ses bras en se balançant sur ses jambes pendant plusieurs longues minutes tout en lui murmurant des mots qu'Aoibhe avait passé des nuits à rêver. Finalement, finalement, elle avait senti le sang de sa famille battre sous sa joue.

— Ça va. Ça va aller maintenant. Toutes ces larmes sont comme celles que nous avons tant pleurées. Jamais, jamais nous ne t'avons oubliée. Jamais nous n'avons cessé de penser à toi. Où étais-tu ? Est-ce que tu avais vraiment un lit tout chaud et une assiette bien garnie ? Est-ce que tu avais une maman qui te gâtait autant que la nôtre ? Est-ce qu'on te berçait avec une petite douillette collée au visage, comme papa t'avait si souvent bercée ?

Toutes ces paroles ne faisaient que la secouer davantage. Son père l'avait bercée ? Elle avait eu une douillette ? Sa maman l'avait gâtée ? Alors, quelles circonstances pouvaient bien avoir poussé ses parents à donner leur enfant ?

À travers ses larmes, elle avait encore étudié le visage de sa grande sœur.

— Alors, pourquoi ? avait-elle bredouillé.

La fermière avait remis ses lunettes et lui avait tiré une chaise. Elles s'étaient assises en tête à tête, le visage sympathique de la fermière devant celui d'Aoibhe, qui n'avait que des yeux pour sa sœur ainée.

— Quand tu avais à peine trois ans, papa est décédé. Subitement. Un homme en pleine forme, solide comme le roc, mais aussi doux qu'un petit agneau aussi. Il est tombé mort — une crise cardiaque, nous a annoncé le docteur. Il était dans le pré à cueillir les pommes de terre. C'est un voisin qu'il l'a trouvé. Je me souviens quand ils l'ont transporté dans la maison. Maman l'a fait coucher sur la table de cuisine, où nous l'avons pleuré pendant un long moment. Finalement, elle nous a envoyés chez une voisine. Seule, elle a lavé papa et l'a préparé pour son cercueil. Du jour au lendemain, nous n'avions plus de père, et son absence nous a assez rapidement trainés dans la pauvreté. Oh ! nous n'étions pas riches, avant. Il n'y a personne ici qui est riche, mais là, c'était la misère. Maman a tellement travaillé pour nous soutenir, pour nourrir ses enfants. Le premier hiver, nous n'avons pas trop souffert. Nous n'avions pas faim, puisque papa avait eu une bonne récolte, et il est décédé à la fin de l'été. Mais il n'avait pas tout à fait terminé la construction de notre maison. Elle n'était pas bien isolée. Avant Noël, maman avait réussi à clouer du carton sur les murs des chambres à coucher. Elle l'avait ensuite recouvert de restants de tapisserie qu'une voisine lui avait donnés. Elle en était même un peu fière. Mais les hivers canadiens ne sont pas stoppés par du carton. Et cet hiver a été long, froid et pénible. L'ennui et la peine que vivait notre pauvre mère étaient palpables. Elle avait le regard perdu, la figure si attristée. Elle essayait bien de nous cacher sa détresse, mais en quelques mois, elle avait véritablement vieilli de plusieurs années. Quand des voisins venaient nous offrir de l'aide, nous porter une corde de bois pour nous chauffer, nous offrir du poisson pour un repas que maman étirait pour en faire trois, cela l'attristait davantage. Elle avait connu ce genre de pauvreté durant sa jeunesse. Elle n'en pouvait plus d'accepter encore la charité de tout un chacun et de voir dans les yeux de nos voisins la pitié qui s'y lisait.

La fermière s'était tue un instant en fixant ses mains, puis elle avait enchainé :

— Au printemps, tout s'est écroulé. Avec l'aide de sa sœur, notre tante Éveline, maman avait essayé de labourer la terre pour l'ensemencer. De peine et de misère, elles avaient réussi à atteler le cheval et à attacher la charrue. Mais pauvre maman ! Approcher cette énorme bête imposante, ce gros étalon qui l'effrayait tant, c'était un défi inconcevable. Même avec l'aide de notre tante, elle avait dû mettre plus d'une heure à installer les attirails sur la bête, et encore une heure pour trouver le courage de lui passer le collier par-dessus la tête. L'étalon dut bien sentir la nervosité des femmes. Je me souviens qu'il ne s'était pas soumis facilement. Je vois encore maman marcher derrière la bête quand il était finalement attelé. Elle était épuisée. Épuisée, épeurée et complètement désespérée.

Aoibhe avait tressailli.

— Je me souviens. Je me souviens de cette journée. Je regardais maman et je craignais qu'elle ne soit avalée par la poussière.

Elle avait fermé les yeux pour y faire jouer, encore une fois, cette scène cauchemardesque sur ses paupières closes.

— Et je me souviens de toi. Tu es venue me ramasser, avait-elle murmuré à Pauline.

— Elle t'a donné, avait soudainement hoqueté la fermière. Elle t'a donné. Je m'excuse si cela a été difficile pour toi. Je m'excuse pour elle. Cela a été si difficile pour nous, pour elle.

Là, c'était Pauline qui avait pleuré à chaudes larmes. Elle avait dû enlever ses lunettes qui ne servaient plus tellement elles étaient mouillées. Elle avait caché son visage dans ses deux mains et avait laissé couler la peine qu'elle avait souvent avalée depuis la désintégration de sa famille. Cette fois, c'était Aoibhe qui l'avait prise dans ses bras, qui avait serré sa grande sœur contre son cœur pour la bercer à son tour.

— Ah ! non, ne pleure pas, toi, Pôline. J'ai été bien. J'ai été aimée. S'il te plait, ne pleure pas. Merci, merci de m'avoir ramassée et de m'avoir consolée quand j'étais enfant. Merci de t'être occupée de moi, avait-elle chuchoté dans les boucles châtaines de la fermière.

La fermière avait relevé le visage pour sourire affectueusement à sa petite sœur. Le silence avait régné dans la pièce, mais les cœurs des deux femmes criaient, chantaient. Elles s'étaient retrouvées.

— Alors, « maman » ?

Maman ? Comme ce mot était étrange dans sa bouche. Il y avait « *mommy* » qu'elle avait prononcé toute sa vie. Presque toute sa vie. Mais « maman » ?

— Pauvre maman, elle n'allait dans la grange que pour chercher le grain pour les poules dans un coin bien à l'écart de toutes les bêtes. Même aller chercher les œufs dans le poulailler l'énervait. Mais pour ses enfants, pour nous, elle avalait sa peur. Ces quelques sillons qu'elle avait réussi à labourer, en y puisant tout son courage, trois courts sillons n'avaient pas suffi. Il y avait trop d'ouvrage qui nécessitait la force d'un homme, elle le savait.

Pauline avait baissé les yeux sur leurs mains le temps de prendre une grande inspiration avant de continuer.

— Ce même printemps, j'ai constaté qu'elle était encore enceinte. Voilà un autre bébé qui allait avoir faim et froid.

Aoibhe avait été stupéfaite.

— Alors, nous avons un frère ! Ou une sœur !

La fermière avait levé les bras.

— Je ne sais pas. Je ne sais pas, avait-elle répété en murmures avant d'ajouter : Mais tu as un frère. Nous avons un frère. Il s'appelle Alfred. Il est plus jeune que moi et plus vieux que toi.

Aoibhe avait encore tressailli. Bouche bée, elle avait tourné la tête à droite et à gauche en souhaitant que l'homme ait miraculeusement fait son apparition depuis une des autres pièces de la maison. Elle avait zyeuté la porte fermée.

— Il n'est pas ici, avait bredouillé Pauline. Il... il... depuis le décès de papa, il... oh ! il ne l'avouerait jamais, mais il est évident qu'il évite de s'attacher aux gens. Jamais il ne s'est marié. Et il pense qu'il est impossible de retrouver notre petite sœur, de te retrouver.

Aoibhe avait pincé les lèvres et hoché la tête pour toute réponse.

— Mais moi, moi, je n'ai jamais arrêté de prier pour ton retour. Jamais.

Les deux femmes étaient demeurées assises en tête à tête, les mains jointes sur leurs genoux, les joues sillonnées de larmes. Pauline avait soupiré avant de poursuivre son récit.

— Enfant, maman avait été donnée à une tante qui l'avait élevée. Sa mère, notre grand-mère, est décédée en couches, elle et le bébé. Selon le curé du village, un homme seul ne devait pas élever de jeunes filles. Absolument pas. Maman est donc allée chez une tante, et sa sœur à une autre; les garçons sont demeurés avec grand-père. Le curé était venu à la maison lui-même pour s'assurer que les filles soient sorties. J'ai compris que cette séparation avait été traumatisante pour notre grand-père tout autant que pour ses filles. Maman m'a dévoilé la peine qu'elle vivait quand elle allait à l'église et qu'elle voyait sa famille tout en sachant qu'elle ne pouvait pas retourner à la maison avec eux. Elle ne voulait pas ça pour toi. Elle ne pouvait pas tous nous garder, mais elle n'aurait pu endurer de te croiser dans le village en sachant l'agonie que tu vivrais de devoir retourner dans une maison avec une autre famille plutôt que la nôtre. C'était la réponse qu'elle m'a donnée quand finalement je l'ai priée de m'expliquer pourquoi elle t'avait mené ailleurs.

Pauline avait enlevé ses lunettes encore une fois pour passer une main sur son visage avant de les remettre. Aoibhe, assise sur le bout de sa chaise, avait laissé couler des larmes silencieuses. Des visions d'une gamine, torturée de devoir regarder sa famille s'éloigner sans pouvoir les suivre, avaient virevolté dans sa tête.

— Je pense que maman n'aurait pu supporter encore une telle douleur, de te voir lui tourner le dos, ta main dans celle d'une autre femme. Sans nous aviser de sa décision, elle nous a laissés avec notre tante, ton frère et moi. J'y ai souvent repensé depuis. Je suis convaincue maintenant qu'elle souffrait déjà des premiers malaises de l'accouchement. Elle est partie en te tenant par la main. Je me souviens encore de la petite robe que tu portais. Maman t'avait brossé les cheveux pendant une demi-heure en te chantant toutes tes petites comptines préférées. Je me souviens de la petite valise en carton que maman trainait et je me souviens d'avoir vu ses épaules secouées par des sanglots alors que vous marchiez vers la voiture qui attendait. Elle est retournée à la maison une semaine plus tard. Elle n'était plus enceinte, et elle avait vieilli de dix autres années. Et toi, tu étais partie.

Comme les épaules de sa mère avaient été secouées à l'époque, celles de sa fille cadette s'étaient véritablement convulsées en écoutant les derniers détails du récit que lui avait fait sa sœur. Elle avait écrasé les mains de Pauline et avait bu les paroles déchirantes de sa saga en laissant libre cours à ses pleurs.

— Et le bébé ? avait bredouillé Aoibhe.

— On n'en sait rien. Rien du tout. Maman n'a jamais pu en parler. Les quelques fois où j'ai voulu lui poser la question, c'était comme lui planter un poignard dans la poitrine. Je ne sais pas si c'était un garçon ou une fille ou même si le bébé a survécu à l'accouchement. Je ne sais pas. Je pense que c'était à l'hôpital de Summerside qu'elle était allée. J'ai compris que toi, tu avais été amenée à Charlottetown. Je ne sais pas par qui ni comment.

La jeune fiancée s'était creusé les méninges. Pourquoi ne pouvait-elle se rappeler aucune image de cette époque où les évènements durent être assez traumatisants pour une jeune gamine ? Combien de fois elle avait silencieusement accusé sa mère de l'avoir oubliée alors qu'elle-même...

— Est-ce que notre mère... est-ce que maman est décédée ?

L'expression accablée de sa grande sœur avait fait croire à Aoibhe qu'elle avait trouvé sa famille trop tard.

— Non, non, avait finalement murmuré Pauline en secouant la tête.

Aoibhe avait claqué ses deux mains sur sa bouche avant d'oser :

— Est-ce que tu penses qu'elle voudrait me voir ? Me revoir ?

La fermière n'avait pas répondu rapidement. Comme cette hésitation avait fait souffrir la petite sœur !

— Maman n'est plus tout à fait elle-même. Sa santé n'a plus jamais été telle qu'elle l'était avant le décès de papa. Encore plus depuis ton départ. Et ces dernières années, elle n'est pas toujours... lucide. Il y a encore des moments où elle nous reconnait, des jours où elle réussit à nous parler clairement, mais pas souvent. De plus en plus, elle est perdue dans le passé, torturée par des visions qui la hantent, je pense. Souvent, elle marmonne des mots qu'on ne comprend pas, et elle ne semble pas nous voir même si on croise son regard.

Aoibhe avait encore laissé couler des larmes. Elle avait dû fournir un effort pour prononcer les mots qui n'avaient que difficilement passé à travers sa gorge serrée :

— J'aimerais la revoir. J'aimerais revoir « maman », avait-elle plaidé.

15

Jacqueline

— *Giddy-up, Jenny !*

La jument s'élança au galop, sa cavalière se balançant avec aisance sur le dos de la bête. En un clin d'œil, elle s'approchait de Pauline qui l'attendait, sa lessive dans les mains, des pinces à linge entre les lèvres.

— Eva ! Oh ! bonjour, Eva, comment était la visite à Grand Tracadie ?

— *Hullo,* Pôline. *Och !* quelle belle semaine. Et regarde, je n'ai plus mon plâtre, annonça-t-elle en lui désignant son pied.

— Comme tu dois être soulagée. Tu n'as pas mis de temps à chausser tes bottes d'équitation.

— Je n'ai même pas défait ma valise, Pôline. Je mourais d'envie de retrouver ma petite jument.

— Daniel est déjà reparti ? La petite est couchée et je ne pouvais pas m'y rendre, mais j'aurais bien voulu le voir.

— Il va revenir en soirée. Il va à Moncton, mais il revient ici plus tard.

La cavalière descendit de son cheval tandis que Pauline terminait sa besogne. Elle était heureuse de suivre sa grande sœur dans sa cuisine pour boire une tasse de thé le temps que Diane termine sa sieste.

Les deux femmes jacassaient comme deux petites poules. L'une ne pouvait attendre que l'autre ait terminé ses caquètements avant de se mettre à babiller les détails d'un incident qui s'était passé à la maison, une sortie amusante qu'elle avait faite ou un petit scandale qui se jouait dans la communauté. Elles riaient des anecdotes qui avaient agrémenté leurs journées durant la dernière semaine. Pauline assura Aoibhe qu'elle n'avait pas trop travaillé à préparer des repas pour Roméo. L'homme était sympathique et avait passé beaucoup de temps avec Edgar. Ensemble, les deux avaient étudié toutes les pièces du vieux tracteur. Ils s'étaient bien graissé les mains en essayant d'optimiser le fonctionnement de la machine.

— On ne peut cependant pas dire qu'elle fonctionne mieux, précisa Pauline en riant. Ce Roméo travaille comme un tourbillon. En un clin d'œil, le train de grange de Félix était terminé. Et tu n'as rien à craindre : le troupeau de vaches a eu droit à une attention toute particulière.

— Que Dieu empêche qu'une mésaventure afflige la collectionneuse de rubans, ajouta Aoibhe.

— Oh ! surtout pas. Et ta *granny*, elle va bien ? Elle ferait un voyage à Abram-Village, tu penses ?

— *Och !* Nous en avons parlé, mais elle hésite à faire le long voyage en automobile. Évidemment, elle hait les trains, et elle n'a pas encore confiance aux avions, malgré toutes mes assurances.

— J'aimerais bien les revoir, tous ces MacLeod. Il n'y a qu'à vos noces où nous les avons vus, et vraiment, ce n'était pas assez long pour que je puisse jaser avec ta grand-mère comme je l'aurais aimé.

Elle pencha la tête d'un côté, remonta ses lunettes et pinça les lèvres.

— Edgar va bientôt célébrer ses trente ans. J'aimerais préparer une belle fête de famille, inviter des cousins, des cousines. Je me demande si Daniel et Sally pourraient se joindre à nous.

La porte claqua à en faire résonner les fenêtres. Edgar entra dans la cuisine en frappant les talons, suivi du chien qui se faufila entre les jambes des femmes.

— Sainte et *boune*, Edgar ! Tu vas réveiller la p'tite. Tu rentres tout l'temps dans la *maisang* comme un coup de *tonnarre* quand *alle* est couchée, admonesta Pauline en français.

Mais les mains et le visage de l'homme étaient noircis. La fermière stoppa son sermon, leva les yeux vers le plafond et se dirigea vers la cuisinière pour y chercher la théière. Edgar s'écrasa dans une chaise. Aoibhe peinait à retenir des éclats de rire.

— Des problèmes de tracteur, Edgar ? lui demanda sa belle-sœur, qui n'avait pas eu besoin de faire traduire les paroles entre sa sœur et son homme pour comprendre l'air contrarié de son beau-frère.

— Maudite machine ! Si je n'ai pas déjà remplacé ou graissé toutes les pièces de ce tas de ferraille la semaine dernière, je n'en ai touché aucune. Malgré tout ce travail, il m'a encore explosé dans la fourche ! Le gars qui me l'a vendu en parlait comme si c'était la meilleure invention depuis le pain tranché. Ma Pauline, ton pain est le meilleur et mon vieux bœuf qui se trainait les pattes était plus fiable que cette vieille bagnole. Évolution mon *tchul* ! cracha-t-il en français.

Toujours vêtue en cavalière, Aoibhe se tordait d'envie d'offrir à Edgar d'aller chercher ses Clydesdales pour l'aider à ramener son tracteur à la grange, mais peut-être était-il plus sage de laisser la tempête se calmer un peu avant de tourner le couteau dans la plaie.

— Ton tracteur est-il loin de la grange ? demanda Pauline en anglais, de façon à permettre à sa petite sœur de suivre le dialogue.

— Quasiment sous la clôture à Franky au gros Manuel, marmonna-t-il. Explique-moi donc pourquoi cette maudite machine ne peut pas attendre d'être dans la grange avant de tomber en panne ? se lamenta-t-il en fixant la cavalière.

Elle leva les mains pour toute réponse. Il la toisa d'un regard pensif. Elle imagina donc qu'il hésitait à lui poser la question.

— Cela me ferait plaisir d'aller chercher Jack et Big Ben, Edgar.

Il demeura silencieux un moment en se pinçant les lèvres. Finalement, il se leva.

— On est mieux d'y aller tout de suite, sinon, Franky sera déjà en train de bâtir un petit pont sur le ruisseau pour tirer mon tracteur dans sa propre grange. Cet homme-là volerait les graines de mes sillons si je ne les enterrais pas sous six pouces de terre. Je vais aller à la grange chercher ma chaine et je t'attends dans le champ ?

— Je serai là dans le temps de le dire. Pôline, venez vous joindre à nous pour un *cèilidh* ce soir, supplia Aoibhe. Toute la famille. Granny nous a laissés avec un plein panier de scones et du gâteau aux fruits qui fond dans la bouche.

— À quelle heure Daniel revient-il ?

— Il a promis être là peu après le souper. *Cheerio*, Pôline. On vous attend, lança-t-elle avant de sortir derrière Edgar.

* * *

Le visage de son beau-frère allait éclater. Franky avait toujours un discours moqueur, et si Aoibhe se fiait aux mains qui volaient aussi vigoureusement que la langue de l'homme, il ne se gênait pas pour lancer des taquineries cinglantes au sujet du tracteur et du fermier qui s'était laissé tenter par des fantasmes impossibles à propos de la machine. Peut-être devrait-elle rebrousser chemin et attendre que le voisin retourne chez lui avant qu'il ne perçoive qu'une femme venait en aide à l'homme en panne. Mais à l'instant même, Franky leva les yeux sur elle et la pointa en s'esclaffant.

Les joues de cavalière s'enflammèrent. Ses farfadets bondirent, leurs petites bottines noires sautillant avec vigueur, les poings faisant le yo-yo à côté de leurs chapeaux hauts de forme.

— *Gan! Give 'im a skelpit lug!*

— *Aye! Give it to 'im ladly!*

— *A skelpit lug, a skelpit lug!* gambadaient les *lucharachàins*.

— *Haw!* lança-t-elle soudainement.

Les Clydesdales se mirent au galop. Les sabots massifs frappaient le sol et brassaient une véritable tornade de poussière. La femme ne montrait aucun signe de vouloir les retenir avant qu'ils piétinent l'homme, plutôt elle guidait les chevaux directement vers le voisin. Celui-ci était figé sur place. Seuls ses yeux et sa bouche avaient bougé, trois trous béants et immobiles maintenant. Finalement, voyant les chevaux toujours au galop, il trouva l'usage de ses jambes et se tassa au pas de course. Aoibhe avait la tête haute, les yeux tournés vers le tracteur, mais elle épiait le petit homme du coin de l'œil. Elle ne tira sur les brides du gros Big Ben qu'une fois à la hauteur de la machine.

— Woah ! Woah !

Enfin, elle tourna la tête avec une expression de surprise sur le visage.

— Oh ! désolé, monsieur Gallant, je ne vous avais pas vu, là, derrière le chien.

Aussi rapidement que son élan de colère l'avait prise, Aoibhe fut affligée par une culpabilité à s'en mordre les lèvres presque au sang. N'allait-elle jamais apprendre à retenir ses accès d'ardeur ? Était-elle vraiment si méchante ? À peine deux heures depuis son retour dans ce village et déjà elle lançait des couteaux aux voisins. *Och !* Quelle imbécile !

Edgar s'était caché la tête sous son tracteur pour ne pas s'esclaffer devant Franky. Ce petit homme qui haïssait se faire rappeler sa courte stature aurait certainement quelque chose à dire au sujet de cette femme.

En un rien de temps, les chevaux étaient positionnés devant l'engin, la chaine les reliant avait été fixée et Edgar était au volant de sa machine. Franky n'avait cessé ni ses critiques ni ses railleries, et le chien aboyait. Au signal du fermier, Aoibhe cria aux Clydesdales :

— Haw !

Les muscles des bêtes jouèrent sous leur manteau, les immenses sabots piétinèrent le sol, la chaine se raidit et le tracteur avança. Le voisin disparut dans la poussière. Toby se mit au pas, à la hauteur des Clydesdales, comme s'il s'était chargé de guider les chevaux à la grange lui-même.

La cavalière étudia la bête un instant – ce chien qui avait vite accaparé le coin de la maison où le lit de sa mère avait été aménagé pendant ses derniers mois.

Est-ce que sa mère pouvait la voir depuis le ciel ? Est-ce qu'elle voyait maintenant la femme que sa fille était devenue ? Serait-elle très déçue d'elle ? *Och!* elle avait vu sa fille comme adulte. Une dernière fois, avant de rendre l'âme, elle avait revu sa fille devenue femme. Tristement, la nuit même de leurs retrouvailles, sa maman Arsenault s'était éteinte. Depuis, Pauline avait maintes fois répété que leur mère avait tenu le coup jusqu'à ce qu'elle revît sa fille. Alors seulement elle avait accepté de lâcher prise.

À peine une heure après qu'Aoibhe avait retrouvé Pauline, cette rencontre si émouvante où les deux sœurs s'étaient revues pour la première fois depuis leur enfance, la fermière l'avait invitée au chevet de leur mère. Ce jour-là, en octobre 1946, sa maman Arsenault n'était pas toujours consciente, mais elle vivait.

Tenant la main de sa cadette dans la sienne, Pauline avait ouvert la porte d'une maison qui avait résonné de conversations enjouées et mélodieuses. Ce français qui avait retenti sur tous les murs de la pièce avait fait écho sur l'âme de la petite sœur. Comme Aoibhe aurait voulu se souvenir de sa langue maternelle !

Les enfants s'étaient immédiatement précipités sur cette tante qu'ils n'avaient jamais vue, mais dont ils avaient toujours connu l'existence. La fermière avait vite fait les présentations avant d'écarter sa marmaille. Un effort monumental avait été nécessaire pour ne pas passer sur le corps de sa sœur et de sa famille comme un bulldozer, à la recherche de cette femme qui avait hanté ses rêves, ses fantasmes et ses cauchemars. Mais Pauline l'avait guidée.

— *Vieuing. Come. Vieuing icitte,* avait murmuré sa sœur.

Dans le coin de la cuisine, dans un petit lit qui avait été placé sous une fenêtre où quelques rayons d'un soleil pâle et les parfums du feuillage fané de l'automne avaient réussi à s'insinuer, une femme, frêle et amaigrie, marmonnait indistinctement.

— Maman dit son chapelet, avait expliqué Pauline.

Doucement, elle avait tiré les couvertures pour prendre une main de leur mère dans la sienne. La femme n'avait pas tourné la tête et n'avait pas non plus stoppé ses murmures, mais elle avait lâché prise du rosaire pour agripper les doigts qui lui étaient tendus.

— Maman ? Maman ? Vous avez de la visite, regardez, maman.

Pauline avait passé un bras sur l'épaule de sa petite sœur pour la tirer devant le visage de leur mère. Aoibhe n'avait eu des yeux que pour la figure de cette femme, trouvant dans son visage, la courbe de son nez, la ligne de son menton et le noir de ses yeux des traits qui étaient reflétés sur son propre profil. Enfin, devant ses yeux se trouvait la femme qui lui avait donné naissance. Immédiatement, des larmes avaient brouillé sa vue.

Encouragée par Pauline, elle avait pris la main de sa mère dans la sienne – cette main qui l'avait nourrie, qui avait consolé ses peines, qui avait apaisé ses douleurs, qui avait essuyé ses larmes. Cette main plissée et vieillie maintenant, mais qui, vingt ans auparavant, l'avait guidée à l'orphelinat en souhaitant que d'autres puissent lui offrir une vie meilleure. Aoibhe avait avancé la main de sa maman tout près de son cœur, mais elle était demeurée muette, complètement muette, même si, dans sa tête, elle avait crié et sangloté comme un enfant.

Pauline s'était approchée encore.

— Maman, maman, regardez. Elle est revenue. Maman, c'est Évangéline. Évangéline est rentrée à la maison.

La femme avait tu ses murmures.

— C'est Évangéline, maman. Regardez.

La mère avait tourné la tête. Ses yeux avaient mis un instant à trouver le visage de la jeune femme qui pleurait à son chevet.

— Évangéline ?

Un sanglot avait jailli de la gorge de la fille.

— Oui, maman. Oui. *It's me, Evangeline. I've missed you, I'm so happy to find you.*

La vieille femme s'était élancée pour agripper le cou d'Aoibhe. Avec une force surprenante, elle l'avait attirée sur son cœur en répétant très clairement :

— Évangéline ! Évangéline ! Oh ! ma p'tite fille, ma p'tite, p'tite fille. Ma petite Évangéline !

La tête d'Aoibhe avait reposé sur la poitrine de sa maman où le cœur de la dame avait tambouriné à ses oreilles. Voilà enfin ce tambourin qui avait animé les premiers battements de son propre cœur et qui avait su consoler toutes ses peines comme seule une étreinte d'une maman, tout doucement contre sa poitrine, peut le faire.

Les trois femmes avaient pleuré. Encerclées dans une étreinte serrée, la mère, la fille ainée et la fille sacrifiée avaient pleuré à chaudes larmes, des larmes qui avaient mouillé leurs visages, qui avaient coulé le long des mentons pour se verser sur leurs cœurs, lavant les plaies qu'elles avaient souffertes durant les années de séparation, lavant les sentiments d'abandon, de perte et d'absence. Ces larmes avaient brouillé la vue, mais elles avaient permis de voir les réponses aux questions qui les avaient longtemps tourmentées. Maintenant, elles savaient. Les premières, que la gamine avait survécu, et la jeune femme, qu'elle n'avait pas été rejetée. Elle était voulue.

Quand le calme s'était fait, les yeux de leur maman avaient cligné et la dame s'était retournée vers le soleil couchant, mais des murmures avaient continué à agiter ses lèvres où des « Je vous salue Marie » s'étaient mêlés à « Évangéline, Évangéline ».

Le lendemain, elle était partie. Encore une fois, Aoibhe avait perdu sa maman.

Ensemble, les sœurs avaient fait leurs adieux à leur mère.

La veuve Jacqueline à Félix à Pierre à Placide Arsenault avait été descendue dans sa fosse. Finalement, la poussière l'avait avalée.

16

Marmaille

Assis tout autour de la cuisine, les membres des deux familles rigolaient encore des descriptions qu'Edgar leur avait faites de la salutation qu'Aoibhe avait offerte à Franky et de la réaction du petit homme qui avait déguerpi devant la paire de Clydesdales qui s'étaient avancée sur lui. La cavalière, elle, se pinçait les lèvres.

— *Och!* Moi et ma grande gueule!

— Tu as l'esprit plus rapide que la foudre. Quelle peste, cet homme! *Goddang!* J'aimerais bien trouver des ripostes aussi rapidement que tu le fais, toi.

— Edgar, ton langage, le sermonna Pauline.

— Papa a dit « *Goddang!* » osa Diane à sa grande sœur en rigolant.

Pauline zyeuta leur père.

— C'est des mots de papa, ça, Diane, pas pour des enfants, offrit Edgar sérieusement à sa benjamine avant de sourciller à Pauline dans l'attente d'une approbation quelconque.

Aoibhe s'était levé pour préparer encore une théière. Pauline la rejoignit au comptoir, où elle s'affaira à rincer des assiettes et à recouvrir les restes des pâtisseries.

— Pôline, si maman me voyait, elle serait sans doute très déçue, je pense.

— Comment dis-tu ça, Eva? *Och!*

Les deux femmes sourirent en se regardant tendrement.

— Maman serait très fière de toi. Tu lui ressembles bien plus que tu le sais. En plus d'avoir ses yeux et sa bouche déterminée, comme toi, maman avait l'esprit très rapide. Oh ! Comme elle pouvait vexer papa quand ils en arrivaient à une petite dispute ! Elle avait toujours une réplique pour lui clouer le bec. Et quand il était question de ses enfants, de sa famille, maman avait le caractère d'un ours en furie. Personne n'aurait osé s'en prendre aux siens quand elle était là. Sinon, ils risquaient une raclée sur le derrière de la tête.

— Une bonne claque sur le *cagouette*, précisa Martin en français.

Aoibhe avança la tête, plissa les yeux et tendit l'oreille.

— Cagoo-it ? demanda-t-elle finalement en massacrant le mot.

— *A skelpit lug !* traduisit Félix en clignant de l'œil.

— Pas de chicane dans ma cabane, pas de cochons dans mon salon ! murmura Diane en souriant à Odette qui la berçait encore.

Son père lui sourit et tapota doucement la main de la fillette.

— Et comme toi, maman était très généreuse et souriante, continua Pauline. Mais c'était sa force, sa force et sa détermination qui la caractérisaient le plus. Elle travaillait de l'aube au crépuscule, souvent à genoux. À genoux dans le petit jardin, à genoux pour laver les planchers, elle se mettait même à genoux devant une lampe pour raccommoder nos vêtements et nos bas de laine.

— Ça, c'est catholique, commenta Edgar.

— Ah ! pour être catholique, elle l'était aussi. Elle a usé plus d'un rosaire de son vivant, acquiesça Pauline.

Aoibhe avait une telle soif de toutes ces histoires qui lui donnaient un aperçu de la vie de sa famille biologique durant son absence !

— Et notre père, lui, il était comment ?

— Papa ? Oh ! lui, c'était la comédie. Il était toujours en train de mijoter un tour à jouer à ses amis ou à ses enfants.

— C'était lui qui avait mis trois homards cuits dans une des trappes à Julien à Simon Canon, han, maman ? demanda Richard.

Pauline hocha la tête en souriant.

— Quand il est allé pêcher le lendemain, cet homme avait eu toute une surprise. Des homards déjà cuits dans ses trappes ! Mais il soupçonnait bien notre père. La semaine suivante, papa avait pêché un soutien-gorge dans une de ses trappes à homards.

— Un soutien-gorge ? s'étonna Martin en retenant difficilement un fou rire.

La fermière leva les mains et hocha la tête en souriant puis continua.

— Et quand mes amies venaient visiter à la maison, il faisait toujours des niaiseries qui me choquaient tellement. Une fois, à l'insu d'un petit voisin, il avait réussi à attacher le bout d'une ficelle à un des passants du pantalon du jeune gars et l'autre bout à la poignée d'un rond du poêle à bois. Le gars était appuyé au poêle ; je ne sais toujours pas comment papa a réussi son tour. Après quelques minutes, papa s'était assis à la table et il lui a demandé d'aller lui chercher un cure-dent dans l'armoire. Le vacarme quand il fit un pas et que le rond du poêle est revolé au plancher ! Ah ! le pauvre voisin était tellement embarrassé, surtout quand papa lui précisa qu'il n'avait que quatre dents dans la bouche et qu'il n'avait pas besoin de cure-dent.

Pauline elle-même était en larmes. Elle enleva ses lunettes pour les essuyer sur son tablier. Les hommes riaient autant que les enfants et Aoibhe avait les deux mains sur la bouche pour étouffer le rire hilarant qui aurait probablement fait vibrer les murs. Elle aurait tellement voulu connaitre ses parents.

— À quoi ressemblait papa ?

La surprise se lisait sur le visage de Pauline.

— Bien sûr, pourquoi n'ai-je pas pensé que tu n'as pas de souvenir de lui ?

— Maman, tu voudrais que je coure chercher les photos que tu as de pépé ? demanda Odette.

— Tu as des photos ?

— Que quelques-unes, mais oui. J'aurais dû y penser bien avant.

Aoibhe s'étonna en scrutant tous les traits de cet homme qui l'avait un jour bercée. Sur ce cliché, son papa portait une grosse moustache broussailleuse, il était vêtu de bretelles en plus de sa ceinture, avait une cravate bien nouée à la gorge. Finalement, il était coiffé d'un chapeau qui cachait une chevelure plutôt châtaine, si elle se fiait aux teintes de la vieille image.

Après quelques longues minutes où tous demeuraient silencieux en fixant la femme et en reconnaissant l'importance de ce moment, Aoibhe bredouilla :

— Pôline, il ressemble à mon père. Il ressemble tellement à mon *dad* MacLeod que cela m'en donne des frissons.

— Vrai ?

La fermière était debout à côté de sa sœur et ensemble elles étudiaient la photo.

La cavalière s'éclipsa un moment et alla chercher des photos de ses parents. À son retour dans la cuisine, tous s'étaient approchés de la jeune femme pour admirer les nombreuses images qui étaient bien rangées dans un album. Elle reprit la photo de son papa Arsenault qu'Odette lui avait remise et la plaça à côté d'un cliché de son papa MacLeod. Un frisson lui parcourut l'échine et un pincement la fit tressaillir. Effectivement, les deux hommes qui avaient été les pères d'Aoibhe auraient pu être des frères.

— Comment étaient tes parents ? demanda Martin.

— Les MacLeod ? *Ach !* Écossais.

Pendant plus d'une heure, la jeune femme s'amusa à faire rigoler les adultes comme les enfants avec des histoires de farfadets qui habitent les montagnes, de la grosse cornemuse de son père qu'il n'avait jamais réussi à maitriser, une chose que personne n'osait lui avouer ouvertement. Aoibhe avait été assiégée par des hystéries quand elle leur relata les fois où son père entrait dans la maison en criant que des renardeaux s'étaient encore échappés des cages et implorant la famille au complet de venir l'aider afin d'attraper les évadés. Sa pauvre mère, qui avait une peur bleue de ces petits chiots, se mettait à hurler sans même apercevoir un museau. Elle expliqua la tradition du *Hogmanay*, qui était célébré la veille du jour de l'An, et les maux de tête de l'oncle Rory, qui se manifestaient à coup sûr le lendemain.

Elle leur montra des vêtements du tartan des MacLeod, confectionnés par sa grand-mère, et l'épée dans son fourreau bien orné, qu'elle utilisait pour la danse traditionnelle. Elle prétexta qu'elle avait la cheville encore trop faible pour leur faire une démonstration.

Les enfants la prièrent de leur apprendre des expressions écossaises. La conversation était agrémentée par des «*Ach!*», des «*Och!*», des «*skelpit lug*» et des accusations de se lever «*peely-wally*».

— *Menoncle* Danny! cria soudainement Richard en sautant jusqu'à la porte qu'il ouvrit d'un coup, la faisant claquer sur le mur. Un écho détona dans toute la maison.

Pauline secoua la tête d'exaspération.

— Sainte et *boune*! Eva, c'est un miracle que les serrures des portes ne tombent pas en morceaux dans les mains de mes hommes.

Au son de l'avion qui tournait déjà à l'horizon avant de se diriger vers la maison des Arsenault, tous se précipitèrent vers la «piste d'atterrissage».

Comme ces entrées dramatiques la faisaient sourire! Chaque fois, c'était un véritable spectacle qui attirait encore les gens du village en plus de réunir tous les membres de sa grande famille dans le pré.

Och! Mais la première visite de Danny à Abram-Village, quel bouleversement cela avait provoqué! La famille au complet avait été renversée, mais pour Pauline, pour Aoibhe, l'arrivée de cet homme dans le village, dans sa voiture plutôt qu'en aéronef, ce jour, jamais les deux sœurs ne l'oublieront. Alfred même avait manifesté un trouble dès qu'on lui avait présenté le pilote.

Cette journée fatidique n'avait eu lieu qu'en aout dernier seulement. Quelle ironie que, quatre mois après le mariage d'Aoibhe à Félix et son retour à Abram-Village, cet homme aussi retournait au bercail.

Aoibhe ferma les yeux et revoyait Daniel debout à la porte de leur maison le 17 aout dernier. L'homme était apparu sur le perron, sans cérémonie. Elle ne le connaissait aucunement, mais il se tenait devant elle, accompagné de Félix. Daniel avait torturé son chapeau dans ses mains tandis que Félix avait tenté d'expliquer à sa femme la présence de l'inconnu dans la cuisine.

Pour une quelconque raison, les paroles de son homme avaient été complètement incompréhensibles, mais le regard déconcertant du pilote l'avait maintenue dans une transe. Inconsciemment, elle s'était dirigée vers Daniel. Il y avait dans cet homme un quelque chose qui l'appelait. Les deux s'étaient dévisagés silencieusement tandis que Félix avait encore mâchonné quelques paroles puis s'était tu.

Finalement, Daniel avait plongé une main dans sa poche et en avait sorti une photo qu'il avait présentée à Aoibhe.

— Je pense que tu es ma sœur, avait-il dit simplement.

Elle avait levé ses mains tremblantes pour prendre le cliché sans quitter l'homme des yeux. Lentement, elle avait baissé le regard pour étudier la photo, et encore une fois, ses jambes l'avaient trahie. À genoux sur le petit tapis, elle avait regardé la photo encore un instant avant de la coller sur son cœur et sur sa bouche à répétition. Danny s'était agenouillé et, avec l'aide de Félix, il avait relevé sa sœur. La jeune femme avait dû cligner les yeux pour chasser les larmes qui lui avaient brouillé la vue de cette image qu'elle avait voulu étudier encore. Il s'agissait d'une petite gamine assise dans un fauteuil, les cheveux en broussaille, une tache de naissance distincte sous l'œil gauche. La fillette tenait un nourrisson.

— Va chercher Pôline ! avait-elle commandé à Félix. Va chercher Pôline ! Oh ! Seigneur ! Comment t'appelles-tu ? Comment as-tu réussi à me trouver ?

Avant d'aller chercher sa belle-sœur et d'envoyer Martin chercher son oncle Alfred au magasin, Félix avait répété à Aoibhe que Daniel s'était présenté à la Légion de Wellington avec son histoire et sa photo. Là, il avait parlé avec le barman, qui lui avait désigné un vétéran de la Grande Guerre.

— Celui-là connait tous les habitants des villages avoisinants, lui avait-on assuré.

Mais c'était Félix, assis à une table voisine et sirotant sa bière, qui avait tendu l'oreille. Ce récit qu'avait détaillé le pilote l'avait piqué. Pour une raison quelconque, il ne s'était pas étonné de voir là son beau-frère. La photo et son certificat de naissance l'avaient convaincu.

Finalement, la marmaille de la veuve Jacqueline avait été réunie. Pendant plus d'une heure, les quatre s'étaient cloitrés dans la cuisine d'Aoibhe où les larmes, les embrassades et les sourires avaient été nombreux. Ensemble, ils s'étaient rendus au cimetière de la paroisse, qui siège sur la berge de la Baie-Egmont. Après avoir murmuré quelques tendres salutations à leurs défunts parents et passé les doigts dans les gravures de leurs noms ciselés sur la pierre tombale, les quatre avaient lorgné la baie qui scintillait sous un soleil brillant. Chacun s'était perdu dans ses pensées qui avaient papillonné entre la vie qu'ils avaient connue et celle qui leur avait échappé, leur père qui était subitement décédé et leur mère qui avait fait des sacrifices impossibles pour assurer la survie de ses enfants.

17

Alfred

Félix n'avait même pas terminé son petit déjeuner qu'Alfred était déjà à la porte. Il accepta une tasse de thé et un scone qu'il beurra d'une couche généreuse. Sa dent d'or brillait au soleil à chaque bouchée. Épiait-il sa petite sœur avec un air de grincheux ? Peu importe, Aoibhe avait eu une bonne semaine de repos et de vacances. Son niveau de tolérance était plus élevé. Elle s'assit à la table elle aussi et se mit à considérer l'homme à son tour. D'accord, il y avait effectivement des moments où il était passablement agréable, son frère. C'était un grand travaillant, un homme intelligent qui consacrait beaucoup de temps à sa communauté et aux organismes de charité. Il donnait lui-même généreusement aux gens dans le besoin. En revanche, il avait ce côté grincheux : il retroussait les babines, plissait les yeux, et les commentaires qui lui sortaient du grelot étaient parfois brutaux. Et le problème, c'est qu'Aoibhe s'était convaincue que ces commentaires, Alfred les réservait pour elle.

Combien de fois Félix avait-il tenté de la raisonner, de la convaincre que c'était simplement là le caractère de l'homme, que ce genre de commentaires cinglants n'étaient pas dirigés envers elle plus qu'aux autres ! C'était plus fort que lui : parfois, le ton de sa voix, l'expression méprisante qui accompagnent ses arguments sont un peu sévères, mais ce n'était que pour faire valoir son point. Si elle pouvait réussir à voir au-delà de ces grimaces, elle trouverait sans doute un homme honorable.

Ces discours de Félix suivaient toujours une scène où Alfred avait fait une de ses crises, selon Aoibhe. Une diatribe où ses attaques étaient visiblement dirigées vers sa petite sœur, et dans ces moments, elle n'avait pas le cœur à écouter parler des beaux traits de personnalité de son frère.

Malgré tous ses efforts, malgré toutes les fois où elle s'était efforcée, se disant : « Cette fois-ci, je ne laissai pas ses flèches m'atteindre », elle avait souvent quitté la scène en frappant les talons et en s'éloignant d'un pas rapide en maugréant des « *Och ! What a bloody eejit !* »

Et ses farfadets ? Leur vocabulaire aurait fait rougir le démon. Jamais elle ne confesserait leurs discours au père Poirier.

— Et Daniel aussi était ici hier soir ? demanda-t-il en zyeutant Aoibhe au-dessus de sa tasse.

— Oui, il est passé nous faire descendre avant de se rendre encore à Moncton, mais il est revenu pour un petit *cèilidh* en soirée. Nous avons envoyé Martin te chercher, mais il est revenu en nous annonçant que tu n'étais ni à la maison ni au magasin. Je suis vraiment déçue que nous n'ayons pas réussi à te trouver, ajouta-t-elle en souhaitant amadouer l'homme qui grimaçait déjà.

Il grogna.

— On avait notre première réunion de l'association de l'exposition agricole pour discuter de celle de l'année prochaine.

— Déjà ? demanda Félix en se redressant.

Il n'avait pas à expliquer ses pensées ; sa femme voyait dans ses yeux les étoiles qui indiquaient clairement ses plans visant à trouver le meilleur taureau sur la planète pour créer la vache la plus biologiquement parfaite afin de remporter encore des rubans. *Ach !* la bête serait également la meilleure productrice de lait, lui assura-t-il. La crème qui en résulterait serait vendue à la fromagerie et, en un rien de temps, il aurait récupéré son argent.

Aoibhe secoua la tête en pensant aux démarches qu'allait effectuer Félix pour avoir cette vache : les encans, les nombreuses visites des fermes avoisinantes, les grandes discussions avec les agriculteurs, des délibérations qu'il allait lui présenter à maintes reprises à la table du souper où Aoibhe aurait à feindre de l'intérêt, même la septième fois.

— Il est encore question d'agrandir le territoire pour l'*exhibitiang*, annonça Alfred. Pis là, c'est rendu que le *gouvarnement* fédéral s'en mêle *à c't'heure*. Si on accepte d'ouvrir l'*exhibitiang* à toute l'ile au complet, on serait classés dans la catégorie B pis on aurait accès à des octrois d'Ottawa. Des gros octrois. Imagine, les gros *farmiers* de l'Est à notre *exhibitiang* avec un plein troupeau de Holstein, cracha-t-il.

Félix sourcilla. Encore cette question d'agrandissement alors qu'il venait tout juste de remporter son premier ruban. Un jour, cela devrait bien se faire, mais il hésitait encore. Ses vaches pourraient-elles se mesurer à celles des fermiers d'ailleurs ? De partout dans la province ? Tout aussi rapidement, il pinça les lèvres.

— Tôt ou tard, ce sera voté par la majorité, avait ajouté Alfred. Surtout avec des offres de même. On est aussi ben aller yeux porter tous les rubans tout d'suite.

Au regard inquisiteur d'Aoibhe, Félix traduisit. Elle hocha la tête et se leva de la table. Évidemment, si Alfred était passé au français, c'est qu'il avait conclu qu'il s'agissait d'une conversation entre hommes. Et, Seigneur ! elle ne voulait surtout pas s'immiscer dans cette discussion. Elle ramassa l'assiette de Félix et se dirigea à l'évier, laissant les hommes débattre, encore une fois, les mérites et les complications associés à cet agrandissement.

Après une petite salutation, elle saisit un panier et s'éclipsa de la maison en se dirigeant vers le pommier qui arborait encore quelques fruits. Les branches ne pendaient plus sous le poids des pommes. En effet, le sol sous l'arbre était tapissé de fruits abimés qui se décomposaient à vue d'œil. Elle zyeuta la douzaine de pommes dans son panier et leva les épaules en signe de résignation. Les fruits étaient tachés et touchés par des vers. Ceux-ci conviendraient bien pour ses chevaux. Plus tard, elle retournerait fouiller pour voir s'il restait encore quelques pommes acceptables pour les tartes qu'elle et Pauline s'étaient entendues de préparer pour la fête en l'honneur d'Edgar.

Les chevaux se mirent à piaffer et à frapper les sabots sur les planches dès qu'elle mit les pieds dans la grange.

— *Och!* Mes gâtés. À peine ai-je passé la porte que déjà vos narines ramassent les odeurs des pommes. Vous allez fracasser les planches à les marteler de vos sabots ainsi. *Wheest now! Wheest!* Tiens. Tiens, mon gros. Une « poomme », « poomme », osa-t-elle en français.

Elle trainait encore un peu la voyelle, et finalement, « pomme » ressemblait plutôt au mot anglais « *palm* ». Malgré ses premières déclarations, elle n'osait exercer son français que dans la sécurité de la grange, avec ses chevaux comme témoins. Devant les Acadiens et les Acadiennes de la région, même devant Pauline, cela la gênait d'entendre les erreurs commises par sa langue, qui ne pouvait vocaliser ces phonèmes qui lui étaient encore étranges. Pourtant, elle appréciait tellement les efforts de ses voisines qui lui parlaient en anglais malgré toutes les inexactitudes de prononciation ou de vocabulaire, malgré l'incursion des mots français quand l'équivalent anglais ne leur venait pas assez vite.

— *Pooomme. Poomme. Ach! Ma heid's loupin'!* Je n'y arriverai bien jamais.

— Pomme.

Elle se retourna brusquement. Alfred se tenait devant elle. Ses joues s'empourprèrent. Instinctivement, elle plaça une main sur sa bouche et écrasa son nævus.

— Je ne t'avais pas entendu entrer.

Il hocha la tête.

— Tu es sortie rapidement de la maison. Nous n'avons pas eu l'occasion de parler un peu de… du *cèilidh* d'hier soir ou de vos vacances dans l'est de l'Île. Tous vont bien ? Ta grand-mère à Grand Tracadie ?

Il y avait un piège ici. Sans doute. Alfred se présentant là en lui posant gentiment des questions: cela ne durerait pas. Dans deux minutes, l'atmosphère dans la grange se gâtera certainement. Et même moins de deux minutes, probablement.

— Oui, tous vont bien, quoique *granny* prend de l'âge. Mais quand même, elle réussit à cuisiner et à filer sa laine avec toute sa dextérité d'antan.

— Et vous avez passé une belle soirée aux courses de chevaux ?

Voilà ! La grimace qui dévoilait sa dent d'or et qui était signe que la bile lui montait sous la langue. Quelques farfadets commençaient déjà à maugréer en anticipant la jérémiade qui devrait suivre.

« Non ! » se ravisa-t-elle. « Aoibhe, toutes les paroles des gens ne te visent pas nécessairement ! »

— Alfred, les courses étaient... revigorantes. Il y avait des *drivers* de partout dans les Maritimes, Don Messer et ses musiciens ont offert un des plus beaux spectacles entre les courses et le tout s'est fait sous les lumières. C'était une soirée palpitante. Tu devrais assister à de telles courses. Vu ton amour pour les chevaux, tu apprécierais certainement ta sortie.

— Ah ! mais j'y suis déjà allé, à plusieurs reprises même. Chaque été, j'y vais au moins une fois, mais toujours à la piste de Summerside. Ce sont les succès de cet hippodrome qui ont inspiré l'idée d'une piste à Charlottetown.

Encore sa grimace. La lèvre d'Aoibhe risquait de se retrousser à son tour.

— Oh ? Eh bien, tu comprends alors.

Il hocha la tête en s'approchant de Jenny, qui hennit lorsque l'homme posa la main sur elle.

Elle ne savait pas quoi ajouter de plus. Malgré ses efforts, elle entendait dans ses propres répliques des intonations qui risquaient de vexer Alfred. Et voilà que les *lucharachàins* se mirent à marmonner.

Pourquoi était-il venu dans la grange l'importuner ainsi ? Ici, elle se sentait prise au piège et ne pouvait esquiver ni son regard moqueur ni ses flèches. Avec une force exagérée, elle lui sourit puis lui tourna le dos en feignant de vouloir ramasser un outil pour brosser le manteau de sa jument.

L'homme se balançait sur ses jambes, mais ne donna aucun signe qu'il allait quitter la grange.

— Je pensais que vous alliez retourner à la maison demain seulement, lança-t-il finalement.

Elle ne pouvait détacher ses yeux de son visage. Allait-il l'accuser de leur arrivée précipitée ? Elle constata qu'elle avait la bouche entrouverte, mais elle ne parla pas. Elle inspira profondément et balbutia finalement une réplique.

— La météo était belle pour un vol à Moncton hier et Danny avait un client qui voulait s'y rendre, alors il nous a demandé si cela nous dérangeait d'abréger notre visite d'une journée. Évidemment, Félix a sauté sur l'occasion. Déjà qu'il trouvait trop longue son absence loin de ses vaches.

— Alors tu as fait ton… ton *cèilidh* hier ?

Elle leva les bras et les sourcils en regardant l'homme, mais n'offrit aucune réplique.

— Tu avais dit que tu ferais ton *cèilidh* ce soir, ajouta-t-il encore. J'aurais bien aimé pouvoir me joindre à vous.

— Nous sommes allés te chercher. Martin est allé chez vous et au magasin, tenta-t-elle pour l'apaiser.

Pourtant, il savait ça déjà. Ils lui avaient expliqué tout ça dans la maison il n'y avait pas plus de vingt minutes. Malgré ses plus vaillants efforts, le sang lui montait à la tête maintenant, ses joues s'empourpraient et ses farfadets se faisaient bruyants dans ses oreilles.

Alfred baissa la tête en grimaçant et frappa un morceau de fumier avec le bout de son soulier. *Ach !* comme elle aurait aimé qu'il eût souillé sa chaussure.

— Eh bien, c'est ça. Puisque vous étiez arrivés, pourquoi ne pas faire ton *cèilidh*, han ? Quand on grandit comme enfant unique dans une maison de millionnaires où tous nous gâtent, on n'attend après rien, je suppose.

Elle explosa !

— Quel est ton problème exactement ? Tu penses que c'est moi qui contrôle la météo, maintenant ? Nous avons fait des efforts pour te trouver hier soir. Martin est allé te chercher. *Och !* Je sais ce que c'est. Je sais. Tu es jaloux ? Jaloux à t'en faire de la bile. Tu as de l'argent plein les poches, mais puisque moi, j'ai grandi dans une grande maison avec des parents qui étaient assez fortunés, tu m'en veux. Tu penses que j'ai voulu ça, moi, que notre mère me traine à l'hôpital pour que je sois envoyée à l'autre bout de la province ? Tu es jaloux que ce soit moi qui ai été donnée… donnée à des religieuses en souhaitant qu'un couple veuille me prendre ? Tu penses que toute ma vie n'a été qu'une fête, où il n'y avait pas de sentiment d'abandon, pas l'impression de n'appartenir nulle part ? La fille aux yeux et aux cheveux noirs dans une famille aux têtes rousses et aux teints pâles. Tu penses que je n'ai pas souffert après, en imaginant des parents qui voulaient se débarrasser de moi, m'offrir au premier venu, si au moins il y en avait un ? Me voilà de retour à Abram-Village finalement, mais tout est nouveau, étrange et par moments, comme maintenant, DIFFICILE ! Toujours je suis l'étrangère, celle qu'on pointe du doigt, celle qui n'est pas comme les autres : *Och !* Elle ! *YELLLE !* Tu es jaloux de ça ?

Elle en pleurait et ses cris lui avaient déchiré la gorge. Son frère, lui, avait le visage empourpré.

— TU M'AS OUBLIÉ ! lui cria-t-il en retour.

— Nous avons envoyé Martin pour te chercher, espèce d'*eejit* !

— Tu m'as oublié ! répéta-t-il encore, mais plus calmement, beaucoup plus doucement. Moi qui n'ai pu vivre une journée, une seule minute sans être tourmenté par ta disparition, par ton absence, mais pour toi, même pas la miette d'un souvenir. Chaque jour, j'ai pensé à toi, à m'en faire la bile comme tu dis. Finalement, je me suis résigné, tu étais partie à tout jamais. Mais voilà : un miracle ! Comme une vision, tu retournes à la maison, une grande dame vêtue de fourrures, la fille d'un ancien lieutenant-gouverneur, avec des chevaux d'une écurie de millionnaire dans ta caravane de biens. Oh ! oui, une belle grande femme intimidante qui jure n'avoir aucun souvenir de tous ceux qui t'ont tellement aimée. Moi qui ai crevé de peine depuis ton départ, et toi, aucun souvenir. À ton arrivée, tu… tu me donnes la main ! Comme si je n'étais qu'un étranger ? À Pauline, tu offres tous tes sourires et des étreintes chaleureuses, alors qu'à moi, des grimaces et une poignée de main.

Il devint silencieux un moment, mais il était évident que, cette fois, il voulait se faire comprendre par sa petite sœur.

— J'ai bien essayé de t'approcher dès ton retour, je me suis efforcé, Eva. Ma vie n'a pas été un bouquet de fleurs non plus. Parmi toutes les personnes, toi, tu dois bien comprendre cela. À cause de mon habitude d'aboyer mes salutations et mes commentaires plutôt que de les faire roucouler sur la langue comme d'autres, cela explique bien la distance que tu as appris à garder à mon sujet, grommela-t-il. Chaque fois que je te parle, ça sort toute croche, je le sais. C'est comme si je t'accuse de tous les caprices alors que je tente, très maladroitement, d'amorcer une conversation par une plaisanterie quelconque. J'aimerais bien avoir un caractère plus doux, mais je ne sais pas comment vous approcher, les femmes. Je n'ai aucune idée de quel discours proposer pour entamer un semblant de conversation.

Il se tut, réfléchit un moment et poursuivit :

— Cela a commencé par maman, murmura-t-il. Quelle consolation un enfant peut-il bien offrir à une mère en peine et en deuil ? Je n'y arrivais pas, bredouilla-t-il en secouant la tête. Je n'y suis jamais arrivé, avec aucune femme, et évidemment, avec toi non plus.

Aoibhe était estomaquée, trop estomaquée par le discours de son grand frère pour ajouter quoi que ce soit. Félix avait donc raison, s'étonnait-elle. Il avait raison quand il disait qu'Alfred ne cherchait pas à l'attaquer : ce n'était que de l'humour un peu massacré qu'il tentait pour engager une conversation, alors qu'elle n'entendait que des accusations.

Elle porta ses mains sur sa bouche pour étouffer la culpabilité qui voulait lui vomir de la poitrine.

— Les grands hommes forts n'ont pas à péter du feu pour se faire entendre ou pour converser avec les femmes, mais moi, mesurant à peine cinq pieds et accoutré de ces oreilles de souris, un pauvre petit homme, j'ai eu à me battre pour tout. Pourtant, en ta présence, quand nous étions tout jeunes, tu étais ma petite complice. J'étais ton grand frère, à tes yeux j'étais capable de tout, ton héros. Tu me babillais dans les oreilles sans cesse, à longueur de journée, Eva. Cela m'amusait tellement. Tu me faisais fondre le cœur. Depuis le décès de papa et ton départ, il n'y a pas eu beaucoup de raisons de fondre, ce vieux cœur. Voilà qu'à mon âge, je n'ai encore aucune espèce d'idée de la manière de parler aux femmes.

Il soupira, lança un coup d'œil à Aoibhe.

— Sans doute t'étais-tu fait toutes sortes de beaux fantasmes de cette famille perdue, alors que la réalité est tout autre. Tu dus être très désillusionnée par ce que tu as trouvé : un grand frère qui attaque les femmes chaque fois qu'il ouvre la gueule. Comme c'est décevant de constater que les gens qui t'entourent ne sont pas comme on les voudrait, han ?

Ses yeux, qui avaient voyagé dans tous les coins de la grange, se posèrent enfin sur le visage de sa petite sœur.

Aoibhe trouva la parole.

— C'est beaucoup plus désagréable de constater que tu n'es, toi-même, pas du tout comme tu le voudrais : que tes répliques cinglantes te sortent du grelot trop rapidement pour les mordre avant qu'elles ne s'échappent, que ta vision des gens de ton entourage est défigurée par un filtre qui te les présente comme des critiques, que toutes leurs paroles te frappent les oreilles comme des accusations. J'ai l'impression que mes gouts et mes plaisirs sont tout autre que ce qui est attendu d'une femme, alors dès le premier soupçon de désapprobation, c'est moi qui attaque les gens avant même qu'ils ouvrent la bouche. Je suis désolée, Alfred. Je n'ai vraiment pas été aimable envers toi. Malgré nos différences, j'ai l'impression que nous avons un peu le même caractère tous les deux, vites à se laisser emporter et pressés à s'opposer. Tu penses que c'est héréditaire ? Que cela nous vient de nos parents ?

Alfred sourit tendrement.

— Il n'y avait personne comme maman pour lancer une réplique à clouer le bec, Eva, mais elles n'étaient jamais aussi cinglantes de celles dont nous sommes capables, tous les deux.

Aoibhe hocha la tête en écoutant les paroles de son frère.

Alfred s'essuya le front avec un mouchoir qu'il avait tiré d'une poche puis fixa de nouveau sa sœur.

— Tu m'as vraiment oublié ? demanda-t-il.

La petite sœur étudia l'homme. Y avait-il une image de son grand frère qui lui dansait dans la tête ? Un jeune Alfred, le visage coupé d'un large sourire, Alfred qui lui tenait la main en marchant...

Non. Rien.

— On était de si bons amis durant notre jeunesse. Tu ne t'en souviens pas ? demanda-t-il encore. Ah ! je comprends, je comprends, dit-il en secouant la tête. Je sais que tu n'étais qu'une enfant, mais nous étions inséparables tous les deux. Je ne pouvais pas sortir de la maison sans que tu pleures pour que je t'emporte avec moi. « Vieuing, Évine vieuing ! » me suppliais-tu à longueur de journée. Je t'ai tellement portée sur mon dos !

Dans sa tête, elle fouillait pour dénicher un souvenir de ce grand frère qui aurait accepté de la trimbaler avec lui. Mais non. Il n'y avait rien. De ses premières années ici, à Abram-Village avec sa famille, elle ne conservait presque aucun souvenir. Pourquoi donc gardait-elle le sentiment d'abandon, ce sentiment pénible, cancéreux, tenace qu'elle avait trainé comme des boulets de plomb enchainés à ses chevilles, pendant toute sa vie, alors que les marques de tendresse, d'amour qui l'avaient enveloppée dans cette famille s'étaient envolées ? Est-ce que des blessures subies les premières années de la vie pouvaient marquer l'âme d'un enfant aussi vivement qu'un fer chauffé au rouge sur la peau ? Les cicatrices de l'âme ne guérissaient-elles donc jamais ? L'être humain est-il voué à se torturer pendant toute sa vie à cause d'un évènement qui l'a blessé durant sa tendre enfance, même s'il a baigné dans l'amour ?

Cette constatation étonna la jeune femme, qui revivait les moments entre Alfred et elle-même depuis son retour à Abram-Village.

— Alfred, je suis triste de t'avouer que je n'ai vraiment aucun souvenir de mon grand frère. Je n'avais que trois ans. Je n'ai pratiquement pas de souvenirs de mon temps ici avec notre famille.

Je n'en ai aucun de papa non plus. Maintenant que tu me parles de notre jeunesse, on dirait que mon cerveau veut me monter des scénarios de nous deux. Ou bien c'est possible qu'il y ait vraiment des images de mon grand frère qui se cachent dans cette caboche, mais là, maintenant, je ne peux les trouver. C'est donc particulier, une tête. Je me souviens de toutes mes tables de mathématiques, mais rien de papa. Je n'ai rien oublié des pas de danse à l'épée, mais de notre maison à Abram-Village, aucun souvenir. Je peux réciter plusieurs poèmes de Robby Burns, en gaélique même, sans manquer une strophe, mais de mon grand frère… rien, murmura-t-elle en fixant l'homme tendrement. Dieu merci, je n'ai aucun souvenir de l'orphelinat. Il n'y a qu'une seule image que je garde de maman : la scène où elle avait tenté de labourer la terre derrière notre gros cheval. Je me souviens d'avoir pleuré en pensant que la terre allait l'avaler.

Les deux se dévisagèrent silencieusement.

— Je pense que c'est ce jour-là que maman a décidé qu'il vaudrait mieux pour toi d'aller vivre ailleurs, musa-t-il. J'en suis convaincu. J'ai tellement pleuré quand j'ai constaté ce qu'elle avait fait. Je l'ai priée, suppliée de retourner te chercher. J'ai fait des sacrifices impossibles durant toutes les semaines de carême en demandant à la Sainte Vierge de trouver un moyen de te ramener à la maison. Combien de fois suis-je allé à Summerside, à Kensington, à Cornwall et à Charlottetown pour marcher dans les rues en souhaitant te croiser sur mon chemin ? Ton départ était si difficile, si difficile, murmura-t-il. Je t'ai longtemps cherchée avant d'abandonner. Je n'ai même jamais eu le courage de m'attacher à une femme, craignant qu'elle me quitte un jour elle aussi. Qui est capable de donner son enfant ?

Il se tut un instant, fixa sa petite sœur en silence puis reprit :

— Mais tu aurais souffert, toi aussi. Maman le savait bien. Était-ce un élan de force ou de faiblesse qui l'a poussée à te donner ? Cela l'a tellement tourmentée, Eva, torturée. Maman était véritablement troublée, après. Tu n'as aucune idée.

Aoibhe n'avait pas de mots. Elle n'arriva pas à refouler des larmes pour cette maman qui avait conclu que, pour le bien de son enfant, elle devait l'offrir à d'autres en priant qu'une famille pourrait la nourrir plus qu'elle ne le pouvait et l'aimer au moins la moitié de ce qu'elle était capable. Il y avait également quelques larmes pour Alfred qui avait souffert lui aussi, depuis le décès de leur papa.

— Tu m'as cherchée ? bredouilla-t-elle.

— Pendant des années. Tous les visages ressemblaient au tien, toutes les petites voix sonnaient comme la tienne, toutes les chevelures foncées qui se balançaient au vent avaient ta teinte. Perdre papa était déjà difficile. Que toi aussi, tu partes, c'était insupportable. Maintenant, tu es de retour, et tout ce que je peux faire, c'est t'en vouloir de m'avoir oublié. Quel comportement enfantin pour un homme de mon âge !

Elle n'avait aucune sagesse à offrir à Alfred pour soulager cette peine qui l'avait soulé pendant toutes ces années. Elle s'approcha, plaça ses bras autour de son grand frère et lui offrit une étreinte serrée et sincère. Il mit un moment avant de lever les bras pour rendre l'étreinte, mais enfin, il serra sa petite sœur sur son cœur blessé. Soudainement, son corps fut secoué par des sanglots. Il coucha sa tête sur l'épaule de la femme et pleura toute la peine et l'ennui qui l'avaient affligé depuis la mort de leur père et la disparition de sa petite sœur.

Subitement, il se ressaisit, releva la tête et laissa retomber les bras. Il fit un pas en arrière et sortit encore son mouchoir pour s'essuyer le visage.

— Quel idiot je suis, han ? Un homme d'une trentaine d'années qui pleure comme un enfant. C'est moi, le bébé gâté. Comme un gros jaloux.

Mais Aoibhe n'était pas dupe. Elle aussi avait connu cette crainte, cette phobie de se penser rejetée par sa propre famille. Malgré tout l'amour auquel elle avait eu droit durant sa vie, elle gardait un souvenir vif de la douleur infligée par le rejet, une douleur qui brule comme une plaie qui ne veut pas cicatriser, une plaie qu'on ne peut faire guérir, que des doigts malins persistaient à gratter jusqu'au sang.

Elle fit un pas vers Alfred, posa une main sur son bras et plongea les yeux dans ceux de son frère.

— Combien de fois ai-je rêvé d'avoir des frères et des sœurs ! Combien de nuits ai-je passées à me monter des scénarios tous plus beaux les uns que les autres, d'une maison pleine de gens qui composeraient ma famille, de gens qui auraient des yeux aussi noirs que les miens, de gens qui auraient les mêmes gestuelles que moi, qui auraient un rire qui ferait écho au mien ! Voilà que je vous ai trouvés, mais je suis incapable d'apprécier ce que j'ai.

— Tu as toujours été un peu gâtée, ajouta-t-il, un sourire en coin.

Elle sourcilla avant de sourire elle aussi. Ce sourire sur le visage d'Alfred était sincère et faisait briller quelques étincelles dans ses prunelles, éclipsant sa dent dorée.

— J'ai bien l'impression que, si tu étais le seul garçon dans notre maison, c'était toi l'enfant gâté.

— Je l'étais jusqu'à ce que tu arrives. Oh ! là, notre père n'avait d'yeux que pour toi. Sa petite princesse.

— Vrai ?

Comme elle aurait aimé connaitre ce papa.

— Oh ! oui, vrai. Toi la petite princesse, et moi ton serviteur.

Mais il souriait. Tendrement.

— Alfred, pourrais-tu bien m'expliquer pourquoi nous passons toute notre vie d'adulte à tenter de guérir les blessures que nous vivons durant nos quelques années de jeunesse ?

L'homme fixa sa petite sœur.

— Je n'ai aucune idée, Eva. Mais tu as raison. Aujourd'hui, j'ai trente ans, et voilà : depuis l'âge de sept ans, je pleure ces évènements qui ont bouleversé ma jeunesse. Notre jeunesse, ajouta-t-il en musant.

— Et moi de même, Alfred. Jeune, j'avais l'impression que je ne faisais partie d'aucun groupe : ni de mon groupe d'amies, ni de la famille qui m'avait adoptée, même quand je n'en avais encore aucun soupçon, et honnêtement, depuis mon retour ici, pas acceptée comme ta petite sœur.

L'homme hocha la tête en regardant ses pieds.

— Il serait bien temps pour nous deux de mettre une croix sur ces idées que nous avons développées d'être rejetés par l'autre, concéda Alfred.

— Si tu promets d'arrêter d'être jaloux de moi, je vais tenter de mettre fin à mes impressions que tu me dénigres, dit-elle en souriant en coin.

— Moi ? Jaloux de toi ? Seulement si tu promets d'arrêter de te prendre pour la petite princesse dont papa t'avait baptisée. Abram-Village n'a pas de royauté, tu sais.

Maintenant, le sourire de la femme risquait de dégénérer en rires.

— *Aye!* Voilà le problème, dit-elle en lançant les deux mains vers le ciel. Nous n'avons qu'à établir une monarchie et me couronner reine. Hum… j'aurai besoin d'une tiare. Premier ordre du jour, annonça-t-elle avec conviction. Ensuite, je pourrai faire quelques ajustements à la programmation de l'exposition agricole et…

Alfred explosa d'un rire à gorge déployée.

— Ah ! non. Là, non. Bébé gâté une fois, bébé gâté toujours, maugréa-t-il.

— Finalement, on se comprend, mon frère.

Elle le prit par le poignet et se dirigea avec détermination vers la porte.

— *Come!* lui ordonna-t-elle en souriant. *Vi… vi-onne,* dit-elle en trainant une voyelle. Viens, Alfred, que je t'explique ce *cèilidh* que nous allons préparer tous les deux : une vraie célébration de retrouvailles avec notre frère et notre sœur, termina-t-elle en anglais.

L'homme s'esclaffa.

— J'*vieuing*.

18

Yelles

— Tu penses que c'est trop mince ? demanda Aoibhe.

Pauline immobilisa le rouleau qu'elle tenait dans ses mains pour étudier la pâte de sa petite sœur.

— Non. Moi, je pense que tu devrais même la rouler encore un peu. Sinon, les galettes blanches seront un peu trop épaisses.

— Mais Pôline, si je roule encore, elles seront quand même assez épaisses pour permettre de plonger un doigt dans le milieu et d'y faire couler un peu de mélasse ? demanda Aoibhe, peu convaincue.

Pauline s'esclaffa.

— Oui, oui. Pas de crainte là. Elles vont lever encore une fois avant qu'on ne les mette au four. Tu vas voir. Oui, c'est bien comme ça, affirma-t-elle en observant sa petite sœur qui manipulait son rouleau à pâte. Maintenant, prends ce verre et coupe les galettes.

Aoibhe ramassa le gobelet que lui tendait Pauline et, sous l'œil averti de celle-ci, le tourna à l'envers et coupa plusieurs galettes de sa pâte.

— Maman serait fière de toi, dit la fermière en hochant la tête.

Aoibhe sourit.

— Tu penses ? Ma maman MacLeod serait complètement étonnée de me voir travailler une pâte à pain. Et fière, ajouta-t-elle en souriant à pleines dents.

— Vous faisiez une grosse fête pour les anniversaires de naissance chez vous ?

— Nous fêtions toutes les occasions chez nous. *Granny* n'arrêtait pas de préparer des plats et des gâteaux pour toutes les occasions. Je pense qu'Angèle dut trouver qu'il y avait beaucoup à faire dans notre cuisine. Maman recevait également beaucoup d'invités, surtout quand papa était lieutenant-gouverneur.

— Il devait bien toujours y avoir une table bien garnie pour les repas.

Aoibhe ne put empêcher un pincement au cœur en pensant aux maigres repas qu'avaient trop souvent connus son frère et sa sœur. Elle hocha la tête et précisa :

— Pour les repas, pour le thé, pour les visites. Mais vous, vous avez souvent eu faim, han, Pôline ?

— Oh ! je me dis que nous avons fait tous nos carêmes durant notre jeunesse. Maintenant, je ne me prive plus de nourriture du matin au soir, même durant les mois d'abstinence, malgré toutes les remontrances des curés, déclara-t-elle avec défi et en regardant Aoibhe par-dessus ses lunettes. Depuis mon mariage, maintenant que j'ai accès à un jardin et à une belle ferme… Sainte et *boune* ! j'ai de la misère à laisser une miette sur la table. Mon ventre grossit chaque année, dit-elle un peu soucieuse et en passant une main sur son tablier.

Soudainement, Aoibhe ne pouvait endurer la chaleur qui régnait dans la cuisine. Ses joues s'étaient enflammées, la tête lui tournait. Elle agrippa la table des deux mains et expira bruyamment.

— Non mais, quelle chaleur ici-dedans. Ouf ! Les hommes sont bien chanceux de pouvoir passer leurs journées à l'extérieur à feindre de l'ouvrage, alors que nous devons passer des heures à pétrir, à brasser et à badigeonner à côté d'un poêle qui chauffe à toute allure. Pôline, je vais m'assoir un instant, annonça-t-elle en se tirant une chaise.

Sa grande sœur la zyeuta. Il faisait un beau soleil à l'extérieur, mais vraiment, la chaleur n'était pas aussi accablante qu'elle pouvait l'être en plein mois d'aout devant ce fourneau qui pouvait chauffer comme quatre pendant la cuisson de pains, rôtis, casseroles et biscuits. Mais la cavalière n'avait pas eu l'habitude d'avoir à cuisiner tous les repas pour une grande famille, elle, et la voilà qui faisait un boulot vaillant pour la fête de l'anniversaire d'Edgar, dont elles avaient décidé de faire un *cèilidh* de retrouvailles.

Le verre était encore sur la pâte, qui allait bientôt se mettre à lever si elle était négligée plus longtemps. Pauline ressentait presque une démangeaison aux mains à force de vouloir terminer la besogne de sa petite sœur, mais Aoibhe avait fait toute une cérémonie, tenant mordicus à confectionner elle-même des galettes blanches comme avait fait leur mère.

— Pourquoi n'y a-t-il pas de recette de « gallllettes bllllanches » dans le petit carnet de maman ? demanda Aoibhe sans trop d'énergie.

— Oh ! il n'est pas nécessaire d'avoir une recette de galettes blanches ou de pain dans un tel livret. Quand on fait ça toutes les semaines, ça vient tout seul.

— Hum ! Et de la mélasse après. Euuk !

La femme se leva d'un bond et courut à la porte qu'elle ouvrit en menaçant de briser les serrures. Pauline secoua la tête. Cette porte allait bientôt passer à travers le mur.

Depuis la cuisine, elle entendit sa petite sœur qui se vidait l'estomac. Aoibhe était véritablement malade sur le perron.

— Pourtant, elle aimait tellement la mélasse quand elle était toute jeune, se répéta la grande sœur.

Elle se précipita sur le perron, un mouchoir et un verre d'eau à la main.

Sa petite sœur tourna vers elle un visage véritablement accablé. Subitement, Pauline fut déchirée d'un rire hilarant. Elle riait tellement que son gros ventre se trémoussait vigoureusement sous son tablier. La petite sœur, elle, ne voyait pas de gaité dans cette scène. Elle accepta le mouchoir et le verre d'eau, mais elle refusa de retourner dans la cuisine avant que la température ne baisse de quelques degrés.

— Tu vas mieux ? lui demanda Pauline en souriant.

Ce sourire vexait vraiment Aoibhe. Pour la première fois, ses farfadets commençaient à s'agiter devant les propos de Pauline.

— Il fait chaud. Je vais rester une minute ici pour prendre une bonne bouffée d'air frais avant de retourner à côté de cette machine à feu.

La fermière s'assit dans un des fauteuils berçants qui attendaient sur la galerie. Celui-ci était le lieu des répits, un endroit idéal pour observer les voisins qui passaient dans la rue, les enfants qui jouaient dans la cour et les couchers de soleil. Pauline indiqua l'autre fauteuil à sa petite sœur.

— Assois-toi un moment, maman.

Aoibhe grimaça. Pauline se moquait d'elle ?

— *Gan ! A wee lug*, proposa un premier farfadet.

— *Vieuing. Vieuing*, répétait sa sœur.

Aoibhe se dirigea vers le fauteuil, mais sans quitter Pauline des yeux.

— Maman sortait de la cuisine durant de grandes chaleurs elle aussi, c'est ça ?

Pauline mit un instant à répondre, puis finalement précisa.

— Quand elle était enceinte, oui.

Aoibhe zyeuta Pauline, encore sur la défensive.

— Voyons, Eva ! Tu es enceinte, cela se voit. Tu vas être une maman.

Toute sa force la quitta. Ses bras tombèrent lourdement à ses côtés, renversant un peu d'eau sur le perron avant qu'elle ne se ressaisisse.

— Enceinte ? marmonna-t-elle finalement, des petites étincelles illuminant ses yeux noirs.

— Um hum… tu vas être une maman, ajouta Pauline encore une fois en serrant une des mains de sa petite sœur. Oh ! Eva ! Cette expression que tu affiches présentement, c'est bouleversant comme tu ressembles à notre mère, tu n'as pas d'idée. Tu es exactement comme elle.

— Comme « yellle » ? demanda Aboihe qui traina le *l* encore sur la langue, mutilant un peu le régionalisme acadien avec son accent écossais.

Sa grande sœur en ria avant de répéter.

— Oh ! oui, comme *yelle*. Exactement comme *yelle,* Eva, confirma Pauline en serrant encore la main de sa petite sœur. Attends que ce bébé puisse crier : « Maman ! » Une fois que cela commence, cela ne s'arrête plus.

À l'instant même, Diane cria depuis la cuisine : « Maman ? »

— Han ? Que t'ai-je dit ?

Pauline se leva pour aller chercher sa petite qui venait de terminer sa sieste, mais elle s'arrêta devant Aoibhe pour embrasser sa petite sœur en passant.

— Félicitations, Eva. Félix va être aux petits oiseaux.

La porte se referma doucement derrière Pauline.

— Je suis comme « yellle » ? Comme maman ? marmonna Aoibhe encore une fois en songeant à sa maman, cette femme qui l'avait portée, qui lui avait transmis ses traits acadiens, son caractère déterminé, et qui avait fait un sacrifice impossible pour la protéger.

Elle se rappela également sa maman MacLeod qui l'avait recueillie, qui lui avait offert une vie où elle avait baigné dans la sécurité, où elle avait été imprégnée d'une culture riche par un couple aussi fier de sa cuisine, de sa langue et de la saga de leur peuple que le sont les Acadiens.

Finalement, Aoibhe imagina la maman qu'elle allait bientôt devenir, une maman Acadienne-Écossaise qui voulait offrir toutes ces richesses à son enfant. Comme *yelles* ! « Je suis comme maman Arsenault et comme *mommy* MacLeod. »

Un nouvel élan la saisit, et d'un bond, elle se leva pour aller rejoindre sa sœur dans la cuisine afin de terminer ces galettes blanches.

- LA FIN -

Épilogue

Marquée

Le pouls dans sa poitrine a tambouriné sur mes tympans
Les balancements de ses pas m'ont bercée un moment
Sans même avoir posé le regard sur ses traits
Mon cœur était marqué et je la connaissais
Marquée comme un fer brulant pressé sur le dos
Marquée comme ce nævus taché sur ma peau
Mais du coup, j'étais égarée, arrachée de sa douceur
Des souvenirs résonnaient, mais elle était ailleurs
Malgré les ravins, les montagnes dressées devant moi
Mes pas m'ont ramenée tout auprès de sa voix
Pour poser la tête sur son buste comme avant
Pour entendre son pouls tambouriner sur mes tympans
Pour sentir l'étreinte de ses bras encore sur moi
(Carolle Arsenault, 2023)

Lexique

A : en Acadie, l'auxiliaire « être » est souvent remplacé par « a ».

Ach : exclamation d'impatience ou de frustration (de l'Écosse).

Alle : elle (pronom) ou aille (verbe).

Amanchure : attirail ou chose.

Aouar : avoir.

Attendre : entendre.

Avont : avaient.

Aye : oui (prononcé : « aie », de l'Écosse).

Backfiré : avoir un raté (de l'anglais).

Baked beans : fèves au four (anglais).

Baloney : Bologne (anglais).

Bebelles : jouets.

Bloody eejit : maudit idiot (de l'Écosse).

Boune : bonne.

Boundé : déterminé (de l'anglais).

Can : boite, bidon à essence (anglais).

Cagouette * : Nuque, partie postérieure du cou.

Capot : manteau.

Carborator : carburateur (anglais).

Cèilidh, cèilidhean (au pluriel) : rencontre sociale (prononcé : kai-lie, de l'Écosse).

Char : automobile.

Chavirer * : personne qui a perdu l'esprit, folle.

Cheerio : salutation (commune dans toute la Grande-Bretagne).

Clootie dumpling : plat traditionnel de l'Écosse.

Come have a cup o' tea : Viens prendre une tasse de thé (anglais).

Corver : mourir.

Crashé : faire un accident (de l'anglais).

Cri : quérir.

C't'y : celui.

Cullun skink : plat traditionnel (de l'Écosse).

Da : papa.

Djâbe : diable.

Djâre : guère ou guerre.

Dinnae tell yer mither : ne dis pas à ta mère (de l'Écossais).

Dobber : arrogant ou insolent (de l'Écossais).

Drive : faire un tour en véhicule (anglais).

Escrabe : difficile ou désobéissant, surtout en parlant des enfants.

Exploder : exploser (dérivé de l'anglais).

Fayots : fèves.

Feed : nourriture (anglais).

Firer : du mot « *fire* » étinceler (dérivé de l'anglais).

Flasher : exhiber (dérivé de l'anglais).

Floodé : noyé ou saturé (dérivé de l'anglais).

Gan : allez (de l'Écosse).

Gan ! Fit a bonny day : Allez ! Quelle belle journée ! (de l'Écosse).

Gas : essence (anglais).

Geeza : donne (de l'Écosse).

Gimmie a puckle : Donne-moi une gorgée (de l'Écosse).

Gan, gie im laldy : Va, donne-lui avec vigueur (de l'Écosse).

Gan, gie im a skelpit lug : Va, donne-lui une gifle sur les oreilles (de l'Écosse).

Garçang : garçon.

Goddang : juron (dérivé de l'anglais).

Goose : Oie (anglais).

Granda : grand-père (Anglais-Écossais).

Granny : grand-mère (Anglais-Écossais).

Haggis : plat traditionnel de l'Écosse.

Hardes * : Vêtements, neufs ou vieux.

Hogmanay : célébration du Nouvel An traditionnelle chez les Écossais.

Highland fling: danse Highland solo.

Horsepower: puissance (anglais).

Hotdogging: exécuter des tours d'acrobatie (anglais).

Icitte: ici.

I'm sorry: je m'excuse (anglais).

I've missed you, I'm so happy to find you: Vous m'avez manquée. Je suis heureuse de vous trouver (anglais).

Laldy: avec vigueur (de l'Écosse).

Ligne à hardes: corde à linge.

Leux: leurs.

Loadé: riche (vernaculaire, de l'anglais).

Lucharachàins: farfadets (prononcé « lucaracane », de l'Irlande et l'Écosse).

Mail: courrier (anglais).

Maisang: maison.

Ma heid's loupin': Ma tête fait mal (de l'Écosse).

Ma heid's mince: Comme je suis mêlée (de l'Écosse).

Mo ghaol: ma chérie, mon amour (de l'Écosse).

Motché: à moitié.

Nae: non (de l'Écosse).

Neeps and tatties: navets et pommes de terre (de l'Écosse).

Niver: jamais (de l'Écosse).

Och: Expression de regret, de fatigue ou de frustration (de l'Écosse).

Peely-wally: Désigne de façon moqueuse le teint encore plus palot que d'habitude d'un Écossais, ce qui est généralement le signe que sa dernière nuit fut particulièrement courte et arrosée. (Top 10 des mots et expressions d'argot typiquement écossais, 2022, www.topito.com/top-argot-ecossais)

Piroune: Oie femelle.

Plane: avion (anglais).

Sarvice: service ou correctement.

Sassenach: Anglo-Saxon (de l'Écosse).

Shed: petite remise (anglais).

Show off: vantard (anglais).

Strupak : une tasse de thé et un petit quelque chose à manger (de l'Écosse).

Su' : sur.

T'à l'heure : tout à l'heure.

Tanné : être écœuré.

Tarre : terre.

Tchai : Summerside, Île-du-Prince-Édouard.

Tchul : cul

Tchœur : cœur.

Tonnarre : coup de foudre.

Toujou : toujours.

Tractor : tracteur (anglais)

Use : utiliser (anglais).

Vieuing : viens

Wheesht : Silence (de l'Écosse).

Your stomach : ton ventre (anglais).

Ye gona gie me a tartan fit : Tu vas me faire prendre une crise (de l'Écosse).

*référence : Cormier, Yves, *Dictionnaire du français acadien,* Éditions Québec Amérique inc, 2018.

Remerciements

Cela m'a pris plusieurs mois à trouver un titre pour ce roman. J'avais une pleine page de possibilités, mais aucune ne me plaisait. Comme Aoibhe, j'ai dû patienter avant d'arriver à ma réponse.

Cette histoire est le résultat d'une anecdote que m'a plusieurs fois racontée mon beau-père. Sa mère a effectivement labouré quelques sillons du jardin derrière un immense cheval le premier printemps après le décès subit de son homme. Vraiment, cela était une tâche presque impossible pour une femme qui n'avait jamais travaillé avec des étalons imposants.

La nervosité qui m'habite quand je m'approche d'une bête de cette taille m'a fait comprendre l'ampleur des sacrifices de cette maman qui a dû faire le boulot de la fermière et du fermier pour faire vivre sa famille. Tout comme la mère d'Aoibhe, cela lui a couté sa santé.

Je dois des remerciements sincères aux membres de ma belle-famille qui m'ont raconté les quelques souvenirs qu'ils gardaient de leur grand-mère, de la vie de cette veuve et de sa famille. Merci d'avoir répondu aussi à toutes mes questions au sujet des fermes de l'Île-du-Prince-Édouard au milieu du 20e siècle, pour tous ces renseignements au sujet des bêtes qui paissent dans les champs. Vraiment, un concours de beauté pour des vaches ! Jamais je n'aurais imaginé.

Un merci tout particulier à mes belles-sœurs, Donna Barnes et Jeannita Bernard, ainsi qu'à son époux Marcel, à l'oncle Edmond et à tante Léona, qui ont accepté de me faire part de leurs connaissances. J'envoie des remerciements sincères pour cet accueil chaleureux que m'ont offert tous les membres de ma belle-famille. Vous êtes tellement généreux, sympathiques et le *fun* ! Un gros *hug* à vous tous.

Merci aux historiens Georges Arsenault et Jerry McCabe. À Georges pour les précisions à propos de la région Évangéline et son exposition agricole dès ses débuts, et à Jerry qui m'a partagé des photos et des écrits détaillant l'histoire des courses au trot dans les hippodromes de cette province insulaire et de l'orphelinat Saint-Vincent-de-Paul à Charlottetown.

Aoibhe n'aurait certainement pas eu ses petites tournures à saveur écossaise sans les contributions de Moira (Moorhouse) Hudson, qui est originaire de Banff en Écosse et qui m'a véritablement enchantée avec ses représentations envoutantes de son pays natal et ses expressions colorées. *Thank ye gu mòr, Moira !*

Merci également à Rochelle Arsenault, l'épouse de mon neveu, qui a grandi avec une renardière derrière la maison. Elle m'a dessiné des images qui m'ont offert un clin d'œil sur l'animation d'un hangar-abri qui regorge de renardeaux et des bruits qui y résonnent.

À ma petite sœur Rhéa Gallant, à messieurs Don McQuinn et Mike Doiron, qui ont vaillamment démêlé, chacun à leur façon, les nuances de l'évolution et des lois qui s'appliquaient aux pilotes et l'usage des aéronefs à l'époque.

Remerciements à mes amies Lucille Robichaud et Debbie Belliveau et à ma sœur, Paulette Girvan, qui ont accepté de lire un manuscrit pas du tout raffiné afin de m'offrir des suggestions et de me pointer des erreurs. Comme je l'avais demandé, elles l'ont fait avec honnêteté, certes, mais surtout avec gentillesse.

Dans tous mes romans, la protagoniste compte au moins une sœur. Pour moi, mes deux sœurs et mes trois frères sont les plus beaux cadeaux que j'ai reçus de mes parents. À vous cinq : mouah !

Mesdames Noëlla Fontaine, Debbie LeBlanc et Kaela Thuy Dalla-Pasqua m'ont révélé quelques moments de leur vécu afin que je puisse mieux saisir les émotions de mes personnages. Vraiment, merci de votre candeur et de votre générosité.

Merci à Gloria Arsenault, qui demeure une riche source d'information quand je cherche encore des détails de la vie des gens de la région à l'époque de mes romans.

Merci à Delaney Stymiest Losier, la blonde de mon fils Érik. C'est elle qui a fait la conception de la première de couverture de mon roman, lui donnant un éclat de couleurs encore plus joli que je l'avais imaginé.

Que dire de l'équipe aux Éditions de la Francophonie ! Chantal Godin, Stéphanie Dugas, Francis Sonier, votre appui, vos conseils, votre présence continue sont de véritables cadeaux qui me permettent de vivre ce rêve fou. Merci mille fois.

Des remerciements très chaleureux à mes lecteurs et à mes lectrices qui, parfois, m'envoient des messages encourageants après avoir tourné la dernière page d'un de mes romans. S'il vous plait, n'arrêtez pas. Cela me donne l'audace d'écrire encore.

À ma petite famille : mon homme, Louis, qui me fait encore mon café chaque matin et garde le silence par après alors que je m'isole dans mon bureau pour laisser mes doigts danser un rigodon sur les touches de mon clavier en voyant, sur l'écran de mon imagination, mes personnages danser au son des cliquetis : *Do-si-do, sashay, promenade,* comme nous le suggère Pauline. Louis accepte de me consoler quand je suis frustrée furieuse par de pleins passages qui s'obstinent à demeurer tout croches malgré des heures passées à marteler sur mon clavier. Aussi, il écoute mes tirades effrénées quand un lecteur ou une lectrice m'envoie quelques mots encourageants. Il essaie même de faire une certaine gestion de mon stock de livres, alors que moi, je m'élance de tous bords, un sac de romans sous le bras.

Un merci très spécial à mon fils Alexandre Arsenault, qui est un vrai de vrai pilote d'avion. Il a révisé les passages des arrivées et des décollages de Daniel afin de minimiser les inexactitudes et a même un peu réussi à m'éclairer sur cette science étourdissante de l'aviation.

Merci à mes fils Érik et Jacob, qui ont également lu un manuscrit complètement décousu que je leur ai garroché beaucoup trop tôt, vraiment. Quand même, ils ont réussi à trouver du potentiel dans la narration, bien qu'elle fût encore tout écorchée. De plus, Jacob a encore accepté de me prendre en photo pour la quatrième de couverture, tout en sachant bien à l'avance qu'il aurait à endurer mes lamentations avant de tout recommencer *ad vitam aeternam*. Quel drôle d'après-midi nous avons passé ensemble ! Merci, Jacob.

Je sais que je suis véritablement choyée d'avoir ces quatre hommes dans ma vie. Je vous aime tous. Beaucoup !

Finalement, il y a mon beau-père, Félix dit « the cat » à la veuve Jacqueline à Félix à Pierre à Placide Arsenault, à qui j'envoie des mercis. Il était gentil, humble et tellement taquin qu'il a insisté pour m'appeler « *yelle* » pendant deux ans. Il est dans les nuages maintenant, mais ses nombreuses plaisanteries et la saga de sa jeunesse ont donné naissance à Aoibhe et aux personnages qui l'accompagnent ici.

Un jour, quand Louis m'a appelé « *yelle* » pour me taquiner, le frisson qui m'a parcouru l'échine m'a fait comprendre que je venais de trouver mon titre.

Comme Aoibhe, comme *yelle*, je suis tellement reconnaissante à tous ceux et à toutes celles qui ont accepté de m'aider. *Aye !* Ça oui.